ALEXIS LAIPSKER

LES POUPÉES

POLAR

Michel LAFON

ISBN : 978-2-266-33131-9
Dépôt légal : mars 2023

LES POUPÉES

Également chez Pocket

… Et avec votre esprit
Le Mangeur d'âmes
Les Poupées
Hurlements

Lorsque je joue, elles jouent avec moi.
Elles acceptent de faire n'importe quoi.
J'aime mes poupées.
Il faut que tu me croies.
Ça crève les yeux, elles m'aiment vraiment.
J'aime mes poupées.
Elles ne m'abandonneront jamais, heureusement.

Ace Frehley

Quatre ans plus tôt

Je mourrais donc. Ici. Maintenant. Seul.

Comme un chien.

Je ne m'imaginais pas crever comme ça.

Je ne pourrais dire combien de fois ils m'avaient frappé. Le premier coup me paraissait si loin.

J'étais tombé assez vite.

Je gémissais dans une flaque d'eau, le visage contre le bitume.

D'autres coups.

Je me roulais en boule, comme un animal craintif. La douleur ne cessait pas, elle se déplaçait.

Que me voulaient-ils ?

Tandis que je tentais de retrouver mon souffle, le goût du sang se faisait plus présent dans ma bouche. Chaque déglutition était accompagnée de caillots.

J'entendais craquer mes os, exploser mes cartilages. Je sentais mes muscles se tuméfier.

La douleur déferla si brutalement qu'elle submergea tout. Jusqu'à devenir insoutenable.

La flaque s'était rougie. Ma joue semblait collée au trottoir par un liquide épais et chaud.

Un nouveau coup. À la bouche, celui-ci. Le sang afflua dans ma gorge, charriant des morceaux de dents et de chair.

J'entrepris un inventaire sordide de mes blessures, tentant d'en évaluer la gravité, d'en mesurer les conséquences. C'était vain. Je n'étais que blessures.

Cela ne finirait jamais.

Ou, plutôt, cela finirait de cette façon. Je m'y étais résigné.

J'attendais le dernier coup. Celui qui me délivrerait. Celui qui m'élèverait. Qui me ferait quitter ma flaque de sang. Qui me libérerait de ce corps martyrisé, de cette plaie béante que j'étais devenu.

Et il vint, ce dernier coup.

À cet instant, je la vis.

Elle.

Plus envoûtante que jamais.

Elle me souriait.

Sur l'onde calme et noire où dorment les étoiles
La blanche Ophélia flotte comme un grand lys,
Flotte très lentement, couchée en ses longs voiles...

1

La voiture déboulait aussi vite qu'une balle de fusil. Les mains crispées sur le volant, les yeux vissés à la route, le brigadier Fabre martyrisait le champignon. La mâchoire serrée et le regard des mauvais jours. Son adjoint lui jetait des petits coups d'œil inquiets en s'agrippant à son siège.

La vieille Peugeot banalisée dévorait l'asphalte de la petite départementale. Son moteur vrombissait à en faire exploser le capot.

À l'approche d'un virage, Fabre écrasa le frein et donna un coup de volant. Seconde. Troisième. Puis l'accélérateur. À fond. La voiture chassa dans un crissement de pneus, laissant sur son passage deux grandes traînées de gomme brûlée.

Nouveau virage. Fabre le négocia moins bien que le précédent. La voiture se déporta sur la gauche en s'inclinant dangereusement. Si un véhicule arrivait en face…

Seconde. Troisième. Pied au plancher.

On frôlait la surchauffe.

La route cessait soudain de serpenter. Une longue ligne droite. De chaque côté, des champs. Devant, rien. Rien du tout.

— Merde ! grogna Fabre en cognant sur le volant.

— On les a perdus.

Dépourvu de cible, Fabre lâcha l'accélérateur. La voiture continua sur sa lancée, mue par son élan, dans le silence retrouvé. Elle décéléra jusqu'à s'immobiliser.

Fabre fixait le rétroviseur.

Marche arrière. Pied au plancher.

— Qu'est-ce que tu fous ? s'étonna son adjoint.

La Peugeot recula à pleine vitesse sur plusieurs centaines de mètres.

Nouveau coup de frein.

Sur la droite, s'échappant de la départementale, un petit chemin de terre. Le talus empêchait de voir où il menait.

— T'en penses quoi ? demanda Fabre.

— Ça se tente.

Il n'en fallut pas plus pour que le policier s'engage sur le chemin. C'était ça ou rien. La dernière chance.

Ballottés par le terrain cahoteux, les deux policiers gagnaient en nervosité. Ils scrutaient l'horizon, guettant un nuage de poussière qu'aurait pu laisser un véhicule les précédant. Rien.

Suivant l'ornière comme un train sur ses rails, ils s'enfonçaient à travers champs. L'espoir fondait lentement, au fur et à mesure qu'ils se perdaient dans les terres.

Devant eux, deux bâtiments se dessinaient. L'endroit semblait abandonné. Fabre accéléra encore. S'ils étaient là, il fallait les prendre par surprise. De loin, il aperçut l'arrière d'une voiture stationnée à l'ombre d'une sorte de grange ouverte. Le chemin s'arrêtait là.

En s'approchant, ils reconnurent le véhicule qu'ils pourchassaient.

— On les tient !

Fabre pila juste derrière la Mercedes pour couper toute retraite. Voyant surgir la voiture de police, les deux occupants s'échappèrent en courant.

— Police ! hurlèrent en chœur Fabre et son adjoint.

Les deux fugitifs cavalaient de plus belle.

Fabre s'élança à la poursuite du plus jeune. Le fils. Il devait avoir quinze ans de moins que le policier et sa cadence était infernale.

Fabre serrait les dents. Il accéléra sa course. Il ne céderait rien. Neuf mois, putain ! Neuf mois de filatures, d'écoutes, de bornages de portables, d'indics à arroser. Tout s'était évaporé à cause de cette intervention ratée. Ils avaient manqué le flag. De peu, certes, mais devant un juge, il n'y a pas de « presque ». On avait des preuves ou on n'en avait pas. Neuf mois, c'était assez pour faire naître un gosse ! Et tout risquait d'échouer, là, maintenant, au milieu de la cambrousse. Alors, il courait comme il n'avait jamais couru. Et il se foutait bien que son fugitif soit plus jeune et en meilleure forme, il ne le lâcherait pas. Il pouvait bien s'enfuir jusque dans son Arménie natale, Fabre serait encore derrière lui pour lui passer les menottes. C'était un teigneux, Fabre. Le genre de pitbull qui préférait crever que de lâcher son os.

Après plusieurs minutes de course à travers champs, le jeune fuyard porta sa main à son côté. Son rythme était moins soutenu, sa trajectoire moins droite, ses foulées plus lourdes. Fabre gagnait du terrain. Il en profita pour le plaquer d'une façon qu'un arbitre de rugby aurait désapprouvée. Les deux hommes s'effondrèrent ensemble dans la terre grise et sèche. Alors que le fugitif tentait de se relever, Fabre lui décocha un coup de poing au foie puis un uppercut au menton, avant de l'immobiliser au sol, un genou entre les omoplates. Il menotta sa proie qui se débattait comme un poisson sorti de l'eau.

— Vous n'avez pas le droit de faire ça !

— Ta gueule.

— Je vais porter plainte contre vous. J'ai un très bon avocat…

— Tu vas en avoir besoin.

— Je saisirai la justice européenne, s'il le faut.

— C'est ça. Tu peux aussi aller à La Haye, et pourquoi pas à Nuremberg pendant que t'y es ?

Il pavoisait, mais il ne devait pas être beau à voir. En plein cagnard, avec 10 kilos en trop, une telle course l'avait vidé de ses forces. Il soufflait comme un bœuf, dégoulinait de partout. Sa chemise trempée lui collait à la peau. Son visage rougeaud suintait abondamment. Mais Dieu que c'était bon !

D'un revers de la main, il essuya la pâte blanche de salive sèche à la commissure de ses lèvres.

Son adjoint avait eu moins de peine. Il fallait dire que le patriarche frôlait les soixante-dix ans et, avec un bon quintal, il n'avait pas pu aller bien loin.

Ils les installèrent côte à côte à l'arrière de la Peugeot de service. Le père et le fils. Les deux cerveaux du gang des Arméniens. Enfin !

Les policiers échangèrent un regard où se lisaient la complicité et la satisfaction. Ce petit sourire qu'ils esquissèrent, ils l'avaient bien mérité.

Ils s'approchèrent de la Mercedes et ouvrirent le coffre. Leur rictus s'effaça aussitôt.

Vide.

Fabre attrapa une languette et ouvrit la trappe. Une roue de secours, un cric, quelques outils. Rien d'autre.

Une vague d'inquiétude gagna les deux collègues. Ils inspectèrent les vide-poches, la boîte à gants. Rien. La nervosité monta d'un cran. Pas de butin, pas de preuve. Fabre regarda sous chaque siège, souleva les tapis de sol, palpa les banquettes et même les appuie-tête. Se pouvait-il que tout s'effondre une nouvelle fois ? Il passa sa main sur son visage. Ils étaient si près du but !

Fabre jeta un œil aux deux prisonniers. À travers le pare-brise, ils le fixaient également. Ce regard, il le connaissait. Derrière une sérénité frondeuse, il décela de l'inquiétude et du stress. Six ans de poker à jouer dans un club d'amateurs et, parfois, à risquer un billet au casino du coin. Il fallait bien que ça serve de temps en temps. Cette gueule, c'était celle du bluffeur, du type qui annonce « tapis » et qui serre les fesses pour ne pas entendre « payé ». Il y déchiffra la même tension, le même aplomb feint.

Mais alors, pourquoi avaient-ils détalé s'ils n'avaient pas le butin avec eux ? Pourquoi se sentaient-ils sous pression ? Eux qui avaient la langue bien pendue et la vanne facile, pourquoi ne se foutaient-ils pas de la gueule des policiers ? Il y aurait de quoi.

Fabre fit le tour du véhicule.

Et si…

2

Les salles d'interrogatoire ne sont pas réputées pour leur décoration raffinée et leur ambiance chaleureuse. Mais celle-ci battait tous les records. Des murs décrépis dont il était difficile de déterminer la couleur initiale, une étroite fenêtre en verre dépoli flanquée d'un épais grillage, un sol en lino gondolé, deux chaises inconfortables de part et d'autre d'une table en Formica. Et puis cette odeur de sueur et d'humidité. Et de trouille.

C'était l'antichambre de la prison. Ce cadre sinistre contribuait à mettre la pression sur l'accusé. Pourtant, ici, le plus nerveux, c'était l'interrogateur.

Le jeune enquêteur croisait et décroisait les mains, s'avançait puis reculait, gigotait sur sa chaise, toussotait. Il peinait à fixer son interlocuteur droit dans les yeux. C'était un policier compétent, assurément, mais qui n'avait pas dû beaucoup arpenter le terrain. Trop souvent le nez dans les dossiers, il n'avait qu'une idée vague et théorique de ce qu'était un flic en action.

Pourquoi avait-il choisi l'IGPN ? C'était une question que tous les policiers se posaient. Comment finissait-on à la police des polices ? Qu'est-ce qui pouvait bien conduire un fonctionnaire à décider d'en surveiller d'autres ? Il avait ses raisons. Somme toute, assez banales.

Il avait posé ses questions, écouté consciencieusement les réponses, pris quelques notes. Il avait beau tenter d'évacuer le stress en mordillant son stylo ou en griffonnant son carnet, rien n'y faisait.

Il faut dire que l'homme qui se tenait face à lui n'était pas n'importe qui.

Victor Venturi.

Commissaire Victor Venturi.

Le « Cow-boy ».

Vingt-cinq ans à la Crim', des états de service longs comme le bras, des appuis politiques, quatre pages dans *Paris Match*. Il avait connu toutes les réformes, survécu à une demi-douzaine de ministres, traversé toutes les modes, inspiré un film. Un flic à l'ancienne, solide, droit. Un roc. Mieux, une statue. Il avait grimpé les échelons un à un et, malgré le grade qu'il avait désormais atteint, il continuait de mettre les mains dans le cambouis quand c'était nécessaire. Il n'en fallait pas davantage pour susciter l'admiration ou, au pire, le respect des hommes qu'il commandait. Il avait beau râler sans cesse, exiger l'impossible, pousser de mémorables gueulantes, rien ne semblait écorner sa popularité dans les services. Il lui arrivait d'en abuser.

Et puis ce surnom qui le précédait, le Cow-boy. Cela n'avait rien à voir avec sa façon de s'habiller – plutôt sobre –, ni avec un amour passionnel pour les États-Unis – où il n'avait jamais mis les pieds. Simplement, il avait « joué du pistolet ». À trois reprises au cours de sa carrière, il avait refroidi un homme.

Une balle en plein front, à chaque fois. La légitime défense n'avait jamais fait de doute. Le mythe était né.

Mais là, c'était la quatrième fois. Et il y avait une zone d'ombre. La fois de trop ?

— Reprenons, si vous le voulez bien, commissaire.

— Non.

— Comment ?

— Je vous ai déjà exposé ma version des faits. Je pense avoir été clair. Je n'ai omis aucun détail. Alors, soit vous me posez de nouvelles questions, soit nous en avons terminé.

— C'est-à-dire que…

— Je sais bien que vous ne faites qu'appliquer à la lettre la méthode classique d'audition, mais j'ai peur que ça ne soit pas suffisant. Je m'attendais à quelque chose de plus imaginatif, de plus sophistiqué. Avec moi, il va falloir trouver autre chose que ça. Je suis presque vexé que vous n'ayez pas sorti le grand jeu.

Il n'avait cessé de fixer le jeune policier et, en terminant sa phrase, son regard gagna encore en intensité.

— Bon… Alors… Bon, je résume…

— C'est ça, résumez.

En remarquant les chaussures impeccablement cirées et les stylos alignés sur la poche de chemise de son interrogateur, Venturi avait aussitôt compris qu'ils n'étaient pas du même monde. Deux flics, peut-être, mais deux univers.

— Vous vous êtes introduit dans l'atelier du suspect en compagnie de votre adjoint en passant par la petite cour intérieure. Vous pensiez que les locaux étaient vides et vous ne faisiez qu'un rapide repérage avant d'envisager une intervention dans les jours qui suivent. Lorsque soudain un homme vous voit, réalise que vous êtes de la police, sort un fusil d'assaut et vous canarde.

— Voilà.

Le jeune homme bomba le torse comme pour tenter de reprendre le dessus. Enfin, il trouva la force de passer à l'attaque.

— Ce que j'ai du mal à saisir, commissaire, c'est pourquoi vous y être rendu personnellement. Un fonctionnaire de votre rang…

— Je ne suis pas arrivé où j'en suis en restant le cul vissé sur une chaise. Si vous voyez ce que je veux dire.

— Admettons. Mais deux hommes seulement, c'est peu, non ?

— C'est beaucoup pour un commerce censé être fermé.

— Pourquoi avoir choisi de vous faire accompagner par un fonctionnaire inexpérimenté ?

— Pour en faire un fonctionnaire expérimenté.

— Vous avez réponse à tout !

— Vous devriez être content.

— Cette affaire n'était-elle pas plutôt du ressort de l'Antiterrorisme ? N'avez-vous pas péché par orgueil en la traitant vous-même au lieu de la laisser à un autre service plus compétent ?

— Nous n'en étions qu'au début de l'enquête. On cherchait à savoir quel rôle chacun jouait dans ce trafic d'armes. Il fallait choper un nom sur une enveloppe, l'immatriculation d'une bagnole. Quelque chose. C'était la raison de notre présence là-bas. On avait besoin d'y voir clair.

— Vous vous doutiez bien que ces armes pouvaient servir à des attentats ?

— Attentats, grand banditisme, comment savoir ? Nous avions appris que la marchandise avait fait escale à Malte, et, pour être très franc, je me doutais que des barbus étaient impliqués. Mais de là à tous les considérer comme des terroristes…

Le jeune flic acquiesça d'un signe de tête avant de changer de sujet.

— Il y a autre chose. Dans votre déclaration originale, vous avez dit : « J'ai entendu le bruit d'un AK-47… » Or…

— Quoi ?

— Les douilles que nous avons retrouvées sur place prouvent que l'homme se tenait à un endroit qui rendait impossible l'identification de son arme depuis la position que vous occupiez initialement. Alors, voici ma question : comment pouviez-vous savoir qu'il s'agissait d'un AK-47 ?

— J'ai reconnu « le tacatac typique de l'AK-47 ».

— Le tacatac ?

— *Le Maître de guerre*, un film avec Clint Eastwood. Vous ne l'avez pas vu ?

— Heu… non.

— Dommage. Le « tacatac » est une réplique culte. Vous êtes trop jeune. Trop jeune aussi pour avoir fait votre service militaire. Moi, j'ai servi dans l'infanterie de marine. J'ai tiré à la kalachnikov. C'est un bruit qu'on n'oublie pas.

— Mmm. Sans doute.

Le jeune homme se dandinait un peu moins. Il gagnait en assurance au fur et à mesure qu'il déroulait ses questions. De toute évidence, il connaissait le dossier sur le bout des ongles.

— C'est ensuite que ça se complique. Votre arme s'enraye, et votre adjoint vous lance la sienne. Pourquoi n'a-t-il pas tiré lui-même ?

— Vous avez scrupuleusement étudié les lieux, n'est-ce pas ?

— En effet.

— Vous n'aurez pas manqué de constater que depuis l'endroit où il se tenait, il n'avait aucun angle de tir. Il n'avait même aucun visuel sur le tireur. Il était bloqué contre un pan de mur. Moi, en revanche, j'étais en mesure d'intervenir.

— Il ne pouvait pas plutôt venir vous rejoindre ?

— Si, bien sûr.

— Alors, pourquoi ne l'a-t-il pas fait ?

— C'est vrai, ça, pourquoi donc ? s'interrogea Venturi sur un ton ouvertement sarcastique. Ah, ça me revient : parce qu'il ne voulait pas mourir ! Il n'a pas le pouvoir d'arrêter les balles ! Pour me rejoindre, il devait traverser un couloir. Même une taupe aurait réussi à lui mettre une rafale de 7.62 dans le buffet. Il a préféré me jeter son pistolet. C'est peut-être pas très académique, je vous le concède, mais c'est pour ça que nous sommes encore en vie.

Cette fois, le jeune flic fixa Venturi sans baisser les yeux.

— Il y a autre chose…

Il consultait à présent plusieurs documents avant d'en tirer une feuille qu'il parcourut en prenant son temps. C'était du théâtre, car il était évident qu'il en connaissait le contenu par cœur. Le procédé était sans doute grossier, mais il commençait à fonctionner. Le silence se faisait pesant dans cette petite pièce lugubre.

La main droite de Venturi se mit à trembler.

Merde.

Si son interlocuteur s'en rendait compte, ça compliquerait tout. Parce que ça compliquait toujours tout. Comment accorder sa confiance à un homme qui tremblait ? Comment être soi-même convaincant alors qu'on était trahi par l'un de ses membres les plus visibles ? Il s'approcha de la table afin que ses mains soient dissimulées par le plateau.

— Ce témoignage…

Il prenait son élan. Il allait frapper. Mais où ?

— Cette femme, reprit-il, qui affirme avoir d'abord entendu un coup de feu. Un seul. Isolé. Puis des rafales. Longtemps après.

— Et ?

— Voyons, commissaire, ne faites pas celui qui ne comprend pas. Ce témoin déclare que votre riposte précède l'attaque à la kalachnikov. Avouez qu'il y a de quoi se poser des questions.

Venturi serra les dents. Sa main tremblait de plus belle. Il lui fallait son médicament.

— Des questions ? À propos de quoi ?

— De la véracité de votre version.

— Ce témoin, cette femme dont vous parlez, c'est une parente du tireur ?

— Euh, oui, je crois, répondit-il sur un ton qui signifiait « je ne vois pas ce que ça change ».

— Vous devrez donc choisir entre la parole de deux officiers de police et celle d'une salafiste liée à un trafiquant d'armes servant peut-être à de futurs attentats. À vous de voir.

— Ce n'est pas aussi simple…

— Oh si ! C'est très simple, au contraire : je suis mis en examen, oui ou non ?

— Non.

— Suspendu ?

— Non plus.

Sur ces mots, Venturi se leva, enfila son blouson, se dirigea vers la porte et lâcha en guise d'adieu :

— Eh bien alors, nous en avons terminé.

La main sur la poignée, il entendit dans son dos :

— Je sais que vous mentez, commissaire. J'en ai la certitude. Je commence à démêler le vrai du faux. Vous mentez. Et je le prouverai !

3

Pourquoi les Arméniens avaient-ils détalé puisqu'ils n'avaient rien de suspect avec eux ? Par réflexe. Ou juste pour les emmerder ! Le jeune avait raison : une interpellation musclée sans cause valable, ça pouvait se terminer par une enquête interne. Paperasse et tergiversations sans fin avec, peut-être, au bout du tunnel administratif, une sanction.

Mais Fabre n'y croyait pas. Ces deux Arméniens étaient de sacrés roublards ! Ils avaient été interceptés à bord de leur Mercedes, mais rien ne prouvait qu'ils n'en étaient pas sortis. Et, d'ailleurs, c'était plutôt malin : puisque le chemin n'allait pas plus loin, ils avaient déchargé le véhicule tant qu'ils avaient encore de l'avance sur la police, puis avaient regagné leur voiture comme si de rien n'était.

Se sachant poursuivis, ils avaient probablement planqué la marchandise quelque part pour venir la rechercher d'ici quelques jours, lorsque l'orage serait passé. Si personne ne venait, ils reprendraient leur butin et fileraient tranquillement. S'ils se faisaient interpeller, ils n'auraient rien avec eux.

Le magot devait être là, sous leurs yeux.

L'air de plus en plus préoccupé du père et du fils menottés à l'arrière de la voiture banalisée confirmait que Fabre était dans le vrai.

Aidé de son adjoint, il retourna donc la grange à la recherche de quelque chose qui n'y aurait pas sa place. Tous deux inspectèrent les quelques bottes de foin qui subsistaient encore, soulevèrent une bâche pelée, déplacèrent une planche. En vain.

Sur le visage des deux Arméniens, toujours cette sérénité de façade qui peinait à dissimuler leur nervosité.

Fabre se tourna vers le chemin de terre.

— Surveille-les, dit-il à son adjoint.

— Tu vas où ?

— Je crois que j'ai compris.

Sans davantage d'explications, il s'éloigna des granges. Il redescendit le chemin par lequel ils étaient venus en scrutant le bas-côté. Là, après une centaine de mètres, dans un fourré, il découvrit un sac de toile. Il avait vu juste : le fils conduisait la Mercedes, le vieux était sur le siège passager. Il aura balancé le sac par la fenêtre.

Fabre s'en saisit et tira d'un coup sec sur la fermeture Éclair. Son visage s'illumina comme celui d'un enfant sur les genoux du père Noël.

Lorsqu'il regagna la grange, il exhiba fièrement le sac devant les deux Arméniens qui, depuis la banquette arrière, protestèrent en chœur :

— Ce n'est pas à nous, ce sac ! On ne l'a jamais vu.

Fabre leur adressa un coup d'œil malicieux.

— Ah oui ? Alors pourquoi on l'a retrouvé dans votre bagnole ? ironisa-t-il en jetant le sac dans le coffre de la Mercedes.

Les deux Arméniens déversèrent un flot d'injures où l'indignation le disputait à la rage.

— Eh ouais, fallait pas me faire cavaler. Je déteste ça. Surtout par cette chaleur.

— On les embarque ? demanda l'adjoint.

— Non, deux prisonniers dans notre véhicule, c'est pas réglementaire. Appelle le Central pour qu'ils nous envoient un fourgon.

— OK. J'espère juste qu'ils vont trouver où on est.

— Pas grave. On a tout notre temps. N'est-ce pas, messieurs ?

Cette dernière question eut pour effet de raviver le torrent d'insultes, à la plus grande satisfaction des deux policiers.

*

* *

Fabre et son adjoint avaient jugé bon de se réfugier dans leur véhicule pour échapper au soleil qui les agressait sans relâche. Hélas, en plein cagnard, la Peugeot banalisée dépourvue de climatisation était aussi confortable qu'un four. Après s'être essuyé le front une demi-douzaine de fois, le brigadier Fabre ne tenait plus en place. Il ouvrit la portière, sortit et posa une fesse sur le capot brûlant. C'était le moment de s'en griller une. Mais avec une telle chaleur et les poumons encore en feu, il s'abstint et songea plutôt à une bière bien fraîche. Il se promit d'en descendre une après son service.

Cela faisait près d'un quart d'heure qu'ils attendaient les renforts lorsque l'attention de Fabre fut attirée par un point lumineux provenant du bâtiment voisin : une ancienne chapelle. Un objet métallique reflétait les vifs rayons du soleil. Curieux. Ici, tout était à l'abandon, et cela ne datait pas d'hier : clocher troué, poutres à nu, murs décharnés. De hautes herbes encerclaient la construction, du lierre courait sur la façade, recouvrant les planches qui obstruaient les vitraux. Dans ce paysage oublié, qu'est-ce qui pouvait briller avec une telle intensité ?

Fabre fit quelques pas. La porte de la petite église était fermée par un solide cadenas en acier. C'était ça qui scintillait. Un cadenas rutilant interdisant l'accès à une chapelle en ruine. Que pouvait-il y avoir de si précieux dans ce trou paumé ?

Fabre continua de s'approcher en fronçant les sourcils. Un cadenas flambant neuf sur une porte rouillée… Qu'est-ce qui pouvait bien justifier ça ? C'était le genre de détail qui le chiffonnait. C'était probablement sans importance. Mais il ne comprenait pas. Et il n'aimait pas ne pas comprendre.

Il s'avança encore.

Il y avait comme une odeur. Quelque chose d'indéfinissable. De désagréable, surtout.

Quelques pas de plus ; les effluves se firent plus vifs. Il réprima un haut-le-cœur.

Il contourna l'entrée et longea le mur latéral. L'un des panneaux de bois qui bouchaient les vitraux était passablement vermoulu. Il se hissa sur la pointe des pieds et colla son œil dans l'une des anfractuosités. Trop peu de lumière pénétrait pour qu'il puisse distinguer quoi que ce soit à l'intérieur.

Cette odeur. Prégnante, obsédante. Infecte.

Il retourna à la voiture et, sous le regard intrigué de son collègue et des deux prisonniers, revint avec un démonte-pneu.

Devant la porte, la puanteur lui brûla la gorge.

Il bloqua sa respiration en grimaçant.

Il fit levier sur l'un des battants et, après plusieurs tentatives, le cadenas sauta.

La porte s'entrouvrit légèrement.

Il fut aussitôt assailli par une nuée de mouches qu'il chassa d'un mouvement de la main.

Il fallut un coup d'épaule pour que la porte s'ouvre complètement. Les gonds cédèrent en grinçant.

La puanteur se fit plus vive.

Il porta la main à son nez dans un effort désespéré d'échapper à cette infection.

L'intérieur de la chapelle était plongé dans l'obscurité. Çà et là, perçant entre les lames des volets, quelques timides rais de lumière tranchaient les ténèbres.

Il poussa le second battant de la porte. Enfin, le jour pénétra.

Il fit un pas en avant. Puis un autre.

Et il les vit.

Son sang se glaça.

Son visage se figea et devint livide.

Ses lèvres s'entrouvrirent. Mais aucun son ne put sortir.

4

C'était une jeune femme plutôt jolie. Elle devait avoir mon âge. Peut-être un peu plus jeune. Ses cheveux longs et frisés tombaient sur ses épaules dénudées qu'une robe rouge mettait en valeur. Un décolleté discret. Peu de bijoux, des breloques sans intérêt.

Elle semblait intimidée. Un sentiment que je connaissais bien pour l'avoir souvent observé auparavant chez les clientes qui me consultaient pour la première fois. On ne se rend pas chez une voyante comme on va chez le coiffeur. Je remarquai cette façon un peu gauche de ne pas savoir comment se tenir, cette hésitation à me regarder dans les yeux. Et surtout, je décelai l'effort qu'elle devrait faire pour se confier à une inconnue et tout lui déballer. Quelle qu'en soit la raison, sa venue témoignait de sa faiblesse, et elle en était consciente. Elle se sentait incapable de faire un choix, de prendre une décision par elle-même. Elle s'en remettait aux astres, aux cartes, à la boule de cristal ou, dans mon cas, aux esprits.

Et il y avait un soupçon de honte. Toujours. On pavoise rarement lorsqu'on consulte une voyante. Il y a cette part de scepticisme qui subsiste en nous et qui rend les convictions coupables.

Je lui souris. Pas trop. Je devais la mettre à l'aise tout en conservant une certaine distance. Mona Lisa. Elle me rendit mon sourire, mais je sentais que ce n'était encore qu'une façade.

— Vous voulez un verre d'eau ?

— Non, je vous remercie.

Elle refusait par convenance. Elle avait tort. Elle avait la bouche sèche et, d'ici quelques minutes, elle trouverait cela inconfortable.

Je tirai une chaise et m'assis en face d'elle.

— Donnez-moi vos mains, dis-je en lui adressant un nouveau sourire.

Elle me les tendit avec maladresse. Je les saisis délicatement et y glissai les miennes. Elle avait les mains froides. Je fermai les paupières, pris une grande bouffée d'air et me concentrai. Tout était là. Invisible pour les autres. Évident pour moi.

— Je suis venu vous voir pour…

— Chhhh… ne dites rien.

Les yeux toujours clos, je devinais son étonnement.

— Il y a plusieurs raisons qui motivent votre venue. Vous avez de nombreuses questions à me poser. Vous êtes à un tournant de votre vie. Vous avez un choix délicat à faire et vous n'avez pas droit à l'erreur. Cette décision que vous devez prendre, elle a un impact sur beaucoup de choses. En particulier sur votre emploi.

Je rouvris les paupières et poursuivis :

— C'est un gros achat. C'est un projet… immobilier ? Vous songez à acquérir un bien. Vous l'avez déjà visité, il vous convient à merveille.

Elle était estomaquée.

Je fermai les yeux de nouveau.

— Je vois cet espace. C'est plein de charme. Je comprends que vous ayez été séduite. Il y a un peu de travaux, mais ce n'est pas gênant. Non, le vrai souci, c'est l'argent. C'est au-dessus de vos moyens. Votre salaire ne suffit pas, d'autant que votre apport est faible. Vous souhaitez demander une augmentation. Peut-être l'avez-vous déjà fait. Mais ça ne résoudra pas entièrement le problème. Vous le savez. Alors, vous envisagez de changer de métier. De trouver quelque chose de mieux rémunéré. Vous vous dites que vous méritez mieux, que vos efforts ne sont pas récompensés. D'ailleurs, vous entretenez des relations… particulières avec votre patron.

— Euh…

— Patronne ? C'est une femme, non ? demandai-je en rouvrant les yeux.

Elle me fixait, totalement subjuguée.

— Oui, lâcha-t-elle du bout des lèvres.

— Elle essaie de se montrer amicale avec vous, mais, par certains côtés, elle vous fait bien comprendre que c'est elle qui décide. Du coup, vous avez des échanges parfois un peu étranges. Par exemple, vous avez toujours une petite appréhension avant de solliciter un jour de congé ou une augmentation. Je me trompe ?

— Non. C'est… exactement ça.

— Je vois un commerce.

— Oui, je suis…

— Vendeuse, non ?

— En effet.

— Vous êtes convaincue qu'un destin plus grand vous attend. Mais vous avez peur de vous lancer. Vous redoutez l'échec. Vous aviez imaginé un projet personnel, peut-être en lien avec l'art. Mais vous n'avez jamais été plus loin. Vous le regrettez parfois. D'ailleurs, vous vous en voulez de ne pas avoir davantage d'ambition. Vous avez appris à vous contenter de ce que vous avez, mais au fond de vous, il y a quelque chose d'insatisfait, d'inassouvi.

— C'est exact, oui.

— Revenons à votre patronne. Vous êtes persuadée qu'elle ne se rend pas compte de toutes ces petites choses que vous faites pour faire fonctionner son commerce. En revanche, dès que vous vous permettez un écart, elle le voit immédiatement et vous en fait la remarque.

— Carrément !

— Vous songez à changer d'emploi, pour l'argent bien sûr, mais également pour prendre une revanche sur elle. Vous voulez lui montrer de quoi vous êtes capable et à côté de quoi elle est passée pendant tout ce temps à son service.

Cette fois, elle ne broncha pas. Ce côté revanchard était sans doute plus difficile à avouer. Aussi, décidai-je de poursuivre :

— Seulement voilà : allez-vous trouver un autre job ?

Elle m'interrogeait du regard. La question lui tenait vraiment à cœur.

— Je vais être très claire : ce ne sera pas facile. Si vous choisissez de changer de métier, vous y arriverez, mais au prix de gros efforts.

— D'accord.

— Peut-être serait-il plus sage d'attendre d'avoir une opportunité ailleurs, avant de partir en claquant la porte. Car, sur ce point, votre avenir n'est pas radieux.

— Ah ? OK. Et, pour la maison. Qu'en pensez-vous ? C'est raisonnable ?

— Je vois une autre personne. Vous n'êtes pas seule à avoir ce projet.

— C'est vrai.

Je fermai les yeux très fort.

— J'entends le son K, non J, le J… est-ce que ça vous évoque quelque chose ?

— Mon copain s'appelle Julien !

— Oui, je le vois.

— Ça alors !

— Vous n'êtes pas mariés, mais vous en avez discuté. Vous en avez même beaucoup parlé. Ce n'est pas pour tout de suite, n'est-ce pas ?

— On y pense un peu, enfin surtout moi, ricana-t-elle.

— Il y a aussi un bébé de prévu, je me trompe ?

Elle me regarda avec de grands yeux ronds.

— Je… Je suis enceinte ! De neuf semaines. Comment le savez-vous ? demanda-t-elle en vérifiant que son ventre ne s'était pas arrondi pendant la séance.

— Rassurez-vous, ça ne se voit pas du tout. Vous pourrez garder le secret encore un peu.

— Mais comment vous faites pour savoir tout ça ? Vous connaissez tout de moi ! Les moindres détails ! Je ne vous ai même pas donné mon nom !

Je lui répondis par un sourire sobre :

— Je ne vous dirai pas que tout sera toujours rose. Vous allez traverser quelques tempêtes, mais votre horizon est dégagé. Vous pouvez acheter cette maison avec Julien, vous y vivrez d'excellents moments qui marqueront votre vie. C'est juste que…

— Que quoi ? demanda-t-elle, inquiète.

— Il y a une personne qui n'assistera pas à votre bonheur…

— Ah ?

— Quelqu'un qui vous est cher et qui vous manque.

— Ma mère ? Elle est morte l'an dernier.

— Elle se réjouit de vous savoir pleine de projets.

— Comment le savez-vous ?

— Elle me parle.

— Vous… vous voulez dire… là, en ce moment ?

— Bien sûr.

Elle devint blême. Comment lui en vouloir ?

— Vous pouvez communiquer avec ma mère ? balbutia-t-elle.

— C'est ça mon véritable pouvoir : je parle aux morts.

5

La juridiction comptait vingt et un substituts, pourtant, c'était le procureur de la République en personne qui avait fait le déplacement. Dès qu'on lui avait téléphoné pour lui décrire la scène de crime, il avait aussitôt compris qu'il ne devait pas déléguer. Pas une affaire comme celle-ci. Il avait sauté dans sa voiture et, toutes affaires cessantes, avait rejoint les équipes déjà présentes sur les lieux.

Il avait le visage fermé, le front gagné par une multitude de rides qui trahissaient les préoccupations qui l'avaient assailli dès qu'il avait pris connaissance des grandes lignes de l'enquête. Il essuyait ses lunettes plus souvent que d'habitude, comme pour s'aider à y voir plus clair.

Pourquoi avait-il fallu que ça tombe sur sa juridiction ?

Le coup d'œil qu'il avait pu jeter à la scène de crime depuis le parvis n'avait fait que plomber davantage son moral. Il avait juste passé la tête. Ça lui avait suffi. La porte de la chapelle s'était ouverte sur les plus abyssales noirceurs de l'âme humaine. Il avait été à deux doigts de vomir. Pourtant, il en avait vu d'autres.

— Monsieur le procureur ?

Il se tourna vers celui qui l'interpellait : un homme maigre, au costume étriqué et au teint pâle. En le voyant, il se dit qu'il ne devait pas avoir meilleure mine lui-même. C'était le juge d'instruction qu'il avait saisi. Un type ennuyeux à mourir, mais un magistrat pointilleux et expérimenté.

— Vous êtes au courant ? s'enquit-il en lui serrant la main.

— Oui, c'est… une sale affaire.

— Les équipes de l'Identité judiciaire sont en place depuis ce matin. Ce n'est pas le travail qui manque.

— Les victimes ont été identifiées ?

— Non. L'état des corps ne le permet pas.

— Les empreintes n'ont pas été relevées ?

— Pas encore. L'IJ est en train de filmer et photographier. Vous connaissez la musique : avant de « salir » la scène pour la recherche d'empreintes, ils feront leurs prélèvements pour dénicher de l'ADN. Mais, bon, je ne me fais pas d'illusion. On ne trouvera rien.

— Vous avez déjà un premier bilan ? tenta le juge.

— Non. Non, c'est trop tôt. Et puis, je ne veux pas de conclusion hâtive. Nous n'avons aucun droit à l'erreur.

— Je comprends. À ce sujet, monsieur le procureur, qui sera l'officier chargé de conduire l'enquête ? Xans ? Baert ?

— Non. Je crains qu'ils n'aient pas l'expérience requise. J'ai demandé à Venturi.

— Venturi ? Mais j'ai entendu dire qu'il était en pleine procédure avec l'IGPN !

— C'est exact.

— Et vous n'avez pas peur qu'il y ait un conflit ?

— Justement. Ça lui met la pression. S'il échoue, il ne s'en relèvera jamais. Finie, la légende. Je pense qu'il en est conscient. Du coup, on peut compter sur lui pour faire le boulot.

— Sauf qu'en cas d'échec, l'affaire pourrait devenir politique et la situation incontrôlable. On clouera Venturi au pilori, c'est certain, mais on remontera jusqu'à vous. Vous y avez pensé ?

— Naturellement.

— Et vous acceptez de prendre un tel risque ?

— Que ce soit Venturi ou un autre, on me reprochera toujours de ne pas avoir fait le bon choix. Sauf qu'il est tellement médiatisé que son nom sera mis en avant et on m'oubliera. Venturi est le parfait fusible. Et ses déboires avec l'IGPN tombent à point nommé.

— Quand arrive-t-il ?

Le procureur consulta sa montre.

— Je l'attends d'un instant à l'autre.

Leur conversation fut interrompue par l'arrivée d'un nouveau fourgon de l'IJ. Tous les services de la région avaient été mobilisés pour venir compléter les équipes déjà en place. Ce lieu perdu au milieu des champs s'était progressivement vu envahir par tout ce que les environs comptaient de policiers et d'experts scientifiques légaux.

L'installation était aussi impressionnante qu'inhabituelle : trois tentes avaient été dressées à côté de la chapelle. L'une était destinée à recueillir les premiers prélèvements, ceux qui ne pouvaient pas attendre sans risquer de se dégrader. La seconde réceptionnait et numérotait tous les indices non organiques découverts sur place. Une première série d'analyses était en cours, avant le passage au microscope à balayage électronique du labo, bien plus précis. La dernière tente était un poste de commandement mobile disposant de radios et d'ordinateurs reliés à un groupe électrogène.

Les policiers avaient déployé des barrières et déroulé des banderoles afin d'interdire l'accès aux curieux, au nombre desquels les médias qui ne tarderaient pas à déferler.

L'ensemble avait des airs de camp retranché, ce qui était d'autant plus incongru au milieu de ce décor désolé.

Le soleil d'été cognait fort en cette fin de matinée et la moindre parcelle d'ombre était chère. Cela n'arrangeait rien à cette odeur pestilentielle qui avait gagné les alentours et collait aux vêtements. Ces relents de mort qu'aucun souffle de vent ne chassait vraiment.

Ici, chacun avait le visage recouvert d'un masque, moins pour préserver la scène de crime que pour rendre la respiration supportable.

Au loin, une voiture banalisée s'immobilisa au niveau des policiers de faction. La vitre descendit et, avant que le conducteur leur présente sa carte, ils le saluèrent et tirèrent la barrière. Le véhicule emprunta le chemin de terre en soulevant un nuage de poussière, pour stationner à côté des différents fourgons.

Un homme aux tempes grisonnantes en sortit. D'un pas rapide, il se dirigea vers l'attroupement de fonctionnaires de police qui, en l'apercevant, marmonnèrent entre eux. Chacun le dévisageait sans qu'il semble y prêter attention. Beaucoup n'avaient jamais croisé le Cow-boy en chair et en os, mais sa réputation le précédait.

Le procureur vint à sa rencontre et profita de ce qu'il était à l'abri des oreilles indiscrètes pour engager la conversation.

— Victor, merci d'être venu si vite.

— Je ne refuse jamais une garden-party entre collègues, plaisanta le policier. Par contre, d'après l'odeur, je te recommanderais de changer de traiteur.

Le procureur resta de marbre. Il se demanda comment Venturi pouvait faire de l'humour en pareilles circonstances. Puis il se souvint qu'il n'avait pas encore découvert la scène de crime.

— C'est très sérieux, Victor.

— À ce point ?

— Ça dépasse l'entendement.

— Merci de m'avoir mandaté. Ça va me changer les idées.

— Comment ça se déroule avec l'IGPN ?

— Moyen.

— Tu as déconné ?

— Non. Mais c'est toujours délicat, une enquête interne. Ils cherchent la merde.

— Et il y en a ?

— Plus ou moins. Parle-moi de ce qui se passe ici.

— Ne va pas croire que c'est un cadeau que je te fais.

Le procureur entraîna son interlocuteur par le bras et poursuivit la conversation en marchant :

— C'est tout le contraire. Cette affaire, c'est une grenade dégoupillée. Elle peut nous péter au visage à tout moment. Tu sais comment ça va se passer : dans moins d'une heure, les médias vont débarquer ici, tout le pays va se passionner pour ce drame. Chacun va y aller de sa théorie. Des dizaines de milliers de crétins vont se déchaîner sur les réseaux sociaux et s'improviser enquêteurs. Si on part sur une fausse piste, on nous traitera d'incompétents, si on interroge trop de monde, on nous accusera de perdre du temps, et à la moindre erreur de procédure, on nous tirera dessus à boulets rouges. Sans parler du ministre qui va exiger des résultats rapides. Alors, crois-moi, Victor, je t'accorde peut-être un sursis avec l'IGPN, mais c'est pour te jeter dans l'huile bouillante.

— Je vois.

— Ne lésine pas sur les moyens. Moi-même, j'ai rameuté tout le personnel disponible. S'il t'en faut plus, tu l'obtiendras. Je ne veux pas entendre que tu as manqué de quoi que ce soit.

En temps normal, il fallait toujours composer avec des effectifs et des moyens logistiques réduits. C'était même devenu la principale difficulté de la police judiciaire : faire ce qu'on peut avec ce qu'on a. La devise de la PJ, « *pro patria vigilant* », aurait pu être remplacée par « démerdez-vous ». Dans ce contexte, entendre que les fonds étaient presque infinis, voilà qui en disait long sur l'importance de l'affaire dans laquelle Venturi se trouvait soudain plongé.

— Que s'est-il passé ?

— Viens, je vais te présenter au brigadier qui a découvert le charnier.

Le procureur le mena à un homme corpulent aux cheveux courts coiffés en brosse. Une vraie tête de flic. Les auréoles sous les bras en prime.

— Bon, je vous laisse. On m'attend, dit le procureur en tournant les talons.

— Bonjour, je suis le brigadier Fabre, BRB.
— Commissaire Ven…
— Oh, je sais qui vous êtes !
— Ah. J'imagine que vous avez déjà dû le raconter une demi-douzaine de fois, mais j'ai besoin que vous m'expliquiez ce qui s'est passé.
— Très tôt ce matin, on a mené une opération en ville. On devait procéder à une interpellation, mais on a perdu nos « clients ». Ils avaient changé de véhicule et on n'était pas au courant. Le temps qu'on comprenne, ils s'étaient barrés.
— Et comment vous êtes-vous retrouvés ici ?
— On les a pris en chasse. Ils se doutaient qu'ils étaient filochés, alors ils ont préféré se planquer là plutôt que de continuer sur la route.
— Pourquoi ?
— Ils ont dû penser qu'on avait plusieurs véhicules, qu'on pouvait dresser un barrage.
— Qui sont vos « clients » ?
— On les appelle les Arméniens parce que… bah ils sont originaires d'Arménie.
— Subtil, ironisa Venturi. Et ils font quoi dans la vie ?
— Trafic de cartes à puce. Mais attention : du haut niveau ! Avec ce qu'on a saisi dans leur sac, ils peuvent fabriquer tout ce qu'ils veulent : cartes de crédit, cartes Vitale… Ça se chiffre en centaines de milliers d'euros ! On les a fait placer en garde à vue. Moi, je suis resté ici, parce que… je me suis douté qu'on me poserait des questions.
— C'est vous qui avez découvert les corps ?
Le brigadier hocha lourdement la tête d'un air de dire « hélas ».

Venturi se tourna vers la petite église où des techniciens de l'IJ en combinaison stérile entraient et sortaient. Puis il considéra les trois tentes, l'effervescence devant les bâtiments, le groupe électrogène qui ronronnait, le nombre de véhicules de police.

Et cette odeur.

— On est d'accord que ce ne sont pas des trafiquants de puces qui ont fait ça ?

— Commissaire, ce qui a fait ça… ce n'est pas humain.

6

La vieille dame rouvrit les yeux et eut un sourire doux. Elle resserra ses mains lorsque je voulus retirer les miennes. Elle me fixait, l'air suppliant.

— Je vous en prie, Ophélie.

— Je suis navrée, madame Lusieux.

— Je vous ai dit mille fois de m'appeler Liliane.

— Je ne vois plus rien, Liliane. Je suis épuisée.

Elle semblait déçue. C'était compréhensible. Mais cela faisait cinq séances que je la recevais et j'avais le sentiment d'être vide. Lorsque je lui disais que je ne voyais plus rien, je ne mentais pas. Je n'avais réellement plus rien à lui raconter. Je savais comment faire traîner, gagner du temps, mais je n'en avais plus envie. C'était une brave femme. Elle ne méritait pas que je l'abreuve de balivernes. Aussi avais-je décidé de mettre un terme à la séance, consciente que je perdrais probablement une cliente. Mais il y avait des limites. J'en avais fini avec Mme Lusieux. Adieu, Liliane.

Je me souvenais parfaitement de sa première visite. Je lui avais donné des détails sur son existence, comme je le faisais pour tous mes clients. Il m'avait fallu un peu de temps pour comprendre qu'elle n'en avait cure. Elle n'était pas venue pour elle-même. Son propre destin ne l'intéressait guère. Je ne sais pas pour quelles raisons elle avait ainsi louvoyé. Par timidité ? Par crainte d'un refus ? Ou que j'en sois incapable ?

Elle avait fini par me demander d'une voix de petite fille :

— Est-il vrai que vous pouvez parler aux personnes disparues ?

S'étaient alors ensuivies quatre séances où la plénitude se lisait sur son visage. Elle avait de nouveau la chance de communiquer avec son défunt mari. Il était parti deux ans plus tôt, emporté par une embolie pulmonaire. Il avait beaucoup souffert. Ses dernières heures avaient été un supplice. Lorsqu'il avait été délivré en rendant son ultime souffle, elle avait éprouvé un soulagement coupable qu'elle se reprochait durement depuis lors.

Au cours de ces quatre séances, elle avait eu le privilège d'échanger avec l'amour de sa vie. Il l'avait d'abord rassurée, il ne souffrait plus. Il était heureux, à présent. Il veillait sur elle. Puis, par mon intermédiaire, ils avaient partagé quelques souvenirs de leur existence commune. On aurait dit deux adolescents. C'était assez touchant, il faut l'avouer.

Mais cette cinquième séance était plus poussive. Je trouvais péniblement mes mots. La « communication » était plus laborieuse. J'étais exténuée.

Elle lut sur mon visage que ma décision était irrévocable. Elle en prit acte d'un signe de tête puis, sans ajouter un mot, déposa un billet sur la table et partit.

Je soupirai de soulagement. Il y avait des séances plus éprouvantes que d'autres.

J'ouvris la fenêtre. Je n'avais plus aucune raison de rester dans cette semi-obscurité, Mme Lusieux était ma dernière consultation.

Pas folichonne, cette journée ! Deux clientes seulement, dont une de perdue. Il y aurait des jours meilleurs. Ce n'était qu'une question de temps.

Dehors, les rayons du soleil baignaient mon petit jardin fleuri. C'était une belle et chaude fin de matinée.

J'ouvris le réfrigérateur et me servis un verre de rosé d'un récoltant de la région. Je retardai le plaisir en m'installant sur ma terrasse, à l'ombre d'un olivier centenaire. Il était peut-être un peu tôt pour prendre l'apéro, mais qu'importe, j'en avais envie. Je portai le verre à mes lèvres et savourai la vie sobre que j'avais choisie et que je n'échangerais pour rien au monde.

Vivre dans ce mas provençal perdu au milieu des bois, bercée par le chant des cigales et enivrée par les odeurs de lavande, de pin et de chêne… qui aurait cru que je m'en délecterais ? Pourquoi n'avais-je pas deviné plus tôt que la voie vers le bonheur était pavée de choses simples ?

Mon rythme actuel était si éloigné de mon ancienne vie ! J'avais à ce point fait une croix sur le passé qu'il me semblait ne jamais avoir existé. Une renaissance.

Je vivais comme si je n'avais attendu que cela : me prélasser sous le soleil de Provence, me rapprocher de l'essentiel. Ma vraie vie débutait maintenant et ici. J'esquissai un léger sourire.

Le vent chaud soufflait dans mes cheveux. Le soleil brillait dans le ciel comme dans ma vie.

La recette du bonheur était si simple.

Malgré tout, un sentiment diffus m'empêchait de jouir pleinement de ce moment.

Une impression étrange.

C'était comme si le vent sifflant dans les feuillages murmurait mon nom.

7

Il avait côtoyé la mort de près. Souvent. Il l'avait même donnée. Pourtant, à cet instant, le commissaire Venturi ne pouvait refréner une certaine appréhension en se dirigeant vers la chapelle abandonnée. Bien sûr, il ne laissait rien paraître, mais lui sentait bien que sa démarche était moins assurée.

Vêtu de l'indispensable combinaison stérile, un masque couvrant en partie son visage, il franchit la porte en serrant les mâchoires. La puanteur était insoutenable.

À peine entré, il fut assailli par une nuée de mouches virevoltant en tous sens. Il enjamba des câbles qui servaient à alimenter les deux projecteurs sur trépied qui vomissaient leur vif halo à l'intérieur de la petite église. Le contraste était saisissant : d'un côté les ténèbres d'un bâtiment laissé à l'abandon, de l'autre la lumière artificielle, crue, presque aveuglante. Les rayons étaient braqués sur un mur contre lequel reposaient six formes humaines.

Six cadavres nus, assis en position fœtale.

Six morts, entièrement glabres.

Un spectacle atrocement morbide, presque surnaturel.

Venturi fronça les sourcils. Il avança et s'accroupit pour observer le plus proche. Recroquevillé sur lui-même, figé par la raideur cadavérique, le corps ne permettait pas d'être examiné. Cependant, la peau cireuse était étrangement diaphane. Elle avait été recouverte d'une matière indéfinissable s'apparentant à de la gelée. Il était impossible de dire s'il s'agissait d'un homme ou d'une femme : la corpulence semblait être féminine, pourtant il y avait quelque chose qui n'allait pas. Il n'aurait su dire quoi.

La tête avait basculé en avant, et pour voir son visage, Venturi dut presque se coller au sol.

Ni cils ni sourcils. L'être androgyne, les yeux clos, conservait son mystère.

Venturi se pencha vers le deuxième cadavre. Manifestement, il était là depuis plus longtemps. La peau, noircie et crevassée, avait été entamée par la vermine. Les jambes s'étaient relâchées et l'on distinguait plus aisément son gabarit. Était-ce une femme ? Comme les autres, son crâne était rasé et il n'y avait aucune pilosité. Cela leur donnait un côté monstrueux. Et assurément malsain.

Dans quoi j'ai foutu les pieds ?

La poitrine de la victime semblait avoir fait l'objet d'une opération chirurgicale rudimentaire. Autour des seins, des cicatrices grossières boursouflaient la peau. Le fil de suture dessinait une courbe en pointillés inégaux.

Chaque instant passé à fixer ces cadavres rendait Venturi plus mal à l'aise.

Les trois corps suivants étaient dans un état de décomposition beaucoup plus avancé. Bien qu'ayant noirci, ils avaient conservé cette étrange texture gélatineuse qui les recouvrait et leur donnait des reflets brillants. On y devinait également des cicatrices chirurgicales. Du fil de suture retenait une plaie qui s'était rouverte.

Le dernier macchabée était déjà presque à l'état de squelette. Le buste et la tête s'étaient effondrés sur les jambes. Il subsistait, çà et là, des lambeaux de chair recouverts de cette mystérieuse cire.

Venturi recula de quelques pas et observa cette mise en scène macabre. La réflexion du brigadier lui revint : « Ce qui a fait ça… ce n'est pas humain. » Comment le contredire ?

Puis, comme s'il souhaitait se convaincre que tout ceci était bien réel, il s'avança de nouveau et dévisagea chacune des victimes, une à une.

C'était l'œuvre d'un malade !

Les yeux toujours rivés sur les victimes, il recula lentement, sans même en avoir conscience. Il était confronté à une logique criminelle qui lui échappait.

Après un long moment, ne trouvant toujours aucune explication rationnelle, il s'apprêta à quitter les lieux. Ce fut alors qu'il remarqua sur le mur, bien au-dessus des cadavres, à hauteur d'épaule, une démarcation noirâtre. C'était subtil et il crut qu'il s'agissait de simples lézardes dans la pierre. Mais en y regardant de plus près, il distingua un tracé.

Il empoigna l'un des projecteurs et le braqua en hauteur en s'approchant du mur. Il eut aussitôt confirmation de ce qu'il redoutait : des lettres avaient été peintes sur le mur. On pouvait lire les mots : « *Non Serviam.* »

Du latin.

Qu'est-ce que c'est que ce bordel ?

Il reposa le projecteur, la mine encore plus déconfite. Puis se dirigea vers la sortie non sans jeter un dernier coup d'œil à cette scène épouvantable.

Dès le pas de la porte, il fut soulagé de retrouver le monde des vivants. Il ôta son masque et plissa les yeux sous les assauts du soleil.

À quelques pas, le procureur l'attendait, impatient d'avoir l'avis d'un policier aussi expérimenté.

— Alors ? s'enquit le magistrat.

Le commissaire Venturi semblait encore sous le choc de ce qu'il venait de découvrir. Il n'affichait plus la même assurance. Il demeura silencieux et immobile, le regard dans le vide.

Le procureur était sur le point de lui demander si tout allait bien, quand Venturi parla enfin :

— Tu m'as bien dit que tu me fournirais tout ce dont j'ai besoin ?

— Et je te le confirme, Victor.

— Tu as suivi l'affaire Lœven ?

— De loin, en lisant les journaux. Pourquoi ?

— Il y a un psy qui a aidé à définir le portrait de l'assassin. Il travaille régulièrement sur des enquêtes criminelles.

— Oui, j'ai entendu parler de lui, effectivement.

— Il s'appelle Montalembert ou Montabert, enfin un nom comme ça. Je souhaiterais qu'il vienne au plus vite.

Le procureur dévisagea le policier.

— Ça ne te ressemble pas.

— Quoi ?

— Faire appel à quelqu'un d'autre pour t'assister. Et un psy, en plus !

— Je sais, admit Venturi. Mais... ça... je ne sais pas faire. Les braqueurs, les bandes organisées, les familles mafieuses, tout ça, ils ont une logique. Là, elle est où la logique ? Qui peut faire une chose pareille ? Alors qui mieux qu'un psy pour déchiffrer ce qui se passe dans la tête d'un tel détraqué ?

— Victor, je vais te le demander de façon directe : est-ce que tu veux être dessaisi ? Si tu ne te sens pas qualifié, c'est la meilleure chose à faire.

— Non, non.

— Ne réponds pas trop vite. Tu as juste eu le temps d'arriver, personne n'est encore informé officiellement de ta présence. Si tu repars et que je nomme quelqu'un d'autre, personne ne l'apprendra.

Venturi plongea un regard noir dans les yeux du procureur.

— Écoute-moi bien : j'irai au bout ! Je trouverai l'ordure qui a fait ça. Et je te le traînerai jusque dans le box des accusés. Tu peux me faire confiance.

— Bien.

— Maintenant que j'ai vu de quoi il était capable, il est hors de question que je laisse ma place. C'est juste que, quand on a des lacunes, la sagesse même est de le reconnaître. Ce psy est brillant, à ce qu'on raconte. J'aurais tort de m'en passer, non ?

— Je m'occupe de le faire venir dans les plus brefs délais.

— Parfait. On n'évacue pas les corps tant qu'il n'est pas là. Je tiens à ce qu'il voie ça, en l'état.

Un technicien de l'IJ interpella Venturi depuis le pas de la porte de la chapelle :

— Commissaire, il y a quelque chose qui va vous intéresser.

Venturi refixa son masque et rejoignit la scène de crime.

Là, deux policiers se tenaient devant le cinquième macchabée, celui dont la décomposition était la plus avancée.

Il s'était affaissé sur le côté.

— On était en train de faire des prélèvements, expliqua l'un des policiers, on l'a à peine touché, mais il a basculé.

— Vous avez des clichés de sa position initiale ?

— Oui, on a tout ce qu'il faut.

— Bon. Dans ce cas, ça n'a pas d'importance.

— Commissaire, ce n'est pas pour ça qu'on vous a dit de venir. Il y a autre chose. Regardez.

L'homme s'agenouilla près du corps et invita Venturi à s'approcher.

La face squelettique et décharnée avait achevé de se déchirer lors de la chute.

À présent, deux yeux brillants reflétant la lumière des projecteurs fixaient les policiers.

8

Je suis un assassin

De la pire espèce

Je suis celui qui tue votre fils votre frère votre meilleur ami votre voisin votre collègue sans aucune forme de remords

sans plaisir non plus

Vous avez le droit de me haïr je pense même que vous en avez le devoir

Et si jamais votre âme débordait de suffisamment de miséricorde pour me pardonner mes actes attendez d'apprendre ce que je fais avec les corps… votre seul désir sera alors de me faire payer par tous les moyens

C'est bien naturel

Malheureusement vous n'y parviendrez pas

Je suis plus fort que vous

Je suis insaisissable

Comment vaincre une ombre ? Un fantôme ?

Comment tuer ce qui est mort ? Ce qui n'existe pas ?

Mais si je prends la peine d'écrire ces quelques lignes dans ce carnet qui vous est destiné c'est pour que vous compreniez

Parce que ce n'est pas facile de saisir ce qui se déroule dans ma tête moi-même je me perds souvent dans les méandres de mes fantasmes

Passé présent et futur s'entremêlent

Une existence chasse l'autre

Ce qui semble être n'est pas

Souvenez-vous de ça

Les circonvolutions du cerveau ne ressemblent-elles pas à un labyrinthe ? Joli symbole n'est-ce pas ?

Je suis un malade oui on ne tue pas des gens et on ne se comporte pas de cette manière avec leur cadavre sans de graves troubles psychologiques mes vagues de démence sont si intenses si persistantes qu'elles balayent toute forme de lucidité ~~je suis déséquilibré donc enfin non pas vraiment mais je ne vous en voudrais pas de le penser il est vrai que je suis malade c'est comme ça qu'on dit pudiquement pourtant je vais bien parfois c'est compliqué tout ce qui se passe dans ma tête~~ vous direz que je suis fou si ça vous rassure

Je deviens de plus en plus fort et quand je serai au maximum vous ne serez pas déçu, mais en attendant je suis encore vulnérable donc prudence

Je parlerai dès que je le pourrai

Vous comprendrez

Il le faut

9

J’avais recouvert la table qui me servait à prédire l’avenir d’une nappe en lin et d’une vaisselle provençale assortie. En deux temps trois mouvements, le cabinet de voyance était redevenu une habitation classique. J’avais de la visite. Ça n’arrivait pas tous les jours.

Marie-Amélie avait probablement tous les défauts de la terre : c’était une vraie garce qui ne reculait devant aucun ragot. Elle avait développé l’aptitude de trouver une faille dans la personnalité de n’importe qui et d’appuyer dessus rien que pour le plaisir de mettre autrui mal à l’aise. Elle était carriériste avec un penchant pour les coups bas. Elle aimait l’alcool, qu’elle consommait avec excès, ne refusait jamais un joint ou une ligne, avait une vie sentimentale dissolue et des pratiques sexuelles très imaginatives qui m’avaient toujours laissée perplexe.

Pourquoi était-elle ma meilleure amie ? Sans doute parce que j’étais parvenue à entrevoir, à travers ce personnage que d’aucuns décriraient comme détestable, une vraie sensibilité. Et une générosité rare.

Je n'ai jamais aimé ce terme de « meilleure amie ». Cela me fait penser à une sorte de récompense, de trophée, de label de qualité. Il n'y avait eu aucun concours. Aucun jury n'avait soigneusement passé en revue mes relations pour décréter que Marie-Amélie était la meilleure d'entre toutes.

Toutefois, je devais bien admettre que c'était vers elle que je m'épanchais le plus volontiers. Et c'était à elle que je livrais mes petits secrets.

C'était aussi la seule à s'être déplacée pour me rendre visite depuis que j'avais emménagé ici.

J'étais contente de la voir.

— Pas mal, ton petit rosé, remarqua-t-elle alors que le verre quittait ses lèvres.

— Bien, hein ? C'est un récoltant de la région qui le vend à un prix canon. J'en ai toujours une caisse à la cave.

— Je l'ai bien mérité. Quel bordel pour venir ici ! Pas facile de trouver.

— Tu as galéré ?

— C'est rien de le dire !

— Tu aurais dû m'appeler.

— C'est ce que j'ai essayé de faire ! Mais je captais mal. C'est quand même dingue que de nos jours on ne puisse pas avoir de réseau partout, non ?

— C'est provisoire. Il y a des travaux, à ce qu'on m'a raconté.

— Même le GPS déconnait. Il m'indiquait une position approximative, au milieu de… bah de rien du tout ! Je me suis gourée de maison, je suis tombée sur ton voisin. Dis-moi, il est spécial, non ?

— Oui, il n'est pas très amical.

— « Pas très amical » ? Tu m'étonnes ! Moi, j'aurais la hantise qu'il me découpe pour me foutre dans des bocaux.

J'étais contente de la voir. Avec son humour, ses préjugés de bourgeoise et son mépris pour la province, elle était la vitrine de tout ce que je venais de quitter.

— N'exagère pas. C'est juste que, pour lui, je suis « la Parisienne ». Et puis, il a un fils handicapé mental. Ça doit pas l'aider à se marrer tous les jours.

— Ah, bah, c'est vachement rassurant ! Il est marié ?

— Sa femme est morte il y a quelques années.

— Il a dû la bouffer !

J'éclatai de rire.

— Rigole pas, t'es la prochaine.

— Il ne s'aventure jamais jusqu'ici. Il faut dix minutes à pied. Pas moins.

— Y a que vos deux maisons dans le coin ?

— Oui. Enfin, non. Il y en a une autre, plus loin dans la forêt, mais elle est abandonnée depuis des années.

— Mais quelle idée t'as eue de venir t'installer dans cette cambrousse ? Sérieusement ?

— Je suis heureuse, ici, répondis-je, enthousiaste.

— Quel changement ! J'aurais une de ces trouilles ! T'as pas peur, toi ?

— Peur de quoi ?

— Je sais pas. Être ici, toute seule, dans cette maison au milieu des bois…

— Qu'est-ce que tu veux qu'il m'arrive ?

— On entend tellement de trucs ! T'es livrée à toi-même. Il n'y a pas de murs, même pas de grillage pour délimiter ton terrain !

— Ça ne servirait pas à grand-chose. Rien que ma parcelle fait trois hectares. Autour, ce sont des bois sauvages avec de petits sentiers. Si quelqu'un veut entrer, murs ou pas, rien ne l'en empêche, mais je t'assure que je ne crains rien, ici.

— Bon, si tu te sens en sécurité, tant mieux. Mais même, qu'est-ce que je me ferais chier !

— C'est un autre rythme, en effet.

— T'en avais marre à ce point de Paris ?

Je me mis à réfléchir.

— C'est plus compliqué que ça. J'avais envie… ou plutôt besoin de changer de vie.

— T'es servie ! Une maison au milieu des bois !

— C'est justement ça qui me convient.

— Mouais. On en reparle dans six mois. Ou dès que ton vibromasseur tombe en panne !

Elle rigola de sa propre plaisanterie.

— T'es conne.

— En tout cas, elle est mignonne ta baraque.

— Merci.

— Pas bien grande, mais tu n'as pas besoin de plus. Il y a un étage ?

— Non. Juste une cave.

— Et côté mec, t'as trouvé quelqu'un ?

— Non. Je ne cherche pas. Je n'ai pas la tête à ça.

— La tête, la tête, c'est bien, mais le cul, c'est pas mal non plus. Tu peux pas te laisser aller comme ça, ma chérie. Tu vas finir vieille fille au milieu de la forêt. Si tu continues, les gosses vont inventer des histoires de sorcière à ton sujet !

— T'inquiète. Je ne compte pas rester célibataire. C'est juste que j'ai déjà besoin de me sentir chez moi, de faire le point, de savoir un peu où j'en suis. Je ne peux pas envisager de faire entrer quelqu'un dans ma vie alors que je n'y vois pas clair moi-même.

— Mouais. Ça se tient. Peut-être que c'est toi qui as raison, au fond.

Cette surprenante et rapide capitulation m'étonna. Elle n'était pas du genre à se laisser convaincre. Je me doutais de ce qui allait suivre.

— Bon, sérieusement. Comment vas-tu ?

Voilà. J'avais vu juste. Elle me fixait droit dans les yeux avec un air soucieux que je savais sincère. Pour me mettre à l'aise, elle posa sa main sur la mienne.

— Mieux.

— Si mal que ça ?

— Non, ça va, je t'assure. Je me démerde plutôt bien. Je me sens… libre. Alors, bien sûr, ce n'est pas facile tous les jours. Mais je revis. Ici, je prends mon temps.

Elle dodelina, puis avala une olive verte à l'ail avant une nouvelle gorgée de rosé.

— Et pour le fric ? Tu t'en sors ?

— Pour l'instant, ça peut aller. Je suis partie avec des réserves. Je peux tenir encore quelques mois. C'est sûr que c'est pas aussi simple qu'avant. Mais bon, il faut que je me fasse une clientèle, que le bouche-à-oreille fonctionne. Ce n'est que le début.

— Alors ça, tiens, parlons-en ! Qu'est-ce que c'est que cette histoire ? Depuis quand tu es voyante ?

Je souris.

— En réalité, quand j'étais gamine, il m'arrivait d'avoir des visions, des pressentiments, une intuition de ce qui allait se produire…

— Tu déconnes ?

— Non, non. Pas du tout.

— Tu ne m'en as jamais parlé !

— Bah, c'était il y a très longtemps. Je m'en souviens assez mal. Et puis, ce n'est pas trop le genre de choses que j'aime évoquer. J'ai l'impression de passer pour une illuminée.

— Raconte !

— Comme j'étais petite, je ne me rendais pas compte de cette différence. Je pensais que c'était normal, que tout le monde voyait la même chose que moi. Il m'a fallu du temps pour comprendre que je n'étais pas comme les autres, que j'avais un don.

— Attends, tu parles aux esprits ? Tu peux prédire des trucs ? Tu vois l'avenir ?

Je la fixai avec un rictus malicieux.

— Je ne vois rien du tout ! Ce don, je l'ai perdu avant la puberté.

— Comment ça ?

— Bah, je ne sais pas ce qu'il s'est passé, mais je ne vois plus rien. Puisque mes parents détestaient ça, j'ai probablement « éteint » le truc, involontairement. Je devais avoir peur de faire quelque chose d'interdit. Du coup, plus rien.

— Ah c'est con ! Ça doit être dingue de prédire ce qui va arriver ! Mais… attends une minute… Si tu n'as plus de dons… Tes consultations ?

Elle sembla outrée.

— Ne me dis pas que…

— Si. C'est une arnaque !

10

Il ne l'avouerait pour rien au monde – pas à lui-même et encore moins aux autres –, mais Victor Venturi aimait cette effervescence, cette pression qu'imposait une enquête criminelle. Il se savait utile. Il se sentait flic.

Régulièrement, il devinait sur lui les regards curieux de ses collègues. Ce n'était pas la première fois, mais le sentiment était toujours aussi fort. Il ne décelait pas que de la bienveillance, mais cela n'avait pas d'importance. Il existait. Il était vivant.

Pourtant, ce jour-là, les préoccupations qui l'habitaient venaient ombrager son plaisir. Il allait devoir affronter un monstre d'une nature différente de celle qu'il combattait habituellement. Un dément qui avait tué six personnes. Les avait énucléées. Avait effectué d'innommables modifications de leur morphologie. Et avait remplacé leurs yeux par des sortes de calots de verre.

Un cauchemar.

Il regarda sa montre, pas pour connaître l'heure, mais parce que c'était la manie des hommes pressés.

Il aimait que les choses aillent vite, que l'affaire avance, et il avait l'impression – comme souvent – que rien ne progressait malgré l'agitation des fonctionnaires de l'IJ. Il allait bousculer tout ce petit monde à sa façon.

— Bon, dit-il d'une voix puissante, on arrête de gesticuler et on se bouge le cul pour de bon ! Je vois que vous avez tartiné de la poudre sur la scène de crime. Alors, trouvez-moi une empreinte, rien qu'une.

Le responsable de l'IJ s'avança, l'air embarrassé.

— C'est que… les empreintes, c'est pas ça qui manque.

Venturi le fixa avec des yeux ronds.

— Comment ça ?

— Il y en a partout sur la scène de crime.

— Ah bon ?! Combien d'individus ?

— Un seul.

— Le criminel ?

— Affirmatif.

— Vous êtes sûr ? insista-t-il, incrédule.

— Affirmatif. Elles sont très récentes. Sans être catégorique, je dirais qu'elles sont postérieures à la mort de certaines des victimes. Et puis, il y en a autour des corps, sur le cadenas, sur la porte…

— Il n'a pas mis de gants !

— Négatif.

Venturi était abasourdi. La plus élémentaire des règles de prudence en matière criminelle avait été négligée. C'était certes une excellente nouvelle, synonyme d'une affaire vite conclue, mais cela confirmait qu'il était confronté à un être complètement déséquilibré, déconnecté des réalités les plus évidentes.

— On a consulté le fichier ?

— Oui, aucun résultat. Vous pensez bien que je vous aurais averti.

— Recommencez.

— On ne fait que ça. On a même saisi chaque doigt, un à un, pour être sûr de ne pas passer à côté.

— Aucune concordance ?

— Il n'est pas enregistré. Ni dans l'Eurodac ni sur Interpol. Je suis formel.

Quel était le profil de ce tueur atypique ? Un inconscient qui laissait ses traces partout et qui, par chance, n'était fiché nulle part ? Possible. Ou bien un adversaire d'une autre envergure qui entamait une partie d'échecs avec lui ? Se sachant absent du fichier de la police nationale, il profitait de son impunité pour narguer le responsable de l'enquête.

Cette dernière hypothèse n'était guère réjouissante, c'était pourtant celle que Venturi appelait de ses vœux. Il voulait un ennemi digne de se mesurer à lui.

*

* *

Près d'une des tentes se tenait un petit groupe de policiers hilares tournés vers la porte d'entrée de la chapelle. L'un d'eux fixait sa montre et semblait chronométrer quelque chose. Ils attendaient que quelqu'un sorte ou qu'un événement se produise.

Après une poignée de secondes, une jeune femme s'échappa précipitamment de la petite église, arracha son masque et se pencha en avant pour vomir. Elle était encore pliée en deux lorsqu'elle vomit de nouveau. Puis elle cracha par terre. Elle s'essuya maladroitement la bouche avec son masque, sous les rires de ses collègues. Elle rougit en constatant que tous les yeux étaient rivés sur elle.

Il s'agissait probablement d'une stagiaire qui subissait un bizutage. Pour sa première scène de crime, on pouvait dire qu'elle avait été gâtée.

Venturi ne put réprimer un sourire en coin, puis il attrapa une petite bouteille d'eau et vint l'apporter à la jeune femme. Elle se rinça la bouche, puis but en fermant les yeux.

— Merci.

— De rien.

— Je suis désolée. Je n'ai pas pu me retenir. J'ai honte.

— Vous n'avez pas à avoir honte. C'est normal. Une scène de crime comme celle-ci, il faut avoir un peu roulé sa bosse pour ne pas dégueu… être malade.

— On arrive à s'y faire avec le temps ?

— On s'habitue à tout.

— Au moins, j'aurais fait rigoler vos collègues, ironisa-t-elle en désignant du menton le groupe de policiers qui s'étaient délectés de la scène.

Venturi se tourna vers eux et claqua des mains.

— Allez, au boulot ! Vous n'avez pas autre chose à foutre ?!

Le groupe se dispersa à regret.

— Excusez-les, ils… Mais, attendez, pourquoi dites-vous « vos collègues » ? Vous ne travaillez pas avec eux ?

— Non, je ne les connais pas. Je me suis présentée à eux et ils m'ont demandé d'enfiler cette combinaison avant de me rendre sur la scène de crime. J'ai bien senti qu'ils rigolaient un peu, mais je n'avais pas compris que c'était à mes dépens.

— Donc, vous n'êtes pas stagiaire ?

— Ah, non. Pas du tout.

— Mais qu'est-ce que vous faites là ?

— Oui, pardon, je ne me suis pas présentée, je m'appelle Olivia Montalvert. Je suis psy. Le procureur de la République m'a demandé de venir aussi vite que possible pour assister le commissaire Venturi. Vous savez où je peux le trouver ?

Sur le visage de Venturi, la surprise se lisait comme dans un livre.

— Vous êtes…

— Psy, oui.

C'était une jeune femme qui, sans être jolie, ne manquait pas de charme. Elle avait le sourire généreux malgré les circonstances, et des yeux malicieux. Il n'était pas interdit de penser qu'elle plaisait facilement. Elle devait mesurer deux têtes de moins que lui et son fin minois contrastait avec les traits durs du Cow-boy.

— Mais, je croyais que… Enfin, je m'attendais à…

Il s'interrompit, conscient qu'il serait maladroit de lâcher : « Je m'attendais à un homme. » Mais la jeune femme prit les devants.

— À un barbu avec une chemise à rayures, un pantalon en velours et de grosses lunettes ?

— Oui, reconnut Venturi. C'est à peu près ça.

— J'ai l'habitude. Et donc, ce Venturi, où puis-je le trouver ?

— C'est avec moi que vous avez rendez-vous, je suis le commissaire Venturi.

— Ah, c'est vous ? Enchantée, dit-elle en lui tendant une main. C'est marrant, je vous imaginais plus vieux.

Le policier s'étonna de la spontanéité de la jeune femme.

— J'ai laissé mon déambulateur dans la voiture. Les injections de Botox font le reste.

Elle le gratifia d'un large sourire qui illumina son visage.

— Dites, comment ça se fait que vous n'ayez pas l'habitude de voir des cadavres ? On ne vous apprend pas ça à la fac ?

— Je suis expert psychologue. Pas psychiatre.

Venturi – qui n'avait qu'une vague idée de la différence – enchaîna :

— Bon, je vous ai fait venir car il y a des choses que je ne sais pas faire, que je ne comprends pas, vous voyez ?

Elle fit oui de la tête.

— Vous avez pu constater par vous-même de quoi il s'agit. C'est du sérieux. Vous avez déjà eu affaire à quelque chose de ce genre ?

— Non. Je n'ai jamais vu un truc pareil.

Il regrettait sa question. Elle semblait tout juste sortie de la fac, comment aurait-elle pu être amenée à traiter un cas aussi sordide ?

— Et sinon…

— Oui ?

— Non, rien.

Venturi considéra la jeune femme avec désillusion. Il s'attendait à un homme, c'était exact, mais surtout, il voulait se reposer sur quelqu'un d'expérimenté, de blasé même. Un praticien ennuyeux qui avait déjà tout vu, tout entendu, qui connaissait par cœur la noirceur de l'âme humaine et qui saurait en cartographier les ignobles tréfonds.

Au lieu de cela, il avait face à lui une jeune femme dont la dernière préoccupation en date avait été d'écarter les pieds pour ne pas dégueuler sur ses souliers.

Il voyait déjà le tableau : elle allait l'abreuver de ces théories fumeuses tout droit sorties d'un amphithéâtre ou d'un épais bouquin pondu par de prétendus « spécialistes » qui n'avaient jamais vu de cadavres ailleurs qu'en photo.

Bref, elle lui ferait perdre son temps. Mais, puisqu'elle était là, il décida de lui poser quelques questions d'usage.

— Que pouvez-vous me dire sur le meurtrier ?

— C'est un homme. Je dirais d'une trentaine d'années. Peut-être un peu plus.

Venturi leva les yeux au ciel. Elle lui débitait le cliché habituel que même les scénaristes de série B n'osaient plus sortir.

— Pourquoi pas une femme ? relança-t-il sans conviction.

— Il n'existe aucun cas de femme ayant commis des meurtres de ce niveau d'atrocité. Mais surtout, il n'y a qu'un seul type d'empreintes, à ce qu'on m'a dit. Donc, c'est une personne seule. Or, pour descendre un corps inerte de voiture, le traîner jusque dans cette petite église, il faut être sacrément costaud. Vous avez vu le gabarit de certaines des victimes ? Une femme seule, même sportive, n'y arriverait pas.

— Écoutez, ne le prenez pas mal, mais, franchement, qu'il s'agisse d'un homme, je m'en doutais un peu. J'ai besoin d'aller beaucoup plus loin. Il me faut comprendre les motivations de ce taré. Si je ne sais pas comment il fonctionne, comment pourrais-je anticiper ses faits et gestes pour l'arrêter ? Vous voyez ?

— Je vois, encaissa-t-elle d'une voix fébrile.

— J'ai demandé à être assisté d'un psy pour gagner du temps. Pas pour me dire ce que je sais déjà. Je pensais que vous aviez l'habitude de ce genre de… scène. Que vous connaissiez ça par cœur.

— Désolée.

— Vous n'avez pas une grande expérience du terrain ; je me trompe ?

— J'ai surtout pratiqué dans des établissements spécialisés…

Il n'était pas dans les habitudes de Venturi de prendre des pincettes. Lorsque quelqu'un lui faisait perdre son temps, il le renvoyait sur-le-champ. Tant pis pour les convenances et les susceptibilités. Pourtant, là, il ne se sentait pas d'envoyer bouler cette jeune femme. Était-ce dû à son air inoffensif ? Au fait qu'elle se soit déplacée en urgence pour vomir son petit déjeuner ? Il voulut donc mettre les formes, mais ce fut une phrase plus rude qu'il entendit sortir de sa bouche :

— Voilà : je crois que ça ne va pas le faire.

— Quoi donc ?

— Eh bien… Comme je viens de vous le dire, il me faut quelqu'un qui m'aide à comprendre. Et… vous…

— Oui ?

— Vous êtes trop jeune, trop inexpérimentée. Je suis désol…

— Il s'agit d'un psychotique extrêmement organisé : il parvient à capturer ses victimes sans attirer les soupçons. Et cela à six reprises. Il cible et chasse méticuleusement, avec une grande finesse. Il a développé un moyen de séduire si efficace qu'aucune disparition inquiétante n'a été signalée dans la région et que vous êtes toujours en train de chercher l'identité de ces six victimes. Je me trompe ?

— Euh… non.

— Ce n'est pas un simple taré qui ne sait pas ce qu'il fait et frappe au hasard, comme vous le pensez, mais un prédateur. Qu'il soit atteint d'une pathologie mentale lourde, c'est indéniable, mais ne le sous-estimez pas. Je n'ai pas constaté de choc au crâne ni d'entailles profondes à proximité des organes vitaux. Sous réserve du rapport d'autopsie, ça signifie qu'il s'emploie à tuer sans violence. Donc en gagnant la confiance de ses victimes. Ce qui révèle un côté manipulateur. Autre chose : cette chapelle abandonnée est bien plus qu'un simple charnier où il est simplement venu se débarrasser des cadavres. C'est une sorte de sanctuaire. Il n'a pas choisi une église par hasard. Paradoxalement, il doit éprouver pour ses victimes un attachement, du respect, peut-être une forme de sacralisation. En ce sens, la façon dont les corps sont positionnés est instructive. Peut-être du fétichisme, quoique non, trop sexuel… La symbolique fœtale nous inviterait à aller chercher du côté des parents, de la mère surtout, pourtant je trouve ça un peu grossier, un peu facile, cela risque de nous emmener sur une fausse piste. Le fait de placer ses victimes dans cette position dans un endroit abrité et fermé par un verrou confirme ma théorie du « sanctuaire ». Dans un autre domaine, on peut s'interroger sur une possible forme de trichophobie. Avant que vous me posiez la question, c'est la phobie des poils ou des cheveux. C'est assez rare, mais couplé à une psychose délirante aiguë, ça pourrait expliquer que chaque victime ait été si soigneusement rasée. Quant aux énucléations, elles sont également très significatives. J'ai d'abord envisagé la classique « peur du regard ». Les criminels n'apprécient pas que leurs proies les fixent dans les yeux. Parce que ça leur fait prendre conscience du mal qu'ils font. Mais je ne crois pas que ce soit ça. Il a dépassé ce stade. Je pense au contraire qu'il souhaite préserver de la décomposition les globes oculaires de ses victimes. Il doit vouloir les regarder dans les yeux comme s'ils étaient vivants ! Vu la gravité de son cas, il est impossible qu'il n'ait pas d'antécédents psychiatriques. Quant à l'inscription « *Non Serviam* », il s'agit d'une locution latine attribuée à Lucifer et bien connue dans les milieux occultes. Pour faire court, c'est le refus de Dieu. Mais ne vous y trompez pas. Le criminel que vous recherchez n'a rien à voir avec cette inscription qui, vous n'avez pas manqué de le constater, est largement antérieure aux meurtres. Peut-être le tueur se sera-t-il reconnu dans ce qu'elle dit, toujours est-il qu'il n'en est pas l'auteur. Enfin, vous voulez savoir s'il va recommencer. Et là, je serai catégorique : il ne s'arrêtera que si vous l'en empêchez. Si vous échouez, que vous perdez du temps, il y aura d'autres morts. Je suis jeune, commissaire, et je comprends que me voir vomir sur la scène de crime ne m'ait pas fait marquer des points auprès d'un vieux briscard comme vous, mais je connais mon boulot. Maintenant, à vous de décider si je rentre chez moi ou si on fait équipe. Parce que, moi non plus, je n'ai pas de temps à perdre.

Elle avait déroulé son monologue d'une traite, avec tant d'assurance et de détermination que le silence qui s'ensuivit lui appartenait encore.

Venturi observait ce petit bout de femme avec autant de stupeur que si elle avait assommé un ours d'un coup de poing. L'image n'était d'ailleurs pas si éloignée de la réalité.

— Vous avez déduit tout ça en si peu de temps ?

— À ce stade, je n'ai aucune certitude. Ce sont juste des hypothèses que je considère comme possibles. D'habitude, j'aime m'appuyer sur des éléments solides pour déplier un diagnostic différentiel, mais vous n'êtes pas du genre à attendre. Vous préférez l'action, le mouvement. Vous aimez mettre les gens sur le gril pour obtenir le meilleur d'eux. Alors, je vais dans votre sens.

Il la fixait avec insistance. Puis il tourna les talons sans un mot et s'éloigna vers la tente de commandement, avant de lâcher par-dessus son épaule :

— Bon, vous venez ?

Le visage de la psy s'illumina de joie et d'une candeur enfantine. La pugnacité fit place à une jovialité communicative.

Elle trottina pour le rejoindre.

— Merci.

— Vous lisez dans les pensées, ma parole !

— Non, commissaire, pas encore. Pour ça, il vous faudrait une voyante.

11

— Une voyante… qui arnaque ses clients !

Je me délectais de la situation : Marie-Amélie était médusée par mon audace.

— Que ça ne te coupe pas l'appétit, lui dis-je en lui tendant le plat de poulet basquaise que j'avais préparé.

— Mais, comment tu fais ? Tu leur racontes n'importe quoi et tu croises les doigts pour que ça tombe juste ?

— Pas du tout. Ce que je leur dis est parfaitement authentique. C'est ça qui est stupéfiant.

— Vas-y, lis dans mes pensées.

— Non, ça ne marchera pas avec toi. Je te connais depuis dix ans…

— Onze !

— Onze ans. Je sais tout de toi. Ce serait trop facile.

— Ne te fais pas prier, Ophélie ! Dis-moi comment tu fais ?

— Si tu veux, je vais te décrire la séance de ce matin.

— OK.

— Une jeune femme s'est présentée à moi en début de matinée. Sans qu'elle ait ouvert la bouche, j'ai deviné qu'elle était sur le point d'acheter une maison trop chère pour elle, qu'elle avait des problèmes d'argent, qu'elle était vendeuse, qu'elle entretenait des relations conflictuelles et complexes avec sa patronne, qu'elle envisageait de changer d'emploi, que son conjoint s'appelait Julien, que sa mère était morte et qu'elle était enceinte, alors que son ventre était plat !

— Et c'était juste ?

— Tout était rigoureusement exact.

— Tu la connaissais ?

— Jamais vue.

— Merde, comment c'est possible ?

Au lieu de lui répondre sur-le-champ, je trempai un morceau de pain dans la sauce et m'en délectai autant que de l'effet que j'avais fait sur ma copine.

— C'est assez simple, dévoilai-je avec une fausse modestie manifeste. On consulte une voyante lorsqu'on est confronté à un choix difficile et que l'on ne sait pas quelle option retenir. Cette nana, elle devait avoir une trentaine d'années. Quelles grosses décisions tu prends à cet âge ? Savoir si c'est sérieux avec ton mec, acheter un bien immobilier, ou changer de boulot. Il y en a d'autres, évidemment, mais celles-ci sont les plus fréquentes. Elle portait une bague de fiançailles, j'en ai déduit qu'elle en était à un stade avancé avec son copain. Donc, soit ils emménagent ensemble, soit ils envisagent de déménager parce qu'ils ont dans l'idée de faire un enfant. Dans les deux cas, il y a un projet immobilier. En ce qui concerne le bébé, soit c'est juste un projet, soit c'est en cours. Le plus probable, c'est le projet. Mais lorsque j'ai évoqué le sujet, elle m'a regardé, et j'ai clairement vu l'émotion dans ses yeux. On n'a pas ce regard-là pour une simple intention, on l'a pour son enfant à naître. Donc, elle était enceinte.

— C'est dingue !

— Il est très important de minutieusement observer les microréactions de la cliente pendant que je parle. Un haussement de sourcil, la pupille qui se dilate, un pincement des lèvres, l'œil qui s'humecte, tout cela infirme ou confirme ce que j'annonce. Le fait de lui tenir les mains est aussi fondamental, car le bout des doigts trahit très souvent nos émotions. Je dois constamment en tenir compte et corriger le tir.

— Oui, t'as toujours été très observatrice de tous ces trucs, je sais. Mais comment t'as deviné qu'elle était vendeuse et que c'était tendu avec sa patronne ? C'était pas marqué sur son front.

— En venant jusqu'ici, tu as traversé la région : pas d'industries, pas de tours de bureaux. Il y a deux activités principales : le commerce et l'agriculture. Ses mains étaient fines et douces. Pas le genre à ramasser des tomates. Donc, j'ai opté pour le commerce. À son âge, avec des bijoux sans valeur, elle n'occupait certainement pas un haut poste. J'ai hésité avec serveuse, mais il y a plus de boutiques que de bars et de restaurants, donc les probabilités étaient dans le camp de la vente.

— Et si elle t'avait dit : « Non, je suis guichetière dans une banque » ? Ou « coiffeuse » ?

— Pas grave. Je m'en serais sortie en disant quelque chose du style : « Oui, un métier au contact de la clientèle. » Et j'aurais brodé pour me réapproprier le truc.

— Le coup de la patronne, ça, j'ai compris comment tu as fait : tout le monde a une relation un peu particulière avec son supérieur hiérarchique. Donc, tu as déroulé des banalités sur le respect, le manque de considération, l'argent, les responsabilités, etc. Je me trompe ?

— C'est ça.

— Comment savais-tu que son patron était une femme ? Là, question probabilités, il était plus logique de choisir un homme, non ?

— C'est ce que j'ai fait. J'ai parlé du « patron ». Je n'ai pas obtenu de réaction. Alors, je l'ai regardée pour avoir une info. Quand j'ai parlé de « patronne », elle a eu un petit mouvement de sourcil. J'avais ma réponse.

— Son boulot ?

— Elle envisageait de changer d'emploi, comme tout le monde. On a tous feuilleté les petites annonces, imaginé une carrière différente, eu le désir de tout plaquer. Elle n'a probablement pas envie de rester vendeuse toute sa vie. D'ailleurs, avec un projet immobilier, il va lui falloir de plus hauts revenus. J'avais très peu de chances de me tromper.

— Et la maison ?

— Je n'ai pas parlé de maison, mais de « bien ». Dans la région, il y a les deux, et je n'ai pas voulu prendre de risque. Une chose est sûre : on craque toujours pour un bien qui est plus cher que son budget. Il y a systématiquement un écart. Donc : problème d'argent. Qui dit problème d'argent dit augmentation. Mais en étant vendeuse, qu'est-ce que tu veux qu'elle obtienne ? Donc, changement de boulot.

— Bien joué. Et comment tu as fait pour deviner que sa mère était morte ?

— Mais je n'ai rien deviné du tout.

— Bah, tu viens de me dire que si.

— Non. Je me suis contenté de dire un truc du genre : « Il y a quelqu'un qui aurait aimé être auprès de vous dans ces moments-là » ou « Une personne pour qui votre avenir a de l'importance et qui n'est pas là ». Quand on a passé la trentaine, on a souvent perdu un membre proche. La plupart du temps, c'est un grand-parent. Là, bingo, c'était sa mère. Du coup, elle va raconter à tout le monde que j'ai deviné que sa mère était morte, ce qui est faux.

— Génie !

— Et si personne n'est mort, il y a bien un parent qui habite loin, donc je retombe sur mes pattes puisqu'il n'est pas présent.

— Tu mets toutes les chances de ton côté pour chaque affirmation, en prenant soin de te garder une porte de sortie. Pigé.

— J'imagine que tu veux la cerise sur le gâteau ?

— Le prénom de son mec ! « Julien », comment t'as deviné ? Il y a des milliers de prénoms !

— J'ai employé la même méthode : je tâtonne, et quand ça mord, je m'attribue la réussite. Je lui ai parlé du son K. Elle n'a pas réagi. J'ai alors essayé avec J et je suis tombé dans le mille.

— T'as eu un sacré coup de bol !

— Mais pas du tout ! Dans sa tranche d'âge, le prénom le plus courant est Kevin. Le son K. En renfort, j'ai les Karim, Quentin, Franck, etc. Ensuite viennent les Julien, Jérémy, Benjamin, Jonathan, Jean. Le son J. Les statistiques jouent en ma faveur.

— Quand même ! Il reste pas mal d'autres prénoms.

Je la regardai, l'air amusé par sa crédulité.

— Je n'ai jamais affirmé que « J » ou « K » correspondait au nom de son mec. J'ai juste lancé l'idée. C'est elle qui l'a dit. Là encore, elle est persuadée que je connais son fiancé. Si ça n'avait pas fonctionné, je lui aurais demandé le prénom de son père, de sa mère, de l'agent immobilier, du bébé qu'elle porte, de la ville où elle veut emménager, le nom de la résidence. Je peux t'assurer que j'aurais fini par trouver un J !

— C'est fascinant ! Je suis sur le cul.

— Merci.

Je nous resservis un verre de rosé.

— Tu as étudié la fréquence des prénoms pour chaque tranche d'âge ?

— Le jeu en vaut la chandelle.

— Bon, reprit-elle. Et ça t'arrive de te tromper ?

— Oui, bien sûr.

— Comment tu gères ?

— Ce n'est pas bien dramatique. Quelqu'un qui vient voir une voyante n'escompte pas que tout soit absolument juste. Il s'attend à un peu de flou. S'il y a des erreurs, il l'accepte. D'ailleurs, je suis aidée par le fonctionnement du cerveau dont la mémoire est sélective.

— Si je comprends bien, tes clients ont tendance à retenir les informations justes et à oublier tes approximations.

— Ça va plus loin. Si un client est sincèrement épaté par mes « dons », il va en parler autour de lui. Pour prouver qu'il n'est ni crédule ni fou, il va occulter toutes mes imprécisions et il va aussi magnifier ce que j'ai annoncé. Il sera capable de m'allouer des prédictions que je n'ai jamais faites, ou il modifiera machinalement le déroulé de la séance pour la rendre encore plus spectaculaire. Et, chaque fois qu'il racontera l'histoire, il ajoutera un détail. C'est un phénomène inconscient, mais presque systématique. On fait tous ça.

— Et il ne t'est jamais arrivé d'être complètement à côté de la plaque ? D'avoir faux sur toute la ligne ?

— Rarement.

— Ça doit être délicat.

— Non. Je m'en remets « aux esprits », étrangement confus, à la « connexion » qui n'est pas limpide. Je n'assume jamais la responsabilité d'un échec. Je ne revendique que les succès. Et puis, au pire, je perds une cliente. Les conséquences ne sont pas si graves que ça. Je vais te donner un exemple : imagine que tu sois enceinte…

— Au secours !

— … et que tu souhaites connaître le sexe de l'enfant. Tu peux même vouloir le demander pour simplement me tester. Je répondrai toujours « C'est un garçon ». À la naissance, il y a 105 garçons pour 100 filles. J'ai donc les probabilités pour moi. Si je me trompe, tant pis, j'ai perdu une cliente. Mais si j'ai raison, tu seras capable de raconter à toutes tes copines à quel point je suis formidable. C'est la même chose avec les diagnostics médicaux. Contrairement à ce qu'on pourrait imaginer, il faut les contredire.

— Contredire un médecin ? Là, tu prends un sacré risque.

— Oui. Mais réfléchis : si je donne le même avis que le médecin, je ne sers à rien. Vous avez un cancer. Point. Si je dis « Non, il y a autre chose », j'ouvre une telle source d'espoir que le malade se raccroche à moi. Il viendra me consulter rien que pour entendre de bonnes nouvelles sur sa santé.

— Super dangereux ! Et s'il passe l'arme à gauche ? T'es responsable !

— Au contraire. Je l'encourage à poursuivre son traitement médical. La médecine fait son boulot, moi je me bats « dans une autre sphère » ou une connerie de ce genre. Il a l'impression qu'on mène un combat commun. L'espérance lui permet de mieux affronter les traitements souvent douloureux et éprouvants. Il se porte mieux. S'il guérit, il m'associe à sa rémission, je suis une sainte. S'il meurt, j'ai perdu un client, mais en attendant, je me suis rempli les poches.

— Moralement, c'est moyen, quand même.

— Pourquoi ? Je ne fais de mal à personne.

— Tu donnes de faux espoirs !

— Et alors ? C'est un truc vieux comme le monde. Les politiciens qui font miroiter des jours meilleurs si on vote pour eux, les fabricants de téléphones qui te promettent que tu seras entouré d'amis si tu achètes leur dernier modèle, les constructeurs automobiles qui sous-entendent que tu auras une famille heureuse, sans oublier les produits de « beauté ». Pourquoi seraient-ils les seuls à en profiter ?

Il y eut un blanc que je ne voulus pas combler. Je savais qu'elle était fascinée et suffisamment curieuse pour avoir d'autres questions en réserve. Je n'eus pas à attendre longtemps.

— Mais, quand on te demande d'entrer en contact avec des morts, tu fais comment ? Tu les as pas en face de toi pour te donner des indices !

— C'est vrai. J'utilise des subterfuges du genre « Je vois une île » ou « un bateau ». Parce que les gens qui souhaitent communiquer avec des proches décédés ont besoin de se remémorer des souvenirs particuliers. L'île ou le bateau, ça fait référence à des vacances, donc on est en compagnie de l'être aimé, loin des soucis du quotidien. Ça marche presque à tous les coups. Là encore, si je fais fausse route, je me rattrape avec « de l'eau ». Tu parles qu'ils ont bien eu des moments mémorables au bord de la mer ensemble un jour ou l'autre !

— Évidemment.

— Des trucs comme ça, j'en ai plein. Mais ma ruse favorite est d'aller sur Facebook. En général, la première séance, je ne demande aucun nom. Et je dois bluffer comme je viens de t'expliquer. J'ai donc acquis la confiance de ma cliente qui ne doute pas de la puissance de mes visions. Ensuite, je note son nom et ses coordonnées pour le prochain rendez-vous. Et là, je vais faire un petit tour sur Facebook et Instagram, et j'ai accès à une mine d'informations que les gens ne se souviennent même pas avoir partagées.

— C'est clair !

— Et le vrai succès de la réussite de mes « visions », tu sais ce que c'est ?

— Dis-moi.

— Les gens sont bavards ! Bien sûr, quelqu'un de sceptique va livrer les informations avec parcimonie. Mais les gens qui payent pour me consulter ont un besoin. Et ils attendent de moi que je comble ce vide. Donc, ils parlent, ils se livrent, se confessent. Je suis l'oreille attentive qu'ils n'ont pas trouvée ailleurs.

— Et tu factures combien ?

Je la regardai, victorieuse.

— Ça, c'est le coup de grâce. Tu es prête ?

— J'écoute.

— On donne ce qu'on veut !

— Tu déconnes ?

— Pas du tout. Ça désamorce toutes les suspicions d'escroquerie. « Elle est forcément honnête, on lui donne ce qu'on veut ! » Je ne sais pas pourquoi, mais les gens trouvent que ça s'apparente à du bénévolat. Ils s'imaginent tous que pour certains c'est gratuit. Tu parles ! En moyenne, ils me laissent au moins 25 euros. Tu fais le calcul : c'est autant qu'une consultation chez un médecin qui a fait sept ans d'études !

— Et tout en espèces.

— Naturellement.

— Splendide !

— J'ai de la chance, le mot « escroc » ne se conjugue pas au féminin.

Elle prit son verre de vin, le leva comme on porte un toast, but une gorgée de rosé en me fixant. Puis elle lâcha :

— Toujours aussi manipulatrice.

12

Les hommes introduisirent le chargeur dans leur fusil d'assaut et actionnèrent la culasse pour engager une balle dans le canon. Les armes étaient prêtes à cracher le feu et le plomb. Ils se couvrirent le visage de leur cagoule et se préparèrent à intervenir.

Au signal, les portes des deux camions s'ouvrirent simultanément et les escouades en surgirent. À demi accroupis et en silence, ils évoluaient avec une agilité d'insecte, canons pointés en direction de la maison.

Tout était calme, le jour ne s'était pas encore levé, pourtant ce n'était déjà plus tout à fait la nuit. Les hommes n'étaient que des ombres mouvantes dans une quasi-obscurité.

Le premier groupe s'apprêtait à pénétrer par la porte principale tandis que le second couvrait l'arrière du pavillon ainsi que son petit jardin, pour priver les occupants de toute fuite.

Ils avaient répété ce type de manœuvres si souvent que c'était devenu une seconde nature. Pour autant, il y avait une différence fondamentale : à l'entraînement, on ne risquait pas sa peau. La réalité réservait parfois de sacrées surprises. Rarement de bonnes.

C'était une maison plutôt cossue, mais sans charme, comme on en trouvait tant dans les banlieues des villes de province.

Depuis sa voiture, le commissaire Venturi observait la scène. Il était convenu qu'il resterait en retrait tant que la maison ne serait pas sécurisée. C'était la procédure. Puisqu'il était placé sous la juridiction de la gendarmerie, il ne pouvait y déroger. Il sortit toutefois son Sig Sauer de son étui et l'arma. Sa main droite tremblait.

Pas maintenant, putain !

Il rengaina le pistolet.

Les hommes du GIGN prirent position de chaque côté de la porte d'entrée.

Venturi regarda sa montre. Six heures pile.

— Intervention, ordonna-t-il dans le talkie-walkie.

Devant la porte d'entrée, le chef d'équipe fit un signe de la main. Aussitôt, un gendarme équipé d'un bélier prit son élan et l'éventra.

Puis ce fut le chaos.

Les hommes surgirent en hurlant. Ils s'engouffrèrent dans la maison, envahissant chaque pièce, braquant leurs armes dans toutes les directions à la recherche d'une éventuelle menace.

Ils déboulèrent dans une chambre où un couple était allongé, tiré du sommeil par le raffut et paralysé par la peur. Les gendarmes leur crièrent de lever les mains et de se mettre à genoux. Leurs rugissements ne firent qu'aggraver la confusion et l'incompréhension. Le couple semblait tétanisé et totalement incapable de coopérer.

Les gendarmes les plaquèrent au sol et leur passèrent les menottes, avant de les conduire dans le salon.

Lorsque le chef d'équipe se fut assuré que les lieux étaient sécurisés, il saisit son talkie-walkie et annonça :

— Clair.

Il ne fallut que quelques secondes à Venturi pour débouler dans la maison.

Dès qu'il les vit menottés sur leur chaise, l'air penaud et hagard, il comprit.

Certes, les tueurs en série n'avaient que rarement la tête de l'emploi. Trop souvent, au contraire, ils passaient pour les gentils voisins, serviables et polis. Pourtant, là, Venturi ne lut que de la panique. Cette stupeur si forte qu'elle les empêchait de poser la moindre question ou de protester.

Cela faisait vingt-cinq ans qu'il alpaguait les criminels de tous calibres. Il connaissait par cœur la gueule qu'ils faisaient lors d'une interpellation musclée : cette volonté de paraître étonné. Ces « Qu'est-ce que j'ai fait ? » aux intonations trop haut perchées. Quand on multipliait les crimes et les délits, on s'attendait à ce que ce jour arrive. On le niait, mais on s'y préparait inconsciemment. Du coup, lorsque le jour fatidique survenait, tout sonnait le réchauffé.

Ces gens-là n'avaient rien anticipé. Ils avaient tout simplement l'impression que le débarquement de Normandie venait de se rejouer dans leur chambre.

Venturi détacha leurs menottes et fit signe aux gendarmes de se détendre. Il avait déjà une affaire délicate sur le feu avec l'IGPN, ce n'était pas la peine d'en rajouter.

Il s'installa face à eux, signifia au mari qu'il allait être placé en garde à vue et employa la technique habituelle.

— Vous savez pourquoi nous sommes ici ?

Au cours de sa carrière, cette simple question ouverte lui avait parfois permis d'obtenir des réponses qui dépassaient ses espérances. Le fait d'intervenir à chaud, alors que la surprise n'était pas retombée, que la peur était encore palpable, avait pour conséquence de délier les langues et d'ouvrir des portes insoupçonnées.

Et, effectivement, ils avouèrent.

Ils déballèrent tout.

Ils étaient coupables de mettre du fioul domestique dans leur véhicule Diesel !

Une vingtaine de gendarmes d'élite mobilisés au petit matin pour une affaire de fraude à la taxe sur les carburants…

Le juge qui avait autorisé la procédure allait bien se marrer.

De leur côté, les gendarmes avaient retourné la maison de la cave au grenier, en passant par l'abri de jardin et la niche du chien. Leurs ordres étaient clairs : chercher du matériel de chirurgie ou de taxidermie, en particulier des billes de verre. Mais aussi des traces de sang sur des vêtements ou même des chiffons.

Ils mirent la maison à sac. Avec froideur, ils retournaient chaque tiroir, vidaient les penderies, dégageaient les étagères, renversèrent le bac à linge sale, déplacèrent les meubles.

L'officier chargé de superviser les recherches consulta ses hommes puis fit « non » de la tête à Venturi.

Bien que peu surpris du résultat, celui-ci ruminait de perdre ainsi son temps. Soixante-quinze pour cent des affaires se solutionnaient grâce à une perquisition. Mais ça n'avait rien d'un crime ordinaire.

Venturi décida que le moment était venu de mettre les pieds dans le plat.

— Vous êtes propriétaires d'une parcelle de terrain où se trouvent une sorte de grange et une chapelle abandonnées. Vous confirmez ?

— Oui.

— Quand vous y êtes-vous rendus pour la dernière fois ?

Le couple échangea un regard. Ce fut le mari qui tenta une réponse :

— Je dirais huit ou dix mois.

— Pas plus récemment ?

— Non.

— Comment se fait-il que vous vous y rendiez si rarement ?

— Bah, j'ai rien à y faire ! dit-il comme une évidence.

— Ce n'est pas vous qui l'exploitez ?

— Non. Je loue mes champs. Mais en ce moment, ils sont en jachère.

— Depuis combien de temps ?

— Bah, huit ou dix mois.

— La personne qui loue vos champs, elle vient souvent là-bas ?

— Vous voulez dire, ces derniers temps ?

— Oui.

— Quoi foutre ?

— Mmm. Sur ce terrain, il y a une chapelle, n'est-ce pas ?

— Oui.

— Pourquoi l'avez-vous achetée ? Ce n'est pas commun.

— J'ai acheté le terrain. Elle était dessus. Point barre.

— Elle était déjà abandonnée ?

— Je l'ai connue qu'en ruine. Faut dire, c'est pas avec les quatre péquenots qui habitent là-bas…

Venturi regardait le bout de ses chaussures. Il n'attendait plus rien de cette audition. Ses questions tombaient machinalement.

— Vous y avez quand même mis un cadenas tout neuf. Pourquoi ?

— Un cadenas, oui, mais pas tout neuf. Je l'ai posé quelques jours après avoir signé les papiers. Ça doit faire sept ou huit ans.

— Il y a un nouveau cadenas, maintenant, continua Venturi.

— Mais qui l'a posé ?

— Je comptais un peu sur vous pour me l'apprendre.

— Bah, j'en ai aucune idée !

— Il y a souvent des gens qui y pénètrent ?

— Personne. Vous pensez, elle est perdue au fin fond de la cambrousse, au milieu des champs. Faut connaître. Et puis, elle est complètement vide. Rien à voler.

— Alors, pourquoi aviez-vous mis un cadenas à l'époque ?

— On sait jamais. À ce qu'on m'a raconté, avant que je l'achète, il s'y déroulait des trucs bizarres.

Venturi fronça les sourcils et s'approcha.

— Du genre ?

— Je pourrais pas vous dire exactement, mais on m'a parlé de messes noires. Des cérémonies où on vénère le diable.

13

Toute la nuit et une partie de la matinée, les équipes de la police scientifique avaient œuvré pour identifier les corps. Une tâche rendue particulièrement difficile du fait de l'état de délabrement des cadavres ainsi que des opérations chirurgicales qu'ils avaient subies.

En liaison avec l'Office central des disparitions inquiétantes de personnes (OCDIP), les enquêteurs avaient étudié une à une toutes les affaires en cours. C'était un fait méconnu, mais près de quarante mille personnes disparaissaient chaque année en France et retrouver les six victimes parmi tous ces dossiers représentait donc un travail colossal. Par ailleurs, contrairement aux enfants, qui faisaient l'objet d'une procédure prioritaire, les adultes étaient considérés comme libres de « s'évaporer » dans la nature sans fournir d'explication. En conséquence, même si les proches se montraient extrêmement réactifs pour signaler une absence, les forces de l'ordre ne disposaient que de très peu de latitude et étaient le plus souvent contraintes de les éconduire – à leur grand dam. Il était donc à craindre que l'un ou plusieurs des corps ne puissent être identifiés dans l'immédiat.

Pourtant, sous la férule parfois rugissante de Venturi, les enquêteurs avaient effectué un travail remarquable. Après une multitude de recoupements, ils avaient fini par cerner six profils. Quelques heures plus tard – l'envergure de l'affaire ne souffrant pas les lourdeurs habituelles de procédure –, l'analyse de la dentition confirma que les dépouilles correspondaient bien à six jeunes hommes portés disparus dans les dernières semaines.

Une équipe avait alors été dépêchée par Venturi pour aller annoncer la mauvaise nouvelle à chacune des familles. C'était cela aussi, être flic.

*

* *

Olivia Montalvert s'était fait prêter un bureau au commissariat et, en attendant de recevoir les dossiers des victimes, elle interrogeait le fichier central avec la bénédiction du commissaire Venturi.

Elle était fermement convaincue que le tueur n'en était pas à son coup d'essai. On ne basculait pas brutalement dans la violence la plus sourde, on y glissait lentement.

Pourtant, le fichier demeura mutique. Aucune de ses requêtes ne révéla de cas similaire ou proche. Elle était pourtant remontée deux ans en arrière.

Elle fixa l'écran vierge, plus sceptique que jamais.

Elle fit une nouvelle requête. Cette fois, dans la case « date », elle remonta cinq ans plus tôt. Puis elle effaça son choix pour couvrir les dix dernières années.

Pendant que l'ordinateur fouillait sa gigantesque base de données, elle s'enfonça sur son siège, sûre que le nom du tueur allait y apparaître.

Elle se redressa brusquement lorsque l'écran afficha une fenêtre. Mais le message qu'elle contenait refroidit ses ardeurs : « Aucune occurrence. »

Incroyable ! Le tueur avait surgi de nulle part. Il s'était mis à assassiner du jour au lendemain. Six meurtres en deux mois et rien auparavant ? Impossible. Il devait y avoir eu des signes avant-coureurs.

Pour couronner le tout, les empreintes digitales étaient également absentes de tous les fichiers, non seulement en France, mais aussi de ceux d'Interpol et des polices de l'Union européenne.

Comment expliquer ce brutal et imprévisible déferlement meurtrier ?

Elle dut reconnaître qu'elle n'avait aucune réponse.

Elle repensa à ces corps alignés dans la chapelle. Fallait-il y voir une signification religieuse ? Elle n'y croyait pas. Choisir un lieu de culte pour entasser des cadavres n'était certes pas innocent. Pour autant, la scène de crime ne ressemblait aucunement à un rite sacrificiel. Il n'y avait ni cire fondue provenant de cierges, ni cendre de bâtons d'encens, ni pentacle tracé à la craie sur le sol. Rien de tout cela. L'inscription « *Non Serviam* », antérieure aux meurtres, n'y changeait rien. Sa présence restait énigmatique, mais il n'en était pas l'auteur. D'ailleurs, l'avait-il seulement vue ? Il avait fallu braquer les puissants projecteurs pour que le tracé apparaisse aux policiers. Or, seul dans la chapelle pour y déposer un corps, le criminel ne devait pas avoir mieux qu'une lampe de poche.

Alors, la même question revenait de plus belle : pour quelle raison prenait-il tant soin des corps ? D'abord cet enduit, ensuite les yeux de verre, pour finir, une chapelle comme dernière demeure.

Quelques instants plus tôt, elle avait obtenu de l'IJ la confirmation que les corps avaient été déplacés. Le Luminol n'avait révélé aucune trace de sang. Ils n'étaient donc pas morts dans cette chapelle, comme elle l'avait supposé depuis le début.

Elle tenta alors de retracer le parcours des victimes : elles étaient kidnappées sur un lieu A, tuées sur un lieu B, et elles terminaient dans la chapelle.

« A » était un point variable : les victimes n'étant pas originaires des mêmes villes, chaque enlèvement s'était déroulé dans un endroit différent, ce qui complexifiait encore un peu plus le travail des enquêteurs. Quant au point « B », il était probablement fixe. C'était le repaire du meurtrier, qu'il avait certainement aménagé pour pratiquer ses sinistres offices.

À cette analyse il fallait ajouter un troisième paramètre : le temps. Combien de temps les victimes étaient-elles maintenues en vie ? Combien de jours le tueur conservait-il les cadavres ? Et enfin, pour quelle raison décidait-il de s'en débarrasser ?

C'est sur ce genre de points que le commissaire Venturi attendait son aide. Et elle avait cru comprendre qu'il n'était ni patient ni facile à contenter.

Elle plongea sa tête entre ses mains et fit un rapide bilan : si le tueur maintenait les victimes en vie un certain temps, même sans les torturer, il affirmait ainsi une toute-puissance qui compensait bien souvent une impuissance sexuelle. Il exerçait sur elles le pouvoir de vie ou de mort. Leurs supplications provoquaient alors chez lui une excitation proche du plaisir sexuel. L'orgasme par une survalorisation narcissique.

En revanche, s'il les tuait rapidement pour disposer de leurs corps, cela pouvait signifier une inaptitude à communiquer avec les vivants, donc une asociabilité maladive, ou encore une fascination morbide.

Dans tous les cas, l'assassin était dangereux et incontrôlable. Il avait atteint un stade de sa folie qui rendait ses meurtres inévitables. Même la médiatisation de l'affaire, la présence policière dans la région et la méfiance accrue des habitants ne pourraient refréner ses pulsions de mort. Il devait assouvir ses besoins coûte que coûte. Avait-il seulement conscience qu'il risquait de se faire arrêter ?

Cette question laissa Olivia Montalvert perplexe. Quelle logique avait bien pu le conduire à ne pas porter de gants ? Fallait-il y voir une absence de lucidité ou une volonté de se faire arrêter ? Certains criminels, bien qu'incapables de s'arrêter de tuer, laissaient des indices afin que quelqu'un mette un terme à leurs agissements. Ou bien éprouvait-il un sentiment d'impunité et d'hypertrophie narcissique qui le rendait inaccessible, hors loi, hors monde, ce qui confinait à la mégalomanie ?

Certes, il n'était pas fiché, mais au cours de cette enquête, on ne manquerait pas de relever les empreintes de chaque suspect. Si, par hasard, on s'intéressait à lui, il était foutu ! S'il était interpellé pour autre chose, même des années plus tard, il tomberait. Pareil s'il souhaitait renouveler son passeport. Bref, il s'était condamné.

Pourquoi ? Parce qu'il se sentait tout-puissant ? Cela faisait pencher la balance du côté du tueur mégalomaniaque.

Même le cerveau le plus torturé était animé d'une logique. Qu'est-ce qui pouvait le conduire à entreposer les macchabées dans ce lieu et pas ailleurs ?

Pour s'aider à réfléchir, Olivia fit défiler sur son écran les premiers clichés de la scène de crime qui venaient de lui parvenir. Elle ne put réprimer son dégoût en scrutant les photos une à une, mais se força à demeurer attentive.

Elle s'attarda sur un plan large. Les corps formidablement blancs reflétaient la lumière vive des projecteurs, leur donnant l'aspect de statues d'albâtre. Son regard resta figé sur l'écran comme si elle était perdue dans ses pensées.

Puis son visage s'illumina.

14

Sous les yeux médusés du paysan qu'il venait d'interroger, le commissaire Venturi traversa la cour de la ferme en indiquant à tout le monde par de grands gestes de regagner les voitures. Cette fois, seules trois voitures avaient été mobilisées et, sans surprise, l'audition n'avait rien donné.

Il n'avait jamais nourri d'espoir particulier que le propriétaire du terrain ou son exploitant aient pu commettre de tels crimes. Il s'agissait simplement de pistes qu'il avait l'obligation de suivre avant de les écarter. Et tout le remue-ménage du GIGN à l'aube avait été un passage indispensable. Mais ce qui l'agaçait à présent, c'était de ne pas savoir par où commencer. Il avait le sentiment d'être un chasseur dépourvu de l'arme adaptée à sa proie.

Les empreintes ne menaient nulle part, il n'y avait aucun témoin et les meurtres étaient si espacés qu'il serait difficile de remonter la piste de leur enlèvement.

Venturi monta en voiture, démarra et, au lieu de regagner la nationale, suivit le chemin de terre pour rejoindre la chapelle. L'image des corps recroquevillés lui revint aussitôt.

Il s'arrêta juste avant le cordon de sécurité et descendit de voiture. Aussitôt, un agent en uniforme vint à sa rencontre. Dès qu'il reconnut le Cow-boy, il se cambra et exécuta un salut réglementaire si parfait qu'il aurait mérité de figurer dans le manuel. Hélas, Venturi n'y prêta aucune attention.

Il scrutait lentement alentour : la petite église en ruine, la grange, les champs et, au loin, les sous-bois.

Débarrassé des tentes, des véhicules de police et de la fourmilière de fonctionnaires, l'endroit était méconnaissable.

L'agent ne le quittait pas des yeux, ne sachant que faire ni que dire.

— Aidez-moi, voulez-vous ? finit par demander Venturi tandis qu'il arrachait le ruban flanqué de l'inscription « Police nationale ».

N'osant le contredire, l'agent enroulait maladroitement la bande jaune entre ses bras.

— Mettez ça dans ma voiture et montez, je vous ramène.

— C'est-à-dire… commissaire… je dois rester pour surveiller les lieux. Je dois attendre la relève.

Sans lui répondre, Venturi tira son téléphone.

— Allô ? Ici Venturi. Ramenez votre équipe à la chapelle… Quoi ? Oui, maintenant. Pas de sirène, pas de gyro, jouez-la discrète. Garez-vous en retrait et qu'on ne vous voie pas depuis le chemin… À tout de suite.

Venturi raccrocha, monta dans son véhicule et descendit la vitre.

— Bon, vous montez où vous préférez rentrer à pied ?

Le policier grimpa sans se faire prier.

Avant de démarrer, Venturi jeta un dernier coup d'œil à la chapelle. Si le criminel reparaissait avec un cadavre sous le bras, il fallait saisir la chance de le prendre par surprise.

En théorie, ce traquenard grossier n'avait qu'une chance infime de réussir. Pourquoi reviendrait-il sur les lieux de ses crimes alors que tous les médias ne parlaient plus que de ça et que la région était en ébullition ?

Pour les mêmes raisons qu'il avait laissé ses empreintes ! Parce qu'il ne s'agissait pas d'un tueur ordinaire.

15

Olivia Montalvert faisait pivoter son fauteuil de droite et de gauche en fixant l'écran qui affichait les images des corps alignés contre le mur de la chapelle.

Ils étaient comme des offrandes. Le tueur serait un illuminé se sentant missionné pour exécuter la justice divine ou bien pour calmer la colère de Dieu. Un classique. Cela expliquerait qu'il prenne soin des dépouilles : elles revêtaient un caractère sacré.

Comme toujours lorsqu'elle échafaudait des théories, elle s'empressa de chercher des objections. Et elle en trouva : les corps étaient badigeonnés d'un gel épais. Quel rapport avec la religion ?

C'était peut-être pour mieux les conserver. Admettons.

Quoi d'autre ?

Elle examina de nouveau la photo.

Elle se cala au fond de son fauteuil sans quitter l'écran des yeux.

Pourquoi les avoir alignés contre le mur ? S'ils étaient un cadeau fait à Dieu, ils auraient dû être disposés face à l'autel.

D'ailleurs, n'aurait-il pas préféré les tuer sur place ?

Merde.

Elle poussa un soupir, se leva et fit quelques pas dans la petite pièce.

Un phénomène étrange lui revint alors en mémoire. Et s'il considérait la chapelle comme un lieu permettant aux corps de « disparaître », au sens psychique ? Elle avait déjà constaté ça notamment chez l'un de ses patients cleptomanes. Il volait toutes sortes d'objets puis s'en débarrassait dans une trappe de visite de gaines d'un des couloirs de l'hôpital où il était interné. Après avoir dissimulé le fruit de ses larcins, il se sentait libéré et pouvait jurer avec la plus grande conviction qu'il n'avait rien dérobé. Si l'assassin avait un cheminement d'esprit semblable, peu importait que d'autres cadavres s'y trouvent encore, ils n'existaient plus ni pour lui ni pour le reste du monde. Le fait qu'il les dispose tous de la même façon n'était pas incompatible, au contraire, cela faisait peut-être partie de son rituel.

Cela semblait insensé, pourtant c'était ce même phénomène qui nous poussait parfois à enfouir dans un tiroir un courrier désagréable. Hors de vue, il perdait son effet anxiogène. Certes, une lettre, ce n'était pas un cadavre ; mais un psychopathe ce n'était pas non plus quelqu'un d'ordinaire.

Olivia prenait conscience que l'enquête n'en était qu'à ses balbutiements et que sa théorie était fébrile.

Mais il n'avait assurément pas choisi un lieu de culte sans raison. Une chapelle était un endroit particulier, l'on y absolvait les péchés. Cette faculté mystique avait pu fasciner le meurtrier, qui aurait considéré que les corps disparaissaient par le même miracle sacré que les péchés du monde.

Quoi qu'il en soit, s'il avait jeté son dévolu sur une église pour ces six crimes, il était plus que probable qu'il fasse de même pour le ou les suivants.

Elle attrapa un Post-it et griffonna à la hâte :

« Une autre église. »

Car le meurtrier ne manquerait pas d'apprendre que son sanctuaire avait été violé et qu'il ne pourrait pas y déposer le prochain corps. Il devrait dénicher une autre chapelle à l'abandon.

C'était encore bancal, mais elle se félicita d'avoir au moins une hypothèse à proposer.

Elle relut les notes qu'elle avait prises suite à sa visite sur la scène de crime.

Elle n'avait observé aucun signe de torture ni de maltraitance, mais il convenait d'être prudent : les corps, mal éclairés et recroquevillés, n'avaient pas permis d'inspection approfondie. Et puis, ses nausées l'avaient poussée dehors précipitamment. Il lui faudrait attendre le rapport d'autopsie qui, à n'en pas douter, serait particulièrement instructif.

Malgré une maigre expérience du terrain en matière criminelle, Olivia Montalvert était une psychologue brillante que s'arrachaient les tribunaux. Elle s'était spécialisée dans le comportement criminel. Ses rapports concis et pertinents étaient à des années-lumière du verbiage de beaucoup de ses confrères. Pendant que ceux-ci se gargarisaient en régurgitant tel ou tel auteur et en faisant inutilement étalage de leurs connaissances, elle s'aventurait à émettre des hypothèses bien concrètes. Sans ostentation, mais avec humilité et même une dose de fébrilité. C'était souvent audacieux. Rarement faux.

Son approche terre à terre, abordable et pédagogue, était appréciée des enquêteurs. Ses réponses franches faisaient souffler dans les cours d'assises un vent d'enthousiasme inaccoutumé.

Elle était moins jeune que son physique le laissait paraître. Cette jouvence, d'habitude si prisée, était pour elle un fardeau. Qui accorderait sa confiance à une post-adolescente pour étudier la complexité du cerveau humain et la multitude de ses pulsions et fantasmes ?

Il lui avait fallu faire ses preuves avant de gagner chèrement le respect de ses interlocuteurs, à l'image du commissaire Venturi, à deux doigts de la congédier.

D'un tempérament enthousiaste et positif, elle avait néanmoins fait sa thèse sur les meurtriers de masse, suscitant l'étonnement de son entourage. Lorsqu'elle fit la demande pour intégrer l'unité pour malades difficiles, la surprise laissa place à l'inquiétude. Elle fit ses armes dans le tristement célèbre hôpital-prison de Cadillac, qui n'avait de luxueux que le nom. Elle y avait rencontré des individus à l'âme si sombre que l'on pouvait se demander si la porte de l'enfer n'était pas restée entrouverte.

Dernièrement, elle avait remplacé au pied levé un confrère souffrant dans l'affaire Lœven qui avait fait grand bruit. Alors que l'enquête s'enfonçait dans une interminable impasse, elle avait réorienté la suspicion sur celui qui s'était avéré être le coupable. Elle avait vu son nom se répandre dans les articles de presse, et elle était devenue la coqueluche des avocats généraux et la star des prétoires.

Cette réputation ne l'avait pas détournée de son allégresse spontanée. Elle s'adressait à une bonne moitié de ces gens qu'on appelle « maître », « monsieur le bâtonnier », « monsieur l'avocat général » ou « monsieur le président », avec autant de naturel qu'à des copains de colo. Sa jovialité lui évitait d'être recadrée, même les plus revêches s'accommodaient de ces familiarités et se surprenaient à l'appeler par son surnom.

Elle fut tirée de ses pensées par quelqu'un qui frappait à la porte de son bureau.

— Entrez.

— Tenez, dit un policier en uniforme en déposant une pile de documents sur son plan de travail. Voilà ce que vous avez demandé.

— Merci. Oh, ça vous dérange de laisser la porte ouverte ? J'étouffe ici, dit-elle en s'éventant des deux mains.

Elle ouvrit chacun des six dossiers.

Six vies ôtées.

Elle découvrit leur visage. Quelles abominations avaient-ils traversées pour devenir ces êtres cireux et pourrissants qui lui avaient provoqué des vomissements ?

Elle prit connaissance de leur état civil, épluchа les témoignages de leur entourage ainsi que des dernières personnes à les avoir vus.

Elle tentait de déceler ce qui, dans leur parcours professionnel et personnel, avait fait d'eux les proies d'un meurtrier délirant.

Chaque dossier contenait des déclarations de proches des victimes empreintes d'inquiétude, mais n'osant imaginer le pire. Le pire, hélas, s'était produit.

Elle se plongea dans ces documents avec une intensité saisissante, comme si elle devait en mémoriser chaque détail. Elle s'interrompait parfois pour prendre des notes ou pour réfléchir en fixant un point imaginaire.

Après un long moment, lorsqu'elle eut terminé, elle rangea la dernière page, et posa la main sur la pile de documents.

Ils avaient un point commun.

Et elle venait de le découvrir.

16

Elle se croit tellement supérieure à moi
~~Cette sale petite truie !~~
~~Sale traînée !~~
Je suis partagé entre la fureur et l'envie d'en rire
Comment peut-elle se montrer aussi méprisante à mon égard ? N'ai-je pas toujours épié tous ses faits et gestes ? Ne suis-je pas au courant du moindre détail de sa vie ? Ne sais-je pas TOUT sur elle ?
Si ! J'ai toujours été là
Pour elle
D'ailleurs si elle savait à quel point j'ai souvent été près d'elle elle serait morte de trouille la pauvre
Alors ? Comment peut-elle faire comme si je n'avais jamais existé ?
Elle a tort et elle va le payer
Je compte bien me rappeler à sa mémoire
Elle s'est dit tiens je vais profiter du bon air de Provence il ne pourra rien m'arriver
~~Sale pute~~
C'est à crever de rire non ?

Ma petite chérie tu ne t'en tireras pas comme ça tu vas le regretter ~~espèce de salope~~

Elle n'a pas compris que nous étions inséparables indissociables on ne se débarrasse pas de moi

Je suis plus fort que jamais

Elle a fait venir sa « meilleure amie » je le sais je l'ai entendue lui parler fugacement mais assez pour reconnaître sa voix je la déteste celle-là je ne sais pas ce qu'elle peut bien lui trouver

« Meilleure amie »

Comme s'il n'y avait pas mieux avec son air supérieur toujours à juger les gens et à parler de cul

Je la ferai disparaître

Comme je ferai disparaître les autres tout son univers va basculer et ce sera violent mais chaque chose en son temps

Vous savez quoi

je sais que j'aurai le dernier mot

Pour l'instant je me contente d'observer

Elle ignore que je suis revenu

Je vais soigner mon retour

Elle va vite comprendre

Et là elle ne sera pas près de m'oublier !

17

Olivia Montalvert était en train de relire les dossiers pour la énième fois lorsqu'elle perçut un pas lourd provenant du couloir. Victor Venturi apparut dans l'encadrement de la porte.

— On va déjeuner, annonça-t-il sur un ton qui ne souffrait aucune opposition.

La jeune femme fut prise de court. N'osant contrarier le commissaire, elle dissimula d'un revers de main le sandwich qu'elle venait de s'acheter, referma ses dossiers, attrapa son sac à main et le rattrapa dans le couloir.

Quelques instants plus tard, ils étaient tous deux attablés à la terrasse d'un petit restaurant sans prétention.

— J'espère qu'on n'aura pas trop chaud. C'est que ça tape…

— Parlez-moi des victimes, coupa Venturi qui nourrissait une allergie pour les platitudes et les conversations de convenance.

— OK, fit la jeune femme, soufflée par sa rudesse. Ils ont un point commun qui me semble être la clé – ou, tout au moins une clé – pour comprendre ce que le tueur a en tête. Ils sont tous homosexuels.

— Vous en êtes sûre ?

— Absolument. Plusieurs d'entre eux ne s'en cachaient pas. Pour les autres, il a fallu pêcher quelques indices, mais leur profil ne laisse pas place au doute.

— Mouais, ça ne nous avance pas beaucoup.

— Vous plaisantez ?

— Je ne suis pas convaincu que l'homosexualité ait un rapport avec cette affaire.

— Vous allez me tester encore longtemps ? demanda-t-elle d'un ton sec.

— Pourquoi dites-vous ça ?

— Six victimes, toutes homosexuelles. Vous savez très bien que ça ne peut pas être une coïncidence. Alors, pourquoi me poser la question ?

— Vous vous trompez, je…

— Encore un mensonge et je pars immédiatement !

Venturi observa la jeune femme avec stupéfaction. Avec son physique d'adolescente, son petit gabarit, son air si candide, d'où diable tirait-elle cette fougue ?

— J'ai du mal à accorder ma confiance. Ça n'a rien à voir avec vous en particulier. C'est comme ça. Il s'agit d'une affaire importante et on ne peut pas se payer le luxe de commettre des erreurs. J'essayais de vous désarçonner.

— Verdict ?

— Vous cachez bien votre jeu.

— C'est un compliment ?

— Venant de moi, vous aurez rarement mieux.

Elle retrouva son sourire.

Ce tempérament volcanique n'était pas pour déplaire au Cow-boy. Au cours de sa carrière, il s'était habitué à la docilité – voire l'obséquiosité – de ses collaborateurs. Entre admiration, respect sincère et opportunisme, on lui avait déployé tout l'éventail du cirage de pompes. Tandis que ce petit bout de femme lui avait déjà tenu tête à deux reprises ! Sans arrogance, sans insolence, juste pour s'imposer.

Et puis, il avait un bon feeling avec elle. Cela ne se commandait pas.

— Ils se connaissaient ? enchaîna-t-il.

— Apparemment, non. Mais ça mérite d'être vérifié.

— Selon vous, quel serait le lien entre l'homosexualité et la façon dont les victimes ont été rasées et alignées ?

La question était bonne et Olivia prit un peu de temps avant de répondre :

— Il est encore difficile d'y voir clair. A priori, je dirais qu'il n'y en a pas.

— Comment ça ? S'il n'y en a pas, pourquoi cible-t-il des gays ?

— Je n'en sais rien. Il y a une raison, c'est évident.

— On est d'accord que ce n'est pas un crime homophobe ?

— On est d'accord. Les homophobes restent dans l'agression « basique ». Ils cherchent à humilier et à « sanctionner ». Là, ça va encore plus loin.

— Dites. Les gays sont très soucieux de leur apparence. J'ai cru comprendre qu'ils n'aiment généralement pas les poils. Ça expliquerait le zèle pour se débarrasser de leur pilosité.

— Mouais.

— Quel enthousiasme !

— Déjà, tous les gays ne s'épilent pas. Il y en a même qui aiment le côté viril d'une pilosité développée. Et puis même, ça expliquerait qu'ils se rasent ou s'épilent le torse et les parties génitales, pas le crâne et encore moins les sourcils.

— Bon OK. Vous pensez qu'il y a un mobile sexuel ?

— Pas au sens où vous l'entendez, non.

— Pourquoi ?

— Le soin avec lequel il a disposé les corps, notamment. Si le mobile des meurtres était simplement sexuel, après avoir satisfait ses fantasmes, il aurait pu balancer les cadavres dans un fossé, les abandonner dans la forêt, les brûler, que sais-je encore. Vous vous rendez compte qu'il a choisi une chapelle ! J'ai étudié beaucoup de cas de crimes motivés par des pulsions sexuelles. Je peux vous assurer que c'est loin de ressembler à ça. Non, là, il y a une forme de rituel.

— Il est peut-être impuissant. Ça expliquerait les mutilations des parties génitales. Il s'en servirait comme de fétiches.

La psy leva la tête de son assiette, surprise que ce flic bourru puisse avancer une théorie aussi sophistiquée.

— Possible.

— Et si c'était un type qui était fasciné par les homosexuels ?

— Intéressant. À quoi pensez-vous ?

— Je ne sais pas trop. Mais je me dis que s'il kidnappe des gays sans avoir de motivation sexuelle et sans les maltraiter, ça doit impliquer qu'il a pour eux une forme de fascination oscillant entre attraction et répulsion.

Ces propos plongèrent la jeune femme dans ses pensées. À sa manière, le commissaire rejoignait son analyse.

— Ils ont autre chose en commun ?

— Ils habitent la région.

— Le tueur est du coin.

— Très probablement.

— Quoi d'autre ?

— Ils sont jeunes, peu diplômés, souvent sans emploi. Un peu paumés. Ils ont un âge où leur sexualité leur pose un problème. Ils peuvent éprouver des difficultés à admettre leur « différence », et surtout, ils sont confrontés au regard des autres et aux jugements parfois peu complaisants, voire malveillants.

— Les victimes idéales.

— Ça ne fait aucun doute. Ce mélange de candeur, de volonté de s'affirmer, cette recherche d'indépendance, cette précarité sociale, tout cela constitue un cocktail parfait pour abuser d'eux.

— Comment les chasse-t-il ?

— Ça, c'est votre boulot, plaisanta-t-elle.

Il confirma d'un grognement.

Elle attaqua sa salade végétarienne tandis que Venturi ajoutait du sel à une côte de bœuf si grosse que les frites débordaient de l'assiette.

— Vous allez vous envoyer tout ça ? s'enquit-elle, incrédule.

— Non, je vous rassure. Je vais laisser la feuille de salade et le bout de tomate qui décorent.

— Je vois, sourit-elle. Et de votre côté ? On m'a dit que vous aviez fait chou blanc avec la perquisition.

Venturi bougonna.

— Ils ne savent rien. Ils sont propriétaires de plusieurs dizaines d'hectares de terres sur lesquelles se trouve une chapelle abandonnée où ils ne foutent jamais les pieds. C'est l'endroit rêvé pour planquer des cadavres.

— Et le type qui exploite la terre ?

— Un paysan comme on n'en fait plus. Borgne, à moitié sourd. Faut vérifier son état civil, je crois qu'il a trois cent cinquante ans. S'il a tué quelqu'un, c'était sous la Révolution.

Olivia s'étrangla en réprimant un rire.

Après leur première rencontre, elle s'était attendue à ronger son frein avec un flic imbuvable, sexiste et méprisant. Elle devinait à présent un personnage plus complexe. Sans doute sa notoriété lui imposait-elle de se montrer cassant de prime abord. Ou bien lui conférait-elle le privilège d'éviter de tourner autour du pot – ce qu'il semblait détester par-dessus tout.

— Aucune empreinte ne correspond à celles retrouvées dans la chapelle, j'imagine ?

— Non, répondit-il simplement.

— Bon. On n'est pas plus avancé.

— Ça résout quand même le mystère des inscriptions sataniques.

— *Non Serviam.*

— Oui. Il y a quelques années, des jeunes ont tourné un clip amateur pour leur groupe de… je ne sais plus quoi… Metal quelque chose…

— Black Metal ?

— Oui ! C'est ça. Ils ont tagué des trucs sur les murs pour avoir l'air méchant. Rien de sérieux. Et fausse piste.

— Vous vous en doutiez, n'est-ce pas ?

— En effet. Écoutez, mademoiselle Montalvert…

— Appelez-moi « Menthe-à-l'eau ».

— Hein ?

— « Menthe-à-l'eau ». En trois mots. Enfin quatre.

— C'est quoi ça ?

— Mon surnom. Tout le monde m'appelle comme ça.

— Même ceux qui vous aiment bien ?

Elle sourit.

— Oui, c'est mon père qui m'a donné ce surnom. C'est la contraction de mon nom et de mon prénom : Montalvert Olivia, Montal… O, « Menthe-à-l'eau ». Quand j'étais gamine, j'adorais la chanson d'Eddy Mitchell, *Couleur menthe à l'eau*.

Alors qu'elle commençait à fredonner, Venturi la coupa :

— Oui, oui. Je connais.

— Et comme j'ai les yeux verts, la boucle est bouclée.

Venturi s'approcha d'elle et la scruta avec attention.

— Ils sont bleus, vos yeux. Pas verts.

— Oui, enfin, bleus, verts, c'est pareil.

— Quoi ?

— C'est pas très loin, quoi.

— Je ne voulais pas le croire, mais vous êtes tous tarés, vous les psys.

— Possible, admit-elle.

— Bon. Hors de question que je vous appelle Menthe-à-l'eau. Trouvez autre chose.

— Et vous, on vous appelle comment ?

— Le Cow-boy, vous le savez bien.

— Oui, mais ça, c'est le nom qu'on vous donne quand vous n'êtes pas là. À part ça, vos proches, ils vous appellent comment ?

— Vous voulez dire les amis, la famille ?

— Oui, voilà.

Il se mit à réfléchir.

— Si on entre vraiment dans l'intimité, alors j'accepte qu'ils m'appellent « monsieur le commissaire ».

La jeune femme éclata de rire tandis que Venturi esquissait un sourire.

— Vous me rappelez ma fille.

— Ah bon ?

— L'aînée. J'en ai quatre. Quatre filles. De quatre femmes différentes.

— Quatre femmes ?!

— Pas en même temps, malheureusement. Un divorce après l'autre.

— Vous déconnez là ? Vous avez divorcé quatre fois ?

— Trois fois ! Quatre femmes, trois divorces. Chaque fois que je bute quelqu'un, je divorce.

— Faudrait penser à arrêter.

— De flinguer ou de divorcer ?

— Les deux !

Ils échangèrent un sourire.

— Ce surnom, le Cow-boy, je trouve que ça vous va mal.

— Je trouve aussi.

— Ah bon ? Pourquoi l'avoir choisi, alors ?

— Je n'ai rien choisi du tout.

— Qui ?

— Des gens qui croient qu'on est dans un film. Dans la réalité le coup part, le corps inerte s'effondre.

Et on reste avec ces images dans la tête pour le restant de ses jours. En un éclair, des destins sont bouleversés pour toujours. C'est le choc entre l'infiniment petit et l'infiniment grand, vous voyez ?

— « L'infiniment grand », ce sont les conséquences de l'acte ?

— Une fraction de seconde efface une vie entière. Un doigt qui bouge d'un demi-centimètre, un homme meurt.

— Vous culpabilisez ?

— Pas du tout. Ils l'ont bien mérité, ces enfants de salaud. C'était eux ou moi. Mais n'empêche, je vous garantis que certaines de mes nuits sont plutôt agitées. Leurs yeux…

Il baissa la tête ; sa fourchette dessinait des arabesques sur la nappe en papier.

— Les yeux, c'est ça qui reste gravé. Le regard fixe. Les yeux figés, inutiles.

— Inutiles ?

— Des yeux qui ne scrutent plus rien. Qui ne servent plus à rien. C'est pas le genre de chose qu'on peut oublier.

— Vous avez consulté ?

— Un psy ?

— Bah oui.

— Vous rigolez ?

— Pas du tout.

— Je ne crois pas à ces conneries.

— Hein ? Pourtant, vous avez fait appel à moi dans cette affaire.

— C'est différent. Celui qu'on cherche, c'est un malade.

— Et vous pensez être en parfaite santé ?

— Ne me comparez pas à ce taré, voulez-vous ?

— Je dis juste que si…

— C'était bon votre salade ? coupa-t-il.

— Pas terrible.

— Tant mieux, vu qu'on va à la morgue, ça m'embêterait que vous dégueuliez un truc que vous avez aimé.

18

Ma cliente venait tout juste de partir et je n'avais, hélas, aucun autre rendez-vous. En principe, c'était une mauvaise nouvelle, vu que les rentrées d'argent se faisaient rares. Je vivais sur mes économies, en roue libre. Pourtant, j'étais incapable d'éprouver la moindre inquiétude. Cette nouvelle vie m'avait libérée de mon stress, avait muselé mes angoisses. Puisque j'avais toute la fin d'après-midi devant moi, j'allais en profiter pour prendre du bon temps.

Je me tenais seule dans mon jardin, face à la nature, contemplative. Ma maison était l'unique trace de la présence de l'homme. Tout autour, la civilisation n'avait pas cours.

Je décidai de ne pas rentrer tout de suite et de savourer ce que m'offrait ce paysage.

J'appréciais particulièrement ce moment de la journée où le soleil se faisait moins mordant. Ses rayons rasants étiraient de longues ombres sur un horizon sauvage à la beauté simple.

Un verre de rosé et ce serait la perfection. Je descendis à la cave et remontai une bouteille. Elle était presque aussi fraîche que si elle sortait du réfrigérateur. Je me servis généreusement. J'avais tendance à trop picoler ces derniers temps. Il fallait que je fasse gaffe quand même. Si je continuais à ce rythme, je deviendrais aigrie comme ma mère. L'alcool, ça attaque.

Je tirai un transat jusqu'à l'ombre d'un grand pin. Et m'y installai.

Je bâillai.

J'ôtai mon haut de maillot de bain, offrant mes petits seins blancs au soleil qui perçait les branchages.

J'avais envie de me laisser aller, de m'abandonner.

Je regardai tout autour de moi pour m'assurer qu'il n'y avait personne. C'était bien une réaction de Parisienne, tiens ! Je me trouvais au cœur des bois, au milieu de nulle part.

Alors, timidement, je retirai ma culotte. Je la fis glisser le long de mes jambes.

Mon audace inaccoutumée me fit sourire.

Je m'allongeai sur le dos, entièrement nue.

Moi, la pudique, il me fallut un moment pour accepter ma nudité. Mais je me délectais de cet instant. Cette petite revanche sur mon éducation puritaine. Ce pied de nez aux convenances. Que c'était bon !

Ça aussi, c'était ma nouvelle vie !

Là, doucement bercée par le délicieux bruissement des molles bourrasques dans les feuilles, je fermai les yeux et m'assoupis.

Le soleil et le vent caressaient ma peau aussi subtilement qu'un amant délicat.

Je ne pensais plus à rien.

Je m'endormis profondément.

Je ne saurai dire combien de temps j'étais restée ensommeillée. Plus que je ne l'avais prévu, c'était certain.

Le rosé m'avait fait de l'effet !

Le soleil avait perdu en intensité et il avait été en partie dévoré par la cime des pins.

Je m'étirai.

Il faisait encore bon.

Je n'avais pas envie de me relever.

Lorsque je me décidai enfin à bouger, en attrapant ma culotte, je remarquai quelque chose.

Sur mon ventre.

Des taches blanchâtres.

Je les observai avec incrédulité.

Je savais ce que c'était. Mais je ne voulais pas l'accepter. L'angoisse montait. La panique me gagnait.

Près de mon nombril, ce liquide gluant… C'était du sperme.

19

Olivia Montalvert avait du mal à tenir la cadence de Venturi. Elle trottinait un pas derrière lui et, lorsque l'écart se faisait trop important, elle accélérait pour le rattraper.

— Dites, vous ne voudriez pas marcher moins vite ?

Sans ralentir, il lâcha :

— L'autopsie a déjà débuté. Je veux avoir les infos en temps réel.

— D'accord, mais ralentissez juste un peu. J'ai du mal à vous suivre avec mes talons.

— Si vous voulez, j'y vais seul, vous pourrez faire du shopping.

— Eh, on se calme, Robocop ! Je vous demande simplement de marcher moins vite. Vous pensez que c'est envisageable ou ça risque de heurter votre virilité ?

— Hein ? fit-il, estomaqué par l'audace de la jeune psy.

— Oubliez ça.

— Robocop ?

Elle se contenta de hausser les épaules et botta en touche :

— C'est là.

Sur le frontispice du bâtiment en béton gris, les lettres en métal indiquaient « Institut de médecine légale ». Ils poussèrent la lourde porte et, après s'être identifiés, furent conduits à travers un dédale de couloirs défraîchis aux néons tremblotants. Partout, la peinture s'écaillait. On aurait dit un hôpital laissé à l'abandon pendant des décennies soudain réinvesti.

— Qu'est-ce que c'est sinistre ! renâcla Olivia. On dirait qu'ils le font exprès sous prétexte que c'est une morgue. Ils pourraient faire un effort, non ?

— Aucun occupant ne s'en est jamais plaint.

— C'est malin !

Après quelques déambulations supplémentaires, ils débouchèrent dans la salle des autopsies. Avant même de voir les corps, Olivia était livide. Chacun de ses pas était plus lourd que le précédent.

— Ça va aller ?

— Oui, répondit-elle, sans convaincre personne.

Elle s'efforça de respirer par la bouche en pénétrant dans la pièce.

Deux cadavres éventrés reposaient sur de larges tables carrelées, entourées de récipients de différentes tailles desquelles dépassaient des organes. Devant chacune d'elles, un médecin s'affairait, les mains plongées dans la cage thoracique. Le bruit était répugnant.

En les voyant, l'un des légistes s'interrompit et s'approcha pour les saluer sans sourire.

— Bonjour. Eh bien, vous n'êtes pas en retard ! Vous êtes au courant qu'il est beaucoup trop tôt pour que je sois en mesure de vous fournir un rapport complet ?

Ses gants et sa blouse étaient maculés de taches pourpres, marron et même verdâtres.

— Je sais, docteur, je sais. Mais dans une affaire comme celle-ci, je pense que tout ce que vous pourrez me dire dès à présent nous sera d'une aide précieuse. C'est une course contre la montre. On verra plus tard pour affiner.

— Comme vous voudrez. Bon, je ne sais même pas par où commencer. Il y a tellement à dire !

Le second médecin approuva d'un hochement de tête.

— Déjà, il me semble utile de vous communiquer notre méthodologie de travail avant d'entrer dans les détails. Ce n'est pas tous les jours qu'on a six cas. Qu'en pensez-vous ?

— Je vous fais confiance.

— Nous avons achevé les examens externes sur chacun des six corps. Nous les avons aussi passés au scanner. Ça nous permet de répondre à certaines questions et d'avoir une idée de la cause du décès. En revanche, l'examen interne étant beaucoup plus long, seuls ces deux-là sont à l'étude pour le moment.

Olivia fixa le plafond lorsque l'autre médecin extirpa un organe pour le placer dans une balance. Les bruits suffirent à lui donner la nausée.

— Premier élément important : ils n'ont pas été tués sur place. Les corps ont été déplacés. Je pense que vous vous en doutiez, mais je souhaitais le confirmer. Les décès se suivent, s'enchaînent si vous préférez. Ils ont été assassinés à une dizaine de jours d'intervalle. Le premier meurtre remonte donc à deux mois environ. Pour les plus récents, la datation sera plus précise évidemment. Alors, si j'en crois les dates d'enlèvement que votre bureau m'a communiquées, ils ont été exécutés le jour même. Très peu de temps après avoir été kidnappés.

Olivia voulut intervenir, mais ses propos se transformèrent en une sorte d'éructation contenue.

Venturi se tourna vers elle et lui fit un petit signe de tête qui signifiait « ça va ? ». Par délicatesse, il ne posa pas la question à haute voix. Elle répondit d'un clignement de paupière appuyé qui se voulait rassurant. En vérité, elle ne pensait qu'à une chose : garder la bouche fermée pour ne pas dégueuler.

— Vous avez une quelconque raison d'espérer qu'il va cesser de tuer, commissaire ?

— Au contraire, ma collaboratrice et moi sommes convaincus qu'il ne va pas s'arrêter là.

— Mmm. Alors, j'ai une mauvaise nouvelle. La victime la plus récente est morte il y a une dizaine de jours…

— Merde ! lâcha Venturi.

— Eh oui. Dans les heures qui viennent, vous allez à la fois récupérer un cadavre et surtout devoir empêcher un nouvel enlèvement.

— Ça nous laisse encore moins de temps que je ne le pensais, dit-il en se tournant vers la psy.

— Pas de signes externes de violence, reprit le médecin. Les victimes n'ont pas été frappées ni maltraitées. Il n'y a pas de traces de strangulation. Pas de marques aux chevilles ni aux poignets ; pas non plus de résidus de colle qu'aurait laissés de l'adhésif. Je suis catégorique, ils n'ont pas été bâillonnés. Pour ce qui est de la cause du décès, on n'a aucun indice visible. Vu l'urgence, les tests que nous avons réalisés sont sommaires, et il faudra attendre la fin de la procédure habituelle pour que ça ait valeur probante, mais, de vous à moi, l'empoisonnement ne fait aucun doute.

— Vous avez idée du poison employé ?

— Pas encore. Mais nous le saurons. Bien sûr, je l'indiquerai dans mon rapport définitif.

— Très bien.

— Nous n'avons pas découvert de traces d'injection, par conséquent il a été inoculé par voie orale.

— Ils ont été piégés, avança Venturi.

— Oui, ils sont tombés dans les filets d'un manipulateur.

— Qu'est-ce qu'on peut apprendre sur lui ?

— Il y a… beaucoup à dire, fit le médecin d'un air embarrassé. J'ai peur que vous ne soyez sur la piste d'un meurtrier vraiment très très très dérangé, dit-il en regardant Olivia Montalvert dont il avait deviné le rôle.

— Je le crains, se contenta-t-elle de répondre.

— Docteur, reprit Venturi, ce qui m'a surtout interpellé, c'est l'absence totale de poils et de cheveux.

— Oui, c'est frappant. Ils n'ont pas été rasés, mais soigneusement épilés. C'est très curieux.

— *Post mortem* ?

— Oui. Tenez, approchez-vous.

Le médecin passa sa main gantée sur la peau crevassée du cadavre.

— Il y a pire et beaucoup plus incompréhensible : ils ont subi une sorte d'opération chirurgicale très rudimentaire, mais… spéciale. Regardez, ici…

Il désigna la partie génitale. Il n'y avait rien.

Pas de sexe.

— Qu'est-ce que c'est que ce bordel ?

— Troublant, n'est-ce pas, commissaire ? Le tueur a procédé à une ablation des organes génitaux masculins.

— De leur vivant ?

— Non ! Dieu merci.

— Et vous dites que ça a été effectué par un amateur.

— Je suis catégorique. C'est quelqu'un qui n'a aucune notion de médecine. En revanche…

Il se pencha vers l'entrejambe du cadavre.

— Les sutures sont étonnamment soignées. Les points sont réguliers et proprement exécutés. Dans le meilleur des cas, il fait partie du personnel soignant. Infirmier, à la rigueur, mais médecin certainement pas, et chirurgien encore moins.

Devant ce spectacle macabre, Olivia faisait des efforts surhumains pour analyser la situation. Des corps glabres, asexués, qu'est-ce que cela lui évoquait ?

— Y a-t-il eu pénétration anale ? tenta la psychologue qui n'avait pas oublié que les victimes étaient homosexuelles.

— Non. Absolument pas. Ni anale ni buccale. D'ailleurs, il n'y a pas la moindre trace de sperme sur ces corps. Vous pouvez écarter l'agression sexuelle.

Olivia hocha la tête. Sa thèse se confirmait. Il fallait chercher ailleurs.

Au prix d'un haut-le-cœur, elle fixa la dépouille en tentant d'y lire une logique.

Les poils, c'était impur, sale. Il les faisait disparaître et donnait aux victimes un aspect plus sain. Mais à ce point-là ? Quoi d'autre ? La petite église…

La pureté, l'absence de sexe, la religion… À quoi cela lui faisait-il penser ?

Des anges !

Les anges n'avaient pas de sexe. Il n'y avait pas de traces d'agression ni de violence. Ils avaient été placés là avec précaution, ce qui dénotait une forme de respect. Cela collait plutôt bien. Et, pour couronner le tout, ils avaient été abandonnés dans une chapelle. Si le satanisme était une fausse piste, la religion pouvait en revanche prendre le relais de façon plus convaincante.

Elle tiqua néanmoins sur les crânes rasés. Dans les représentations artistiques, les anges n'étaient pas chauves. Ce n'était peut-être qu'un détail, mais elle savait, mieux que beaucoup, l'importance que cela pouvait revêtir pour un malade mental et plus encore pour un cas clinique lourd. Elle hésita donc à partager le fruit de ses réflexions.

— Ce n'est pas tout. Notre… enfin, plutôt, votre assassin a procédé à une pose de prothèses mammaires.

— Quoi ?!

— Je comprends votre surprise, commissaire. Et cette opération confirme son amateurisme. Il a pratiqué une incision grossière, a tiré la peau de la poitrine de ses victimes et l'a rembourrée d'une sorte de mousse avant de recoudre.

Le médecin tira d'un récipient métallique une boule irrégulière qui ressemblait à une pelote de laine ensanglantée.

— Ce n'est pas ce qui est utilisé en chirurgie esthétique, n'est-ce pas ?

— Oh non ! s'amusa le docteur. Pas du tout. C'est une mousse synthétique qu'on emploie habituellement dans l'industrie textile ou pour garnir des coussins, par exemple. C'est totalement impropre à un usage médical. Votre tueur s'est contenté de reproduire la forme d'un sein. C'est juste une boule grossière. Là encore, la cicatrice est horrible, mais la couture est plus raffinée.

Sur le corps martyrisé, de grosses boursouflures purulentes accompagnaient un tracé régulier en pointillé.

Olivia se mordit la lèvre. Sa théorie tombait à l'eau : les anges n'étaient pas censés avoir de poitrine.

— Je continue ? s'enquit le légiste, conscient de la complexité du cas qu'il leur présentait.

— Allons-y, répondit Venturi avec moins de conviction qu'au début.

— Vous avez, bien sûr, remarqué la texture de l'épiderme, lisse et brillante, et ce en dépit de la décomposition. Ils ont tous été recouverts d'une sorte de gelée à base de paraffine. On a envoyé un échantillon au labo. Vous connaîtrez la composition exacte et son utilité. À mon avis, le but était de conserver les corps.

— C'est un procédé courant ?

— Non ! C'est très rudimentaire. Ça a quand même permis de les préserver pendant un temps, puis la nature a repris ses droits.

Venturi se pencha pour observer le pelliculage dont le cadavre était enduit. Sous la lumière vive de la lampe opératoire, cette étrange texture était plus brillante que dans la semi-pénombre de la chapelle et son aspect diaphane n'en était que plus troublant.

— On nage en pleine folie.
— Vous voulez encore une petite couche de bizarre ?
— Non merci, on a eu notre dose.
— Désolé, ce n'est pas négociable, plaisanta le médecin. Suivez-moi.
Il se dirigea vers l'armoire où étaient entreposés les autres corps. Il ouvrit un tiroir.
Olivia ferma les yeux en priant pour que ce cauchemar prenne fin.
— Vous ne remarquez rien ?
— Il a ses organes génitaux !
— Exactement. Et il n'a pas subi d'opération mammaire.
— Comment ça se fait ?
— Commissaire, c'est à vous de me le dire.
Venturi se tourna vers Olivia qui demeura sans réponse. La théorie des anges était une superbe fausse piste.
— C'est le seul dans ce cas-là, rappela le médecin. Pourquoi ? Pourquoi lui ?
Venturi était sonné. Son impuissance et son incompréhension l'avaient assailli et avaient eu raison de son pragmatisme. Le nouveau coup d'œil qu'il jeta à la psy ne le réconforta pas : il y lut le même désespoir.
— Bon, fit-il. Et les yeux ?
— Ah oui ! Ils ont été ôtés et remplacés par des prothèses.
— Tous ?
— Oui, tous. De loin, on peut effectivement croire qu'il s'agit de vrais yeux.
— Il faut une ordonnance pour s'en procurer ?
— Pensez-vous ! C'est en vente libre sur Internet.

Venturi poussa un soupir.

— Je partage votre désarroi. Je vais tout de même terminer sur une note positive. Nous avons découvert beaucoup de choses sur les corps. Tout va partir au labo pour une analyse complète, mais, puisque le temps presse, je peux vous donner quelques informations.

— Qu'avez-vous trouvé ?

Le médecin s'approcha d'un meuble sur lequel étaient disposés des sachets transparents numérotés qui à première vue semblaient vides. Il les saisit et les tendit au policier. En y regardant de plus près, chacun renfermait de minuscules indices.

— Des cheveux, constata Venturi.

— Oui, mais pas ceux des victimes.

— Quoi ?

— Aucun de ces cheveux n'appartient aux corps retrouvés dans la chapelle.

— Vous êtes sûrs ?

Le médecin prit un air amusé.

— Il m'arrive de me tromper, commissaire, mais là, impossible. Ce sont des cheveux synthétiques.

— Quoi ?

— Ils proviennent de perruques. Il y en avait plusieurs, de différentes couleurs. Certainement des postiches de mauvaise qualité. On a également découvert un faux cil et deux faux ongles. Pour finir, il y avait des fragments de fibre textile.

— Vous parlez de bonnes nouvelles !

— Ce n'est pas grand-chose, mais c'est mieux que des corps nus et imberbes, non ?

Venturi se tourna vers la psy.

— Vous avez décortiqué les dossiers de chaque victime, n'est-ce pas ?

Elle fit oui de la tête.

— Ils portaient des perruques ou des postiches lors de leur disparition ?

— Non.

— Hmm. Ça a forcément un rapport avec leur sexualité. Ils devaient se travestir.

— Vous avez vraiment une conception très caricaturale de l'homosexualité.

— Quoi ? Des gays qui se travestissent, c'est pas invraisemblable, si ?

— Sauf qu'il n'en est fait mention nulle part dans leur dossier. Aucun témoin n'a jamais évoqué un goût pour le transformisme ou quoi que ce soit du genre.

— On le crie rarement sur les toits.

— Je vérifierai. Mais j'ai du mal à y croire.

— Je vous souhaite bon courage ! coupa le médecin. Vous allez en avoir besoin.

— Merci, docteur. Vous nous avez été d'une aide précieuse. N'oubliez pas de m'envoyer votre rapport dès que vous aurez terminé. Et si vous découvrez quoi que ce soit entre-temps, vous me passez un coup de fil ?

— Ne vous inquiétez pas.

Au moment de partir, le visage d'Olivia Montalvert fut parcouru d'une étrange expression. Elle fronça les sourcils et leva l'index comme une écolière.

— J'ai une question, docteur.

— Je vous écoute, mademoiselle.

— Après la mort, le système pileux cesse de pousser, n'est-ce pas ?

— Oui. Même si on croit, à tort, le contraire. Pour que les poils et les ongles poussent, il faut que du sang, avec son oxygène et les nutriments, approvisionne les follicules. Dès qu'il n'y a plus d'afflux sanguin, tout le processus prend fin.

— Donc, ils ont été épilés et sont restés glabres après leur mort, dit-elle pour elle-même.

Elle prit un temps pour analyser toutes les informations en sa possession. Elle était à ce point concentrée qu'elle semblait avoir oublié la présence des deux hommes qui la fixaient pourtant avec intérêt.

Elle marmonna :

— Pas de torture, pas de violence sexuelle…

Elle se remémora aussi les paroles du légiste quelques instants plus tôt : les cicatrices grossières, le rembourrage des seins… D'un côté, il prenait soin de ses victimes au point de chercher à retarder leur décomposition. De l'autre, les modifications qu'il leur faisait subir étaient bâclées. Comment concilier les deux ?

Soudain, son visage s'éclaira.

— Docteur, est-ce que vous avez trouvé plusieurs types de cheveux synthétiques sur le même corps ?

— Effectivement, chaque cadavre a porté différentes perruques.

— Et les fils textiles ? Il y en avait à chaque fois de plusieurs sortes ?

— Ma foi, oui. En effet. On a parfois des traces de trois ou quatre vêtements. On le voit très clairement, car les tissus ont collé à la peau qui, en se décomposant, a capturé des fibres.

— Quels types de tissus ?

— Un peu de tout : du synthétique, du coton. Comme je vous l'ai dit, je dois tout expédier au labo. Ils vous donneront la composition complète de chaque fragment.

— Dites-moi si je me trompe, mais ça pourrait signifier que les corps ont été revêtus de plusieurs sortes d'habits différents ?

— C'est exact.

— L'assassin les a donc vêtus et dévêtus à plusieurs reprises.

— Pas forcément, objecta Venturi. Il n'est pas interdit de porter à la fois une chemise et un pull, que je sache…

— Par cette chaleur ? Jusqu'à quatre vêtements ?

— Je crois que votre collègue a raison, commissaire. Pour que chacune de ces fibres ait été en contact avec la peau, ça signifie que les vêtements n'ont pas été enfilés les uns par-dessus les autres, mais bien successivement.

— Bordel de merde, grogna Venturi. Qu'est-ce que ça veut dire ?

— Il joue ! s'exclama Olivia.

— Quoi ?

— Il les habille, les déshabille, les coiffe, change leur apparence. Pour lui, ce sont des jouets. Il joue.

Venturi était interloqué par la conclusion de sa jeune partenaire.

— Il joue, répéta-t-elle avec conviction. Il les a soigneusement conservés dans un endroit abrité, comme un enfant qui ne veut pas se débarrasser de ses jouets usagés. Lorsqu'il a fini de jouer, il les range. Il ne les considère pas comme des êtres humains. Pour lui, ce sont… des poupées.

20

Je hurlai de tout mon souffle ! J'étais prise de panique !

Je me levai d'un bond. Le liquide dégoulina le long de mon ventre, jusque sur mon sexe. Dégoûtée, je voulus le chasser d'un revers de la main.

J'attrapai mon soutien-gorge et tentai de m'essuyer avec. Je faisais de petits gestes secs pour me débarrasser de cette obscénité.

Malgré mes efforts, le reflet brillant subsistait sur ma peau.

Mes cris se muèrent en sanglots.

Je courus me réfugier dans la maison en cachant tant bien que mal mon sexe avec ma main.

Je me précipitai dans la salle de bains. J'enjambai la baignoire et ouvris le robinet à fond.

J'empoignai le pommeau de douche et braquai le jet sur mon ventre.

L'eau était glacée. Qu'importe !

J'agitais le pommeau en tous sens pour chasser cette horreur.

À mes pieds, du liquide épais et blanchâtre s'était collé à la baignoire et refusait de partir.

Cris et pleurs se confondirent.

Je me reculai pour ne pas marcher dans le sperme.

Finalement, il s'éloigna lentement, lourdement, vers la bonde où je le vis disparaître avec horreur.

Je m'aspergeai d'eau.

Puis j'attrapai du savon et me frictionnai de toutes mes forces.

J'avais tant frotté et tant savonné qu'il ne pouvait en subsister la moindre goutte. Pourtant, j'étais incapable d'arrêter. Ce n'était plus du sperme dont je voulais me débarrasser, c'était du souvenir.

L'eau coulait toujours lorsque enfin je parvins à recouvrer mon calme.

Je fermai le robinet et raccrochai le pommeau de douche au mur.

C'est là que je l'entendis.

Ce bruit.

À l'intérieur. Un craquement.

J'étais nue. J'étais seule.

Et il y avait quelqu'un dans la maison.

21

Debout dans le grand open space de l'hôtel de police, les bras croisés, le commissaire Venturi se délectait de l'agitation qu'il avait générée. Tout autour de lui, des enquêteurs s'affairaient au téléphone ou sur leur ordinateur, passant souvent de l'un à l'autre. Parfois, un policier se levait brutalement, attrapait son blouson et filait sur le terrain pour procéder à une audition ou vérifier un détail.

Maintenant que l'on connaissait l'identité des victimes, il fallait s'intéresser de près aux conditions de leur disparition. Venturi avait « à manger » comme il disait : des indices, des témoins. Aussi machiavélique fût-il, le tueur avait dû laisser des traces. C'était inévitable. Il fallait les dénicher, puis remonter la piste jusqu'à lui passer les pinces.

Ou lui coller une balle.

« Pourquoi eux ? » C'était la première question que s'était posée Venturi. Pour quelle raison l'assassin s'était-il intéressé à ces jeunes-là ?

Il avait privilégié la piste d'un réseau de prostitution. Les victimes étaient jeunes et sans revenu régulier, ce qui en faisait des recrues faciles pour les proxénètes. S'en prendre aux prostituées était un grand classique. Jack l'Éventreur avait fait des émules.

Mais la brigade de répression du proxénétisme n'avait rien sur eux. Absolument rien. Il était assez peu probable qu'aucune des six victimes n'ait été ne serait-ce que remarquée. En outre, les policiers de terrain avaient fait parler leurs indics et les six jeunes étaient inconnus du milieu. Pour couronner le tout, on n'avait pas constaté de hausse anormale de leur pouvoir d'achat ni de bouleversement de leurs habitudes.

Il fallait se rendre à l'évidence, la réalité était terrifiante et la situation incontrôlable : le terrain de chasse du tueur était immense, ses victimes potentielles innombrables.

À titre préventif, la communauté homosexuelle avait été mise en garde. Des policiers avaient fait le tour des bars et boutiques LGBT en invitant à signaler tout comportement suspect. C'était évidemment très vague, mais en attendant de comprendre comment le tueur s'y prenait, c'était la seule chose à faire.

Plusieurs témoignages concordants attestaient que les victimes ne se connaissaient pas. Certaines avaient fréquenté les mêmes lieux, mais cela relevait clairement de la coïncidence. Bien qu'habitant la même région, et ayant globalement le même âge, ces jeunes gens étaient originaires de villes et villages différents, parfois éloignés. Ni leur scolarité, ni leur parcours professionnel, ni leurs relations, ni même leurs loisirs ne permettaient de nouer un lien entre eux.

Ils s'étaient simplement retrouvés piégés par l'engrenage pervers du tueur.

Par-dessus l'épaule de l'un des enquêteurs, Venturi observa ce qui s'affichait sur l'écran. C'était le compte Facebook de l'un des garçons enlevés et tués. Il recelait une quantité incroyable de photos qu'il fit défiler rapidement. La naïveté avec laquelle certains étalaient leur vie privée à la vue de tous avait toujours fasciné le policier qui n'ignorait rien de ce qu'une personne mal intentionnée pouvait en tirer.

Le jeune homme était ouvertement efféminé et ne faisait pas secret de son homosexualité. On le voyait en compagnie de jeunes de son âge, garçons et filles, le sourire aux lèvres. Il fréquentait régulièrement les bars branchés de la région, pratiquait le VTT, était fan de cinéma et ne semblait pas exercer d'activité professionnelle.

Venturi tendit le bras pour saisir la fiche de renseignements.

Vingt-trois ans, putain !

On est toujours trop jeune pour mourir, mais 23 ans…

Ce gamin avait tout juste eu le temps de sortir de l'adolescence. Son seul tort était d'avoir croisé la mauvaise personne. Il y avait des erreurs que l'on payait cash.

Venturi reposa la fiche à côté du policier qui était en train de lister les restaurants, les bars que fréquentait le jeune homme. Il les appellerait dans la journée pour savoir si quelqu'un avait remarqué quelque chose. Il leur demanderait aussi d'avoir accès aux enregistrements des caméras de vidéoprotection, lorsqu'il y en avait.

C'était un travail de fourmi, mais l'expérience prouvait que c'était payant.

Dans le bureau voisin, un collègue avait imprimé les emplois du temps de chacune des victimes et faisait des recoupements. Avaient-ils tous eu rendez-vous avec une même personne au moment de leur kidnapping ?

Hélas, la réponse n'était pas aussi évidente. Au jour et à l'heure de chaque disparition, aucun des jeunes hommes n'avait quoi que ce soit de prévu. Ce vide avait déstabilisé les enquêteurs qui ne s'attendaient pas à être privés si abruptement de pistes à remonter.

— Élargissez vos recherches, ordonna Venturi. Regardez aux dates antérieures et balayez plus large.

— On cherche quoi en particulier ?

— Je veux savoir si un événement s'est produit dernièrement pour chacun d'eux : un rendez-vous chez le même médecin, une conquête en commun, un entretien d'embauche pour la même boîte, etc. Est-ce que quelqu'un leur tournait autour, y compris longtemps avant leur mort ?

— Je remonte jusqu'où ?

— Disons… trois mois. Au-delà, c'est de la perte de temps. Deuxièmement : concertez-vous avec votre voisin qui étudie le mode de vie des victimes et essayez, ensemble, de voir s'il n'y a pas un rendez-vous qui ne collerait pas. Quelque chose qui dénoterait, qui ne serait pas cohérent avec le reste. Je ne sais pas si je suis bien clair ?

— Non, pas très, s'amusa le policier. Mais j'ai compris : on cherche une anomalie. Du genre : pourquoi s'est-il inscrit à une compétition de skate-board alors qu'il a été amputé des deux jambes ? C'est ça ?

L'exemple fit sourire Venturi qui approuva d'un signe de tête.

L'épluchage des six agendas ne prit pas bien longtemps. Ils étaient oisifs : étudiants, chômeurs ou effectuant de « petits boulots ».

Venturi claqua des mains pour attirer l'attention de chacun.

— Écoutez-moi ! Vous n'êtes pas seulement en train de recueillir des informations, vous plongez dans des existences, dans la vie privée de ces jeunes gens. Or, une vie suit une logique, elle a un sens, une cohérence. Gardez ça en tête. Il faut que vous vous immergiez dans leurs habitudes pour tenter de comprendre dans quel piège ils sont tombés, quelles étaient leurs faiblesses, leur crédulité. Vous me suivez ?

Un murmure collectif lui répondit.

— Bien, poursuivit-il. Dès que vous avez une piste, même tirée par les cheveux, vous venez me voir. Le but est de saisir la logique du tueur. En espérant que ça nous permette d'identifier sa prochaine victime. Si on la découvre rapidement, on peut sauver une vie. Alors, soyez malins, fouillez avec discernement.

— Commissaire, intervint un agent, puisqu'on doit faire preuve de psychologie et creuser en profondeur, est-ce qu'on peut demander son avis à Menthe-à-l'eau ?

— À qui ?

— Menthe-à-l'eau. La psy, quoi.

— Vous l'appelez Menthe-à-l'eau ? s'étonna Venturi.

— Oui, tout le monde l'appelle comme ça.

Les autres acquiescèrent d'un signe de tête.

— Ah bon ?

— Pas vous ?

Venturi se tourna vers la porte close du bureau d'Olivia Montalvert.

— Consultez-la, si vous voulez.

*

* *

Venturi fit irruption dans le bureau de la psy qui sursauta.

— Je vous réveille ? s'amusa-t-il.

— On ne vous a pas appris à frapper ?

— Uniquement les suspects.

— Très bonne vanne.

— L'IGPN n'est pas de votre avis ! Bon, j'ai une question à vous poser.

— Je vous écoute, fit Menthe-à-l'eau qui referma son dossier et croisa les bras.

— Si j'en crois la théorie que vous avancez, le tueur joue avec ses victimes mortes comme avec des poupées, c'est bien ça ?

— Oui.

— C'est quelque chose de fréquent ?

— Non, heureusement !

— Mais c'est déjà arrivé ?

— Il y a une douzaine d'années, un Russe a été arrêté parce qu'on a retrouvé à son domicile vingt-neuf cadavres d'enfants momifiés.

— Vous déconnez ?

— Il y a beaucoup de similitudes avec notre affaire : il les embaumait de façon rudimentaire, ne leur souhaitait pas de mal, pas de relations sexuelles. Mais il y a une énorme différence : il ne tuait pas. Il se contentait de déterrer des corps depuis le cimetière voisin.

— C'est déjà pas mal !

— Sauf que ça change tout. Ce n'est plus le même type de pathologie. Le criminel que nous recherchons, lui, est un assassin.

— Il y a quelque chose que je ne comprends pas. Qu'il considère que des cadavres sont des jouets, bon, pourquoi pas. Faut être sacrément atteint, mais admettons. En revanche, lorsqu'il chasse, il est bien lucide, non ? Il doit convaincre des jeunes gens de le suivre, ce qui implique un niveau de séduction et de manipulation élevé. C'est vous-même qui l'avez dit quand on s'est rencontrés.

— C'est exact.

— Alors, comment concilie-t-il les deux ? Comment peut-il d'un côté être à ce point fou et de l'autre avoir un comportement « normal » pour séduire. Ça me semble incompatible.

La psy se cala au fond de son fauteuil et leva les yeux au plafond pour trouver la meilleure façon de formuler sa réponse. Après quelques secondes, elle se lança enfin :

— Je vais reprendre l'analogie avec les poupées. Vos filles, vous leur en avez déjà acheté, non ?

— Des poupées ? Vous rigolez ? Elles en ont eu de toutes les tailles, de toutes les marques. Elles ont été pourries gâtées.

— Vous leur offrez dans un paquet-cadeau, non ?

— Bah oui.

— Elles déchirent le paquet-cadeau et que voient-elles ? Un emballage ! Il faut souvent des ciseaux pour ouvrir la boîte. Et c'est seulement là qu'elles peuvent jouer avec et inventer un univers, créer des histoires. Autrement dit, elles ont parfaitement conscience qu'il s'agit de jouets en plastique, d'objets que vous leur avez achetés. C'est la partie rationnelle. La partie irrationnelle vient de l'imaginaire. Les deux ne sont pas inconciliables.

— D'accord, mais elles savent pertinemment que ce sont des jouets, même lorsqu'elles s'amusent avec. Comment peut-on à ce point faire abstraction de la réalité ?

— Mon exemple était peut-être un peu trop sage. Je vais en prendre un autre en conservant la comparaison avec des poupées, mais cette fois, des poupées pour adultes… si vous voyez ce que je veux dire…

— Des poupées gonflables.

— Voilà. Lorsqu'un homme achète ce type d'article, il sait que ce n'est qu'un jouet sexuel. Pourtant, il décide d'y introduire son pénis et de simuler un rapport sexuel. Pendant l'acte, à quoi croyez-vous qu'il pense ?

— Il s'imagine avec une femme.

— Exactement. Ses pulsions sexuelles sont si fortes que l'objet se transforme alors en femme. Il aura pu opérer un transfert : c'est sa patronne, son ancienne maîtresse, une femme qu'il a croisée dans la rue, une actrice porno, son idéal féminin, peu importe, mais c'est devenu une femme en chair et en os. Ce n'est plus du tout une poupée.

— Je vois.

— Et lorsqu'il a… enfin, quand il a terminé, quoi, il dégonfle sa poupée et la range, jusqu'à la prochaine fois. Il redevient un homme normal, totalement conscient qu'il vient de jouir dans du plastique. Vous comprenez ?

— Je n'aime pas votre façon de me regarder lorsque vous parlez de poupées gonflables. J'ai l'impression que vous vous demandez jusqu'à quel point je connais ça.

Olivia se mit à rire.

— Je reconnais que je me suis posé la question.

— C'est ce que je craignais.

— Désolée.

— Et ?

— Ah ! Maintenant, je visualise la scène ! Mes yeux brûlent ! Mes yeux brûlent !

Il quitta son bureau en riant.

La sonnerie de son portable le ramena bien vite à la réalité.

Ce numéro, il le connaissait. C'était celui de l'officier de l'IGPN en charge de l'enquête sur la fusillade. Ce flic pointilleux qui lui cherchait des poux dans la tête.

Venturi considéra le téléphone dans sa main. Cette sonnerie interminable. Cette menace.

Puis le silence se fit de nouveau.

« *Appel en absence.* »

*

* *

Dans le vaste open space, Venturi surveillait ses troupes, guettant un éventuel oisif qu'il n'aurait pas manqué de remettre au travail en forçant sur les décibels. À son grand étonnement, il n'eut personne à rabrouer.

— Commissaire ?

Un brigadier s'approchait, l'air satisfait.

— Je vous cherchais. Vous aviez raison : deux d'entre eux sont inscrits sur un site de rencontres pour gays. Le même site. Il y en a un troisième qui est enregistré sur un site, mais les proches ne sont pas capables de nous dire lequel.

— Demandez-leur de nous confier son ordinateur. Faites la même démarche pour les trois autres : réclamez leur ordi ou leur tablette.

Venturi saisit son portable et composa le numéro du juge d'instruction. Après lui avoir présenté un rapide exposé de l'évolution de l'enquête, il en vint au motif de son appel. Sans avoir besoin de beaucoup argumenter, il obtint une commission rogatoire lui donnant accès à la liste des membres du site de rencontres qui étaient entrés en contact avec les victimes. Il allait aussi connaître leur identité et le contenu de leurs échanges.

À peine eut-il raccroché qu'un enquêteur vint à lui.

— Commissaire, voici le résultat du bornage des six téléphones, dit-il en lui tendant plusieurs feuilles.

Venturi les consulta puis se dirigea vers le mur où figurait la carte de la région sur laquelle étaient punaisés les domiciles de chaque victime. Il attrapa une poignée de punaises de couleur et les planta là où leurs téléphones avaient émis pour la dernière fois.

Il se recula et observa l'ensemble.

Aucune logique. Simplement, ils étaient des environs. Tous se trouvaient dans un périmètre de moins de 100 kilomètres.

— Il parvient à les kidnapper à des endroits différents à chaque fois, réfléchit-il.Venturi parcourut des yeux la carte qui livra des noms de villages, quelques villes plus importantes, des routes, des chemins. Là, quelqu'un se terrait.

Jouant.

Avec le corps d'une jeune victime pour poupée.

22

J'étais terrorisée.

La peur m'avait à ce point paralysée que je demeurai là, dans ma baignoire, pendant de longues minutes, nue, dégoulinante d'eau froide, tremblante, sans pouvoir prendre la moindre décision.

Je m'entendais haleter, je sentais mon cœur s'emballer.

Je cherchai des yeux une issue, une solution. Une arme. Je ne trouvai rien.

Je ne sais par quel miracle je parvins enfin à sortir de la baignoire, à enfiler un T-shirt qui traînait.

Pouvais-je quitter la salle de bains ?

Serais-je en sécurité ?

Je décidai de fermer le loquet et d'attendre.

Je plaquai mon oreille contre la porte.

Le T-shirt trempé collait à ma peau. À demi nue, je me sentais si vulnérable !

Je n'entendais rien. Ma respiration était si forte qu'elle aurait couvert des bruits de pas.

Je jetai un coup d'œil par la lucarne restée entrouverte. Elle donnait sur le jardin. Ni intrus ni secours. Qu'espérais-je ?

Si seulement j'avais mon portable avec moi. Où était-il ? Je l'avais laissé près du transat, dehors. Non. Réfléchir. Je ne l'avais pas emporté en sortant. Il était donc à l'intérieur. Probablement sur la table du salon.

Avais-je entendu un nouveau bruit ? Je n'aurais su l'affirmer.

Je tentai de bloquer ma respiration. Je me concentrai pour écouter. Rien.

Combien de temps suis-je restée ainsi, l'oreille collée à cette porte ?

Écoutait-il, lui aussi, de l'autre côté de la porte ? Son visage à quelques centimètres du mien ? Entendait-il mon souffle court ? Se délectait-il de ma panique ?

Combien de temps fallait-il laisser au silence pour qu'il devienne synonyme de sécurité ? Combien allais-je devoir attendre encore ?

Et si la nuit tombait ?!

Cette idée me glaça le sang et me poussa à sortir.

Lentement, je soulevai le malheureux loquet qui m'avait maintenue recluse. Le petit « clac » qu'il fit en s'ouvrant suffit à me faire sursauter.

Je me décidai à entrouvrir la porte de la salle de bains. Je la gardai entrebâillée et la coinçai avec mon pied, prête à la refermer d'urgence. Mon pied nu sur le carrelage glissant ne ferait pas le poids contre un puissant coup d'épaule. Mais je n'avais que ça.

Je regardai par le mince interstice entre la porte et le chambranle. Tous mes sens en éveil.

Je ne vis ni n'entendis rien.

Je devais sortir, mais… j'étais à poil ! Ce maudit T-shirt ne cachait rien !

Que ferais-je si je tombais nez à nez avec le malade qui m'avait éjaculé dessus ?

Je refermai la porte le temps d'attraper une bombe de déodorant et, munie de cette arme dérisoire, j'ouvris d'un coup.

Je courus jusqu'à la cuisine, et sortis un couteau à viande d'un tiroir.

Je tenais le manche à deux mains, contre mon ventre, et je fixais le couloir.

Aucun bruit.

Mon cœur battait à tout rompre.

J'avais tellement honte d'être si nue dans cette situation ! J'enfilai à la hâte un tablier de cuisine. Ce n'était pas parfait, mais je me sentais moins fragile.

J'entrepris alors de fouiller chaque pièce, le couteau en main. D'abord la salle à manger, puis le salon. Rien. Ma chambre, la chambre d'amis. Personne. Le verrou de la porte de la cave était fermé.

Était-ce les volets de ma chambre qui avaient claqué ? Je les avais fermés pour garder la pièce au frais, mais la fenêtre était ouverte, ce qui pouvait provoquer un courant d'air. Oui, c'était sûrement ça.

Lorsque je fus enfin certaine que la maison était vide, je pus peu à peu recouvrer mon calme.

Je m'habillai précipitamment avec des vêtements qui traînaient.

Puis j'entamai le tour des fenêtres pour essayer de repérer mon agresseur quelque part dans le jardin. Je ne vis rien.

J'attrapai mon téléphone portable. Le réseau n'était pas bon. Mais j'avais suffisamment de briques pour appeler les secours.

Du bout de mes doigts tremblants, je composai le 17.

23

Le policier essuya son front couvert de sueur d'un revers de la main et raccrocha son téléphone. Il consulta une liste de noms et s'apprêtait à passer un nouvel appel quand il sentit l'ombre de Menthe-à-l'eau dans son dos.

— Tu en es où ? demanda la jeune femme.

— Rien pour le moment.

— Il te reste combien de cas possibles ?

— Trois.

Pour les six premières victimes, l'identification avait été facile : en fonction de leur taille et de leur corpulence, le ciblage avait été rapide.

Mais il y avait une septième victime. Un jeune homme qui avait été enlevé il y a une dizaine de jours et dont le corps était toujours en la possession du tueur, en attendant qu'il s'en débarrasse. L'idée de Venturi était de gagner du temps en découvrant son identité avant qu'on ne retrouve le cadavre.

Le souci était que, sans corps, une incertitude subsistait sur l'identité de ce septième cas.

Il fallait donc faire le tri entre toutes les personnes disparues. Les critères de recherche étaient la région et la période à laquelle la disparition avait été signalée. La consultation du fichier de l'OCDIP donnait le vertige : cent soixante-quatre cas ! Un nombre trop important pour qu'une enquête puisse être conduite. Venturi avait alors réduit la période à quarante-huit heures. C'était risqué, mais il était convaincu que le tueur était suffisamment dans le contrôle pour agir avec la régularité d'une horloge suisse. Ensuite, il avait ajouté un paramètre : la victime devait avoir moins de 30 ans.

Trois noms étaient sortis.

— Je doute que les trois soient homosexuels, déclara la psy.

— Ça va pas être facile de demander aux proches si le disparu est gay ! renchérit le jeune policier. En plus, ils feront le recoupement avec les crimes de la chapelle dont tout le monde parle, et ils vont comprendre que le pire est arrivé.

— C'est aussi pour ça que je suis venue : pour le faire à ta place et éviter certaines entrées en matière. Je ne suis pas enquêtrice, mais je m'en sors plutôt bien avec les gens.

— Je te laisse mon siège avec plaisir, rétorqua le policier, soulagé.

Il se leva et laissa son fauteuil à la jeune femme.

Pour se donner du courage, elle prit une grande inspiration et composa le premier numéro.

Moins d'une demi-heure plus tard, elle avait passé les trois coups de fil. Le nom de la nouvelle victime était connu, le dossier, peu épais, était sous ses yeux.

Il ne s'agissait à l'époque que d'une simple disparition, la déposition était sommaire. Elle était accompagnée de la fiche de police retraçant son « pedigree » judiciaire : un rappel à la loi suite à la consommation de stupéfiants, une plainte pour tapage nocturne. Des broutilles.

Elle découvrit aussi deux portraits du jeune homme : la photo réglementaire d'identité, stricte, austère. Et un cliché déposé par les proches. On y voyait un garçon plein de vie, souriant. Elle fut aussitôt accablée en imaginant qu'il ait été, à son tour, victime du jeu sordide et macabre auquel se livrait le criminel. Elle fut gagnée par un vague à l'âme que perçut le policier. Il lui prit le dossier des mains et lui déclara :

— Maintenant, c'est à moi de faire mon boulot.

La jeune femme lui fit un petit signe de tête et s'éloigna.

— Hé, Menthe-à-l'eau ?

Elle se retourna.

— Merci.

Olivia Montalvert traversa l'open space et rejoignit Venturi dans son bureau. Elle le trouva enfoncé dans son fauteuil, les pieds sur son bureau. Il était au téléphone, mais il lui fit signe d'entrer. Après un bref échange, il raccrocha.

— On a identifié la septième victime, annonça-t-elle.

— Il n'y a pas de doutes ?

— Si le tueur ne change pas ses habitudes, c'est-à-dire s'il vise toujours des homosexuels dans la région, alors oui, c'est lui. C'est le seul qui a disparu à cette date, à cet endroit et qui n'est pas reparu depuis.

— Sauf s'il s'agit de quelqu'un dont personne n'a signalé l'absence.

— Après tout ce temps ?

— Je reconnais que c'est peu probable. Disons que c'est lui.

— C'est lui.

Elle avait troqué son air jovial contre un visage fermé. Il se leva et s'approcha d'elle.

— Vous avez perdu des plumes en vol ?

— Pas évident de parler à la famille en faisant comme si de rien n'était, alors que je sais qu'il est mort.

— Rien n'est facile dans cette affaire. Merci de vous investir autant.

— Vous avez demandé mon aide, je fais mon possible.

— Si vous avez un coup de blues, je connais un psy épatant, plaisanta Venturi pour lui redonner le moral. Bon, il a une chemise à carreaux et un pantalon en velours. Faut aimer.

Elle se força à sourire pour donner le change.

— Je vais envoyer des hommes au domicile de cette septième victime, on ne sait jamais, on trouvera peut-être un indice, déclara le commissaire qui s'apprêtait à débouler dans l'open space.

— Inutile. Une équipe est déjà en route.

— Ah bon ? Qui a donné l'ordre ?

— Moi.

— Et ils vous ont obéi ?

— Je sais me montrer persuasive quand c'est nécessaire.

— Vous voulez ma place, ma parole ! s'amusa Venturi.

— Dites, j'ai une théorie.

— Je vous écoute.

— J'ai repensé à cette histoire de chapelle et…

— Et ?

— Je n'ai aucune certitude, hein, c'est juste une hypothèse.

— Bon, vous vous décidez ?

— OK. Je crois que le meurtrier qu'on recherche a besoin de se débarrasser des corps spécifiquement dans un lieu de culte, pas ailleurs.

— Qu'est-ce qui vous fait dire ça ?

— C'est un cheminement compliqué dont je vous fais grâce, mais pour moi, ce serait assez logique. Il ne peut pas abandonner les cadavres dans la nature.

— Les grands esprits se rencontrent, j'ai une équipe qui surveille les parages jour et nuit.

— Avec tout le battage médiatique, il est au courant qu'on a découvert son sanctuaire. Il n'y mettra plus les pieds.

— Pourquoi pas ? Il a bien commis l'erreur de laisser ses empreintes.

— Et ça donne quoi ? Vous ne savez toujours pas qui c'est ! Non, là, c'est différent. Il ne se jettera pas dans la gueule du loup.

— Je ne vous suis plus : d'un côté vous me dites qu'il a besoin d'un lieu de culte, de l'autre qu'il n'est pas assez taré pour y retourner.

— Il est fou, pas con. Il devrait cibler une autre chapelle. Probablement abandonnée elle aussi.

Venturi la fixa avec insistance, comme s'il la jaugeait. Elle en fut déstabilisée.

— Je vous avais averti, ce n'est qu'une possibilité. Je ne suis sûre de rien.

Sans prévenir, il traversa le bureau. Arrivé à la porte, il se retourna.

— Vous restez ici ?

— Heu… non, je vous suis.

— Voilà.

Il se dirigea vers un enquêteur qui venait de raccrocher son téléphone.

— Recensez toutes les églises, chapelles et autres lieux de culte abandonnés dans un rayon de 30… non, 40 kilomètres.

— Comment voulez-vous que je trouve ça ?!

— Oui, vous avez raison, je vais le faire moi-même.

— Ah bon ?

— Non ! Bougez votre cul !

À cet instant, un autre enquêteur traversait l'open space en courant.

— Commissaire ! Commissaire ! On a un témoin ! Quelqu'un a aperçu le tueur !

24

J'empruntai le petit sentier de terre d'un pas preste, bien décidée à régler mes comptes en personne. C'était mieux ainsi. D'ailleurs, qu'aurais-je dit à la police ?

« Je dormais nue, dehors, et quelqu'un m'a éjaculé sur le ventre.

— Vous n'avez rien vu, mademoiselle ? Rien entendu ? Vous avez des témoins ? »

J'avais cherché en vain des traces de pas. Entre l'herbe pelée et la terre caillouteuse, personne n'aurait laissé d'empreintes même avec des après-ski.

Où cela aurait-il mené ? Nulle part.

Je n'avais aucune preuve. Ni trace de sperme ni signalement de celui qui s'était introduit chez moi.

Je les imaginais d'ici me reprochant de m'être foutue à poil en plein air. Les flics du coin ne devaient que modérément apprécier ce type de pratique. Puritanisme de province et nudisme faisaient mauvais ménage.

En définitive, cette agression était bien difficile à prouver.

Déjà que pour les affaires de viol, il fallait être en mesure de démontrer qu'on était la victime. Alors là…

Et puis je ne voulais pas qu'ils fouillent dans mon passé.

Non, j'avais décidé de régler ça moi-même. J'irais pousser une gueulante contre ce con. C'était mon seul voisin. Ça ne pouvait être que lui ou son débile de fils.

Je l'avais croisé à plusieurs reprises lors de mon emménagement. C'est un type désagréable, probablement aigri par une vie de dur labeur. Il devait me voir comme la Parisienne arriviste pour qui la nature était une récompense tandis qu'elle était pour lui une épreuve quotidienne.

Mais est-ce que c'était mon problème, à moi ?

À ce qu'on racontait, il vivait seul depuis la mort de sa femme, une dizaine d'années auparavant. Il ne s'était jamais remarié, on ne lui connaissait aucune liaison.

Il devait avoir les couilles pleines, ce gros porc !

Encore une chance qu'il ne m'ait pas violée.

Sa vie ne devait pas être marrante : son fils était une sorte d'attardé qu'il élevait avec toutes les peines du monde.

Et si c'était lui qui s'était branlé sur moi ?

Je l'avais déjà vu traîner une fois non loin de ma maison.

Rien que d'y penser, je fus prise d'un frisson de dégoût.

Au bout d'une petite dizaine de minutes de marche, j'aperçus enfin leur ferme.

Il y avait quelqu'un. Ça devait être le fils.

Il promenait un petit chien en laisse.

De haine, je serrai les poings en anticipant le flot d'injures que j'allais lui déverser au visage. J'accompagnerais le tout de menaces de poursuites judiciaires. Il allait m'entendre !

Le chemin serpentait légèrement avant de rejoindre le corps de ferme, ce qui me permettait de scruter la scène.

Prête à surgir comme une furie, une sorte de force invisible m'invita à me méfier.

Je ralentis le pas.

C'était bien le fils, qui promenait un petit chien. Ça me parut étrange. Un chien en laisse dans une ferme…

Je ralentis encore ma cadence, puis m'immobilisai complètement.

Il m'avait entendue. Comment était-ce possible ? Il avait un sixième sens, le taré ?

Il me fixait de son regard intense, dérangeant.

Mon assurance s'était éteinte aussi soudainement qu'une chandelle soufflée par un coup de vent. Mon désir de vengeance avait laissé place à un autre sentiment : la peur. Elle commençait à s'insinuer de nouveau dans mon esprit jusqu'à me paralyser.

Il m'adressa un sourire.

Un sourire de dément.

Ce n'était pas un chien qu'il promenait en laisse.

C'était un chat. Mort.

25

Alors là elle l'a senti passer

Quel retour !

J'ai juté sur son ventre

Je n'avais pas pris un pied pareil depuis si longtemps

Quelle revanche quelle vengeance

Elle s'était endormie dans son jardin j'avais tellement peur qu'elle se réveille là si elle m'avait vu ça aurait été une catastrophe le moment n'était pas encore venu de lui faire comprendre à quel point j'étais proche le risque de me faire prendre décuplait mon excitation

Je l'ai vue là étendue faible abandonnée avec une outrageuse insouciance j'ai immédiatement bandé alors l'idée m'est venue

J'ai saisi mon sexe il était dur comme jamais

Et je me suis branlé

Je regardais ce ventre blanc

J'étais si excité que j'ai giclé en quelques secondes

J'ai réprimé un grognement

~~Mon foutre s'est répandu sur sa peau~~

~~Il y en avait beaucoup ça ne s'arrêtait plus je crois bien que je me suis entièrement vidé car j'en avais presque mal~~

~~Mais bon sang que c'était bon~~

Lorsqu'elle s'est éveillée il était trop tard

Et là c'était la meilleure partie si vous aviez vu sa réaction la vache ça dépassait tous mes rêves les plus dingues elle est devenue totalement hystérique elle courait partout en criant

Elle a dû passer une demi-heure sous la douche en vain

Nous avons désormais un point commun elle et moi jamais nous n'oublierons cette tache blanchâtre sur sa peau

Si le foutre a été lavé l'image elle est gravée c'est ça le principal je l'ai marquée ~~je l'ai tatouée de mon foutre cette petite pute~~

Je l'entendais gémir ou bien pleurer quel régal

Si j'avais deviné qu'elle serait à ce point emportée par la panique j'aurais joui encore plus fort

Quel pied

J'aurais voulu rester plus longtemps pour assister au spectacle de son déclin mais j'ai dû partir ce n'est pas bien grave

Je reviendrai

Évidemment puisque je vous raconte tout ça vous allez me prendre pour plus dingue que je ne suis c'est inévitable vous allez vous dire lui c'est un sacré maboul pourtant je vous assure que j'ai toute ma raison oui et je vais vous le prouver

~~Mais en attendant je dois faire déguster cette petite salope~~

Après tout cela ne fait que commencer je ne suis pas encore au maximum mais lorsque ce sera le cas elle va passer un sale quart d'heure

UN SALE QUART D'HEURE

Oui soyez patient le meilleur reste à venir

26

Toute sirène hurlante, la voiture fonçait dans le dédale des rues. Venturi zigzaguait entre les véhicules, au mépris du code de la route et de la plus élémentaire prudence.

Menthe-à-l'eau agrippait le tableau de bord en serrant les dents. Parfois, son pied droit écrasait un frein imaginaire.

Arrivé devant l'immeuble, Venturi pila et laissa sa voiture en double file, gyrophare allumé.

— Magnez-vous ! lança-t-il à Olivia Montalvert.

La jeune femme quitta le véhicule en hâte et trotta pour le rattraper.

— Police, se contenta d'annoncer Venturi dans l'interphone.

Ils pénétrèrent dans une cour pavée et se plantèrent devant la porte vitrée qui menait aux étages. Comme personne ne venait leur ouvrir, Venturi frappa fermement du plat de la main sur la vitre. Le raffut dut s'entendre depuis l'immeuble voisin.

Alors qu'il s'apprêtait à envoyer une nouvelle semonce, une voix les interpella. Un homme se tenait à l'autre bout de la cour, devant la porte entrouverte d'une petite construction en marge de l'immeuble lui-même.

Le policier et sa collaboratrice se dirigèrent aussitôt vers lui.

— Commissaire Venturi, dit-il en brandissant sa carte. Voici Olivia Montalvert qui est consultante pour nos services. L'autorisez-vous à participer à notre entretien ?

Pris de court, le jeune homme bredouilla une réponse incompréhensible qui devait être un acquiescement puisqu'il leur ouvrit la porte en grand et recula pour les laisser entrer.

Ce jeune homme avait fait partie de ceux qui s'étaient inquiétés de la disparition de la dernière victime. Celle dont le corps était toujours en possession de l'assassin. Il venait d'être contacté par l'un des adjoints de Venturi et avait fait une révélation fracassante au téléphone : il avait aperçu le tueur !

Son logement était une sorte d'atelier d'artiste mansardé et plein de charme malgré le désordre ambiant. Depuis la cour, il était impossible de savoir que cette petite construction abritait en réalité un loft des plus confortable. Un alignement de fenêtres donnant sur un patio fleuri baignait agréablement le salon des rayons du soleil. Une rampe en bois plongeait dans le plancher, laissant deviner un sous-sol.

Un établi comportant des pinceaux, des ciseaux à bois et divers outils de menuiserie occupait l'un des murs. Une sculpture recouverte d'un drap blanc trônait non loin.

— Asseyez-vous, je vous en prie. Vous voulez quelque chose à boire ?

— Dites-nous tout, coupa Venturi qui resta debout, les mains dans les poches.

Le jeune homme s'assit sur un fauteuil et soupira avant de prendre la parole :

— Steeven et moi avons eu une relation. Nous avons été… en couple. Ça a duré sept mois. Nous avions envisagé d'emménager ensemble. Nous avions des projets. Puis nous avons eu une dispute. Une sacrée belle engueulade, même. Nous nous sommes séparés. Il est allé voir ailleurs et… moi aussi. Pourtant, je m'accrochais à l'idée de me remettre avec lui. Il y a quelques jours, j'ai ravalé ma fierté et je l'ai rappelé. La discussion ne s'est pas très bien déroulée. Enfin, pas comme je l'espérais.

— Que vous a-t-il dit ?

— Qu'il ne voulait pas revenir avec moi. Qu'il ne… qu'il n'éprouvait plus pour moi assez de sentiments pour s'engager. Il m'a dit qu'il était embarrassé que je sois si attaché à lui.

Tandis que le jeune homme répondait, Venturi se promenait dans le loft, curieux du moindre détail. Il s'arrêta devant un mur où était accrochée une série de photos en noir et blanc. Sur chacune d'elles, un homme seul, nu. Les images, élégantes et exécutées avec un talent évident, n'avaient rien de pornographique. Venturi se surprit à apprécier la beauté pure de ces images et, lorsqu'il en prit conscience, il toussota et enchaîna :

— Vous vous êtes disputés ?

— Même pas. Ça m'a juste glacé.

— Il vous a dit s'il avait rencontré quelqu'un ?

— Je crevais d'envie de lui poser la question. Mais je n'ai pas eu ce courage. Nous avons raccroché en nous promettant de nous donner des nouvelles de temps en temps. Depuis, il ne m'a jamais rappelé.

— C'était inhabituel de sa part ? demanda Menthe-à-l'eau.

— Non. Après une telle conversation, il faut respecter un certain temps avant de reprendre contact. Il savait que j'aurais besoin de panser mes plaies.

— Mais vous avez quand même imaginé le pire.

— Pas du tout. Enfin, pas au début en tout cas. Au contraire ! Des amis communs m'ont appelé pour savoir si je l'avais vu dernièrement, car il ne répondait à personne et ils ne le croisaient plus dans les endroits où il avait l'habitude de sortir. Tout le monde s'inquiétait au point de vouloir prévenir la police. C'est moi qui leur ai dit de se calmer, qu'il allait finir par réapparaître. Du coup, ils m'ont écouté et, à cause de moi, la police n'a été alertée que plusieurs jours plus tard. Je m'en veux, putain !

Le jeune homme éclata en sanglots.

— Vous n'y êtes pour rien, tenta Menthe-à-l'eau.

Il pleurait de plus belle, ce qui eut l'air d'exaspérer Venturi.

— Comment vous êtes-vous connus ?

Évoquer ce souvenir heureux était une manœuvre de la psy destinée à détourner ses pensées. Cela semblait fonctionner.

— Nous nous sommes croisés dans un bar. Dans le centre. Je l'ai repéré de loin. Il était seul. J'ai tout de suite craqué sur lui. J'ai pris mon courage à deux mains et j'ai été lui parler. Ça a matché alors…

— Arrêtez vos conneries, trancha Venturi à la stupeur de la psy.

— Quoi ? balbutia le jeune homme.

— Cette belle histoire, lâchez-la à qui vous voudrez, moi je ne la gobe pas. Si vous devez nous raconter votre vie, autant que ce soit la vraie.

Le blanc qui suivit sembla durer une éternité. Menthe-à-l'eau ne savait plus où se mettre.

— Nous étions inscrits l'un et l'autre sur un site de rencontres LGBT, finit-il par avouer en baissant les yeux. Mais pour le bar, ce n'était pas complètement faux. On s'y est retrouvé pour notre premier rendez-vous.

— À l'avenir, je vous invite à nous dire la vérité lorsqu'on vous pose une question. Tout le monde gagne du temps. Vous comprenez ?

— Oui.

— Bien. Poursuivez, je vous prie.

— À la télé, ils racontent que les corps retrouvés à la chapelle, ce ne sont que des gays. C'est vrai ?

— Votre ami n'était pas au nombre des victimes, vous le savez bien.

— Oui, mais le tueur court toujours. Vous pensez qu'il a pu s'en prendre à Steeven ?

Après un silence, Venturi digressa :

— Inutile d'imaginer le pire. Nous ne faisons qu'enquêter.

— Vous êtes commissaire, c'est ça ?

— Oui.

— Et vous, vous êtes quoi exactement ? demanda-t-il à Menthe-à-l'eau. Consultante en quoi ?

— Je suis psychologue et criminologue.

— Vous n'êtes pas d'ici, n'est-ce pas ? Ni l'un ni l'autre. Vous avez été mandatés spécialement pour cette affaire ?

Ils firent oui de la tête.

— Ça signifie que Steeven est mort. Et vous le savez bien. Sinon, vous auriez envoyé un flic en uniforme ou, pire, on m'aurait convoqué au commissariat.

Venturi serra les dents et le fixa en s'efforçant de ne rien laisser transparaître.

— Rien ne prouve que votre ami ait été victime du criminel que nous recherchons.

— Vous voulez que je sois franc avec vous, attaqua le jeune homme, soyez-le avec moi ! « Tout le monde gagne du temps », c'est ce que vous m'avez dit, non ? Alors, dites-moi la vérité.

— Votre ami est mort.

Menthe-à-l'eau fusilla le policier du regard. C'était contraire à toutes les règles, y compris morales. En de telles circonstances, il fallait se dérober, voire mentir.

— Merci de votre franchise.

Il essuya à la hâte les larmes qui continuaient de couler sur ses joues, frotta ses yeux rougis puis, après un reniflement, murmura :

— Je m'en doutais.

— Steeven, il avait l'habitude de se déguiser ? demanda Venturi.

— De se déguiser ? répéta le jeune homme, surpris.

— Oui, de se travestir, si vous préférez.

— Non !

— Écoutez, vos pratiques sexuelles, vos envies, fantasmes et vos petits secrets d'alcôve, si vous saviez comme je m'en fous ! Je ne suis pas là pour vous juger. Alors, si vous ou votre ami aviez l'habitude de porter une perruque et de changer de vêtements, il faut me le dire. C'est important.

— Mais non ! Ce n'est pas du tout notre genre. Qu'est-ce que vous croyez ? Sous prétexte que nous sommes gays, nous devrions jouer aux drag-queens ? Ce n'était pas notre délire, ni à Steeven ni à moi.

— D'après la déclaration que vous avez faite au commissariat, vous avez vu votre ami le jour de sa disparition.

— C'est exact.

— Comment pouvez-vous savoir qu'il a été kidnappé ce jour-là ?

Venturi avait lâché sa question comme on assène un uppercut. Pour lui, tout le monde était un coupable potentiel qu'il s'agissait de déstabiliser pour obtenir la vérité.

Pourtant, le jeune homme répondit sans sourciller :

— Tous ses amis et moi-même sommes en relation. Nous échangeons beaucoup. Personne ne l'a vu après moi. Nous en avons déduit qu'il a été enlevé juste après que je l'ai aperçu.

— Dans quelles circonstances ça s'est passé ?

— Je buvais un coup à la terrasse d'un café avec des amis. De loin, j'ai vu Steeven. C'était embarrassant parce que je préférais éviter de le croiser. Vous comprenez, après la conversation qu'on avait eue… Alors, j'ai fait comme si je n'avais rien remarqué. Je n'ai d'ailleurs rien dit à mes amis. Mais je l'épiais quand même du coin de l'œil.

— Il était avec quelqu'un ?

— Oui. Un homme. Plus âgé que lui. Je crevais de jalousie !

— Vous pourriez le reconnaître ?

— Non. Je ne l'ai vu que de dos et il était loin.

— Comment savez-vous qu'il était plus âgé, s'il se trouvait de dos ?

— Il avait les cheveux grisonnants.

— Quelle taille ?

— Plus grand que Steeven. Je dirais… 1 mètre 82 ou 83.

— Un peu plus petit que moi, donc ?

Le jeune homme scruta Venturi des pieds à la tête.

— Oui.

— Sa corpulence ?

— Plutôt trapu.

Venturi n'avait pas oublié la remarque de sa partenaire sur la scène du crime : pour déposer chaque corps en les portant, il fallait être un sacré gaillard.

— Comment était-il habillé ?

— Pantalon en toile beige. Une chemisette bleu foncé, peut-être en jean. D'où j'étais, je ne pouvais pas voir plus de détails.

— C'est déjà pas mal. Quoi d'autre ?

— Rien. J'ai vu Steeven monter dans la voiture du type. Et je ne l'ai plus revu depuis.

Venturi était sur le qui-vive. Le chasseur qu'il était commençait à apercevoir sa proie.

— Il est monté de son plein gré ou de force ?

— Il était consentant, soupira-t-il.

— Aucune idée d'où il pouvait se rendre ?

— Aucune.

— J'imagine que vous n'avez pas relevé le numéro ?

— Non. Bien sûr que non. Mais il y a une chose qui a attiré mon attention : ce n'était pas n'importe quel véhicule !

27

La peur m'avait soudain paralysée et, piteuse, je rebroussai chemin. Le pire, c'est qu'au retour, je continuais de ruminer contre ce voisin que je n'avais pas eu le courage d'affronter. Je m'en voulais terriblement. La plus aigre des défaites était le refus de combattre.

Mais la vue de ce chat mort…

Et surtout, le regard halluciné et le sourire malsain du fils m'avaient tétanisée. Le filet de bave qui pendait au coin de ses lèvres… C'était au-delà de la peur elle-même. J'avais eu l'impression d'être une étrangère projetée dans un monde parallèle où le bizarre était la norme. Dans cet univers-là, je n'avais aucun droit, surtout pas celui de taper un scandale.

Alors, j'avais reculé. Et je m'étais enfuie.

De retour chez moi, je retrouvai peu à peu un sentiment de sécurité. Ces pierres, ces murs, ces objets familiers me confortèrent dans l'idée qu'au moins, ici, tout était rationnel.

Je donnai un tour de clé dans la serrure, m'assurai que chaque fenêtre était bien fermée, puis m'enfermai dans la salle de bains.

J'éprouvai le besoin de me laver de nouveau. Je me sentais sale, souillée. J'espérais que cette désagréable impression disparaîtrait bientôt.

Cette fois, je préférai me préparer un bain. Je fis couler l'eau tiède et y versai des sels.

Il me manquait quelque chose, mais quoi ?

Il manquait l'essentiel : oublier. Pour m'aider à y parvenir, j'allai me servir un grand verre de rosé que je descendis cul sec. Je remplis le verre à nouveau et l'emportai dans la salle de bains. Je trempai ma main dans la baignoire et ajustai la température de l'eau.

Mes vêtements glissèrent sur le carrelage.

En entrant dans l'eau, je ressentis immédiatement un soulagement précieux. Je n'étais pas bien, j'étais mieux.

Progressivement, mon esprit estompait l'incident. Je me surpris à penser à autre chose. Le quotidien reprenait le dessus.

Je bus quelques gorgées de rosé. Je lui trouvais un drôle de goût. J'observai sa robe claire qui dansait dans le verre. Comme si j'y connaissais quelque chose !

Petit à petit, l'eau se refroidit et je décidai de sortir. J'étais plus fraîche, mes idées étaient moins sombres et mon moral meilleur.

J'en profitai pour choisir des vêtements propres pour recevoir ma prochaine cliente.

À quelle heure avait-elle rendez-vous, déjà ?

J'attrapai ma montre : il me restait une grosse demi-heure avant sa venue.

Je me servis un autre verre de rosé et m'installai dans mon petit canapé. Je calai un coussin contre mon ventre. Je trouvais cela réconfortant.

Je ne pouvais m'empêcher de multiplier les coups d'œil par la fenêtre. Je ne vis rien. Cela ne me rassurait que peu.

Penser à autre chose.

Je me penchai pour saisir la télécommande et allumai la télé. Une chaîne d'info.

Je fronçai les sourcils lorsque l'image apparut. Il s'agissait de l'affaire épouvantable dont tout le monde parlait. Les médias étaient en pleine effervescence après cette horrible découverte de cadavres dans une église. Ils avaient affublé le criminel d'un surnom, « l'Embaumeur ». D'après le journaliste, toutes les victimes étaient homosexuelles. Il ajouta également que, de source officieuse, les victimes avaient subi des mutilations.

Le journal télévisé s'achevait par la galerie de portraits des six victimes, avec leur identité.

Je lus les noms qui s'affichaient. Aucun d'eux ne m'était familier.

Puis il y eut une série de pubs.

Pourtant, je ne pouvais détacher mes yeux de l'écran.

J'étais comme hypnotisée.

Six visages…

Je n'aurais su dire pourquoi, mais cette galerie était incomplète.

Il en manquait un !

Les contours se firent moins flous, les traits plus précis. Ce qui n'était qu'une forme éthérée, qu'une idée, devint réel. Sans aucun doute possible, je distinguais un septième visage.

28

La nuit tombée, l'open space du commissariat n'était plus désormais éclairé que par des néons à la lumière froide et métallique. L'endroit était désert. Le silence était parfois entrecoupé par une sonnerie de téléphone qui restait sans réponse. Seul, les mains dans les poches, Venturi observait ce lieu vide. Il avait la nostalgie d'un comédien dans un cinéma à l'abandon.

La permanence était assurée par les hommes du rez-de-chaussée. En cas d'urgence, ils préviendraient les officiers d'astreinte.

Des recherches avaient été entamées pour tenter de deviner l'identité du jeune homme que le tueur était en train de séduire. Sa vie ne tenait qu'à un fil et il fallait faire vite. Pourtant, le champ de recherche était si vaste que c'était mission impossible sans indice supplémentaire.

En attendant, c'était le moment de reprendre des forces, de faire une pause. Les enquêteurs avaient peu à peu vidé les lieux. Menthe-à-l'eau s'était laissé embarquer dans un bar du coin. Chacun savait que les jours qui suivraient seraient durs. Alors, il fallait faire illusion quelques heures. L'alcool serait propice aux éclats de rire – naturels ou un peu forcés – qui permettaient de conserver son humanité quand on avait pour vocation de se confronter à l'horreur.

Venturi aurait voulu que quelqu'un lui propose de se joindre à eux. Il aurait aimé, le temps d'une soirée, se montrer désinvolte, léger. Siffler un cocktail avec une petite ombrelle plantée dans un morceau d'ananas en écoutant les plaisanteries de ces hommes et femmes qui n'étaient pas juste des flics. Déposer sa cuirasse, laisser tomber les convenances. Il avait besoin, lui plus que les autres, de cette bouffée d'oxygène.

Mais personne n'était venu le trouver.

Qu'avait-il espéré ? Qu'on s'adresse à lui comme à un collègue ? Comme à un pote ?

Il était le Cow-boy.

N'était-il pas censé chevaucher seul ?

Sa main tremblait un peu. La journée avait été longue.

Il regarda sa montre. Il n'avait plus droit à la petite pilule avant le lendemain matin. Il ferait sans.

La vibration du téléphone dans sa poche l'extirpa de sa nostalgie. Le réel revenait à la charge. Un numéro qu'il ne connaissait pas. Il ne répondrait pas.

Sauf que ce correspondant avait cherché à le contacter à neuf reprises. Neuf appels depuis le début de la journée !

Il eut un mauvais pressentiment.

Le téléphone redevint muet.

Il se dirigea vers le poste fixe d'un enquêteur et composa le numéro qui s'était affiché sur son portable.

— Commissaire ? demanda une voix chevrotante à l'autre bout.

Venturi hésita un instant, puis concéda un « oui ».

— Vous êtes seul ?

— Vous êtes complètement cinglé de m'appeler ! s'insurgea Venturi en vérifiant que personne ne se trouvait dans la pièce.

— C'est un nouveau téléphone avec une carte prépayée.

— Que voulez-vous ?

— Vous parler.

— De quoi ? Nous n'avons rien à nous dire !

— Toute cette histoire… c'est trop lourd pour moi.

— Mais qu'est-ce qui est trop lourd, putain ?! On a tout réglé comme du papier à musique.

— Sans doute, mais il y a l'essentiel…

— Me faites pas chier avec ça ! trancha Venturi.

— Commissaire. Je… Ce n'est pas bien.

— Évidemment que non, ce n'est pas bien. Vous pensiez quoi ? Qu'on allait nous donner la Légion d'honneur ?

— Non.

— Vous n'avez rien dit à personne, n'est-ce pas ?

— Non, mais…

— Y a pas de « Non, mais ». Fermez votre gueule, un point c'est tout.

— C'est pas facile.

— C'est très facile, au contraire ! s'emporta le commissaire. Il suffit de ne rien dire. Vous trouvez ça compliqué, vous ?

Il ne répondit pas.

— Écoutez, reprit le Cow-boy sur un ton plus serein, l'IGPN ne peut rien prouver. Rien. Ils n'ont rien contre nous. La seule carte qu'il leur reste à jouer, c'est de vous mettre la pression pour que vous craquiez. Et c'est ce qu'ils sont en train de faire. Si vous lâchez le morceau, il y a une affaire. Sinon, il n'y a rien.

— Vous ne comprenez pas.

— Si, je comprends très bien…

— Non ! C'est trop lourd pour moi, commissaire. Désolé. Je suis à bout. Je n'en peux plus !

La communication fut coupée.

Venturi lança le combiné à travers la pièce.

29

Ma nouvelle consultation avait débuté sans que je sois parvenue à dissiper le trouble provoqué par ce que je venais de voir. Ces images persistaient dans mon cerveau : une chapelle abandonnée perdue au milieu des champs, des gyrophares, des policiers, des ambulances.

Et ces portraits !

Six jeunes vies fauchées.

La journaliste avait parlé de mutilations. Quelle horreur !

L'« Embaumeur ». J'en eus la chair de poule.

Et ce septième visage qui m'était apparu et qu'ils n'avaient pas mentionné. Qui était-il ? Une nouvelle victime ?

Pourquoi l'avais-je vu, moi ?

Il était temps que cette abominable journée se termine.

— Ophélie, je vous sens distraite !

Je repris mes esprits.

— Pardon, madame Martillac.

— Vous avez des soucis ?

— Non, non. Je suis juste un peu préoccupée, mais tout va bien.

— Voulez-vous qu'on annule cette séance ?

J'en crevais d'envie, mais je ne pouvais pas me le permettre. Mon « activité » décollait à peine, j'avais du mal à remplir mon agenda – et mon compte en banque –, je ne pouvais pas m'offrir le luxe d'annuler des rendez-vous.

— Non, madame Martillac. Reprenons !

Mme Martillac était une femme issue de la grande bourgeoisie de la région. Elle se montrait chaque fois généreuse avec moi. Elle m'avait initialement contactée afin de savoir si son mari la trompait. Ce n'était pas la première fois que j'étais confrontée à ce genre de question et, à cause des conséquences fâcheuses qui pouvaient en découler, cela méritait une réponse argumentée.

Je me rappelais lui avoir demandé une photo de son mari afin de me « connecter avec lui ». Sans être beau, il avait une certaine allure. Une élégance. Du moins il prenait soin de son apparence. Il était plus âgé qu'elle, mais paraissait de cinq ans son cadet. Minimum. Dans un coin du cliché, on devinait la calandre d'une voiture de sport. Si c'était la sienne, il était en pleine crise de la cinquantaine. Vu le taux d'adultères et le faisceau de signes concordants, la balance penchait dangereusement du côté de l'infidélité.

Je l'avais alors observée, elle, sa jupe qui descendait aux genoux, ses souliers en cuir sans fantaisie, son chemisier boutonné jusqu'au cou, son chignon. L'uniforme parfait d'une directrice d'école catholique des années 1950.

« Tu m'étonnes qu'il te trompe ! Pendant que tu es à confesse ou au marché, il doit prendre sa secrétaire en levrette en lui claquant les fesses. » J'avais bien évidemment gardé ces pensées pour moi, même si je me mordais les joues pour ne pas rire.

J'avais alors dévoilé l'inacceptable : oui, son mari commettait le péché d'adultère.

Depuis cette « révélation », elle me consultait.

— A-t-il recommencé cette semaine, Ophélie ?

Je fis mine de me concentrer.

— Oui.

Elle encaissa. J'espérais juste avoir raison !

— Avec qui ?

— Je vous l'ai déjà dit, je ne peux révéler aucun nom. Mes facultés doivent vous servir à améliorer une situation, pas à régler vos comptes.

Elle était facile, celle-là ! Ça m'évitait de pointer du doigt une femme au hasard, avec neuf chances sur dix de me tromper.

— Je comprends. Y a-t-il des circonstances particulières qui le poussent à se comporter de la sorte ?

— Non. Il fait ça dès qu'il en a l'occasion.

Là-dessus, je ne prenais pas de risque : lorsqu'un homme avait décidé d'être infidèle et qu'il avait franchi le pas, il était plus que probable qu'il veuille remettre ça aussi souvent que possible ! Le fruit défendu avait bon goût.

Elle ferma les yeux très fort et me confia :

— Vous savez, j'ai prié. J'ai prié. J'ai tellement prié ! Que puis-je faire de plus ?

« Tu as essayé de le sucer ? »

Je mourais d'envie de l'envoyer bouler, de lui dire de réserver ses prières pour les enfants malades ou les causes perdues et de se lâcher un peu au lit.

Son mari en avait marre de faire l'amour dans le noir une fois par trimestre à une femme qui devait culpabiliser d'y éprouver une once de plaisir et courait à confesse pour expier.

— Que me conseillez-vous de faire ? relança-t-elle.

Je ne savais que dire. Elle ne pourrait manifestement pas se transformer en bête de sexe du jour au lendemain. Je devais trouver un faux-fuyant. Il le fallait !

Je la regardai d'un air compatissant.

Ce fut alors que je constatai que ses rides étaient plus marquées. C'était assez flagrant. Elle avait à présent de profonds sillons sur le front.

Et puis, sous les yeux !

Ils devinrent vitreux, puis virèrent au blanc !

Ses joues se creusaient à vue d'œil !

Elle flétrissait, se décharnait et se recroquevillait sur elle-même !

Ses lèvres se rétractèrent, laissant apparaître ses dents.

Sa peau était désormais zébrée de marbrures verdâtres.

Une odeur nauséabonde envahit la pièce.

Je retirai mes mains des siennes d'un geste de dégoût.

— Ophélie ?

Sa mâchoire céda, révélant une langue si sèche et noire qu'on aurait dit un pruneau.

Une dent tomba sur la table. Puis une autre.

Je me levai d'un bond. Ma chaise bascula en arrière.

De grosses mouches envahirent la pièce.

Des lambeaux de peau se détachèrent de son visage émacié. Les vers la dévoraient de l'intérieur.

— Ophélie !

Je n'eus pas la force de hurler.

Sa tête s'inclina sur le côté, menaçant de s'arracher !

Cette puanteur !

— Ophélie ?!

Mme Martillac me fixait, inquiète.

— Vous me faites peur, Ophélie. Vous allez bien ?

Je passai mes mains sur mon visage.

J'eus toutes les peines du monde à balbutier :

— Oui… ça va.

— Que vous est-il arrivé ? On aurait dit que vous aviez vu un fantôme !

— Ça va aller.

— Vous êtes sûre ?

Étais-je sûre ?

— Oui. Oui.

— Arrêtons-nous pour aujourd'hui. Je vous appelle demain pour fixer un nouveau rendez-vous. En attendant, reposez-vous. Vous semblez en avoir bien besoin. Je ne pensais pas que certaines de vos visions étaient si horrifiques. Ma parole, ce n'est pas un don que vous avez, c'est une malédiction !

30

Alors ma chérie on perd la boule

J'ai dû me contenter comme toujours hélas de rester à l'écart mais ça ne m'a pas empêché de comprendre ce qui se passait

Et franchement je me suis régalé comme jamais

Putain la gueule que t'avais

Elle bascule la petite elle bascule

Moi de mon côté ça se déroule mieux que je ne l'aurais espéré

Je me réjouis elle commence à percevoir des choses

~~Hein petite salope ça te fait quoi ?~~

Tes grandes visions étranglaient ta parole
— Et l'Infini terrible effara ton œil bleu !

Ça a dû la changer de son quotidien de bourgeoise sa petite maison en Provence ses petites robes en coton ses petits seins pointus ses verres de rosé ses consultations de « voyante » tout ça oui tout ça a basculé d'un seul coup

Elle n'a plus aucune certitude elle doute de tout elle va même douter d'elle-même c'est sûr elle aurait raison d'ailleurs

Je me marre

Un mort ça fait quelque chose non

Un cadavre en décomposition sa peau qui flétrit son corps qui devient absurdement rigide la vermine qui surgit de partout la puanteur qui gagne les yeux vides et j'en passe elle a enfin vu ce que ça faisait

Moi j'ai l'habitude je tue je me débarrasse des cadavres et tout

Mais elle elle savait pas

Elle vient de comprendre

D'habitude elle laissait ça aux autres elle ne s'en préoccupait pas c'est si facile de tourner le dos

N'est-ce pas

N'est-ce pas que c'est facile

Oui c'est facile

Maintenant elle sait

Mais elle ne sait pas encore où tout ça va mener

Patience tu vas tout comprendre

~~*Et je te jure que tu vas le sentir passer petite putain*~~

31

Elle baguenaudait sur ce petit sentier terreux, comme elle y était accoutumée depuis le décès de son époux, quelques années auparavant.

Sans canne malgré son âge et une opération de la hanche, elle progressait à son rythme, profitant du chant des cigales et des riches senteurs d'olivier, de lavande et de chêne mêlées.

Elle s'immobilisa et tira un mouchoir de sa poche pour essuyer les quelques gouttes de sueur qui perlaient sur son front. Elle regrettait de s'être montrée si impatiente. Elle avait chaussé ses souliers de marche et commencé à arpenter ce chemin aussitôt après le petit déjeuner. Pourtant, déjà, le soleil tapait fort et la chaleur était étouffante.

Si la canicule rendait sa promenade plus éprouvante qu'à l'accoutumée, cela n'entachait guère son plaisir. Elle laissait son regard se perdre sur les champs colorés, sur les toits ocre des maisons que l'on devinait, accrochées à la colline.

D'aucuns auraient décrit son destin comme funeste. Originaire de Strasbourg, elle s'était installée dans un joli mas dont son mari et elle s'étaient portés acquéreurs pour y finir leur vie. Las, caprice de la fatalité, le jour même du départ à la retraite de son époux, il décédait d'une crise cardiaque.

Elle avait mis du temps à s'habituer à cette absence. On ne balaye pas quarante-deux ans de vie commune d'un revers de la main. Et, au moment où l'idée de vivre seule ne lui était plus aussi intolérable, son médecin lui avait diagnostiqué un début d'Alzheimer.

Alors qu'elle ne pouvait plus se reposer que sur ses souvenirs pour faire revivre son amour passé, voilà qu'ils allaient doucement se brouiller. Avec une ironie cruelle, le temps lui jouait un tour dont il avait le secret.

C'est donc avec une certaine amertume qu'elle dévorait du regard ce paysage dont elle ne savait pas combien de temps il demeurerait dans sa mémoire.

Le médecin lui avait recommandé de cesser ses promenades champêtres sans être accompagnée afin de ne pas risquer de s'égarer. Un conseil sage qu'elle ignorait trop souvent. La compagnie de ses congénères ne la ravissait que rarement. Son plaisir à elle était de marcher, de jouir de ce temps suspendu et de laisser son cerveau errer, tant qu'il en était encore capable, vers quelques pensées légères.

Elle se promit de cueillir un bouquet de coquelicots sur le chemin du retour. Des fleurs éphémères et fragiles comme sa mémoire.

Elle fut soudain prise d'un doute.

Où se trouvait-elle ?

Elle chercha autour d'elle. N'était-elle pas déjà passée par ici ?

Par où aller ?

Elle fut réconfortée en apercevant le sommet de la croix de peste qui bordait le chemin voisin. Comme son nom l'indiquait, ce grand crucifix avait été érigé afin de conjurer les épidémies qui avaient sévèrement frappé la région au XVIIIe siècle.

Elle put donc reprendre sa marche, rassurée, mais affectée par ces absences de plus en plus nombreuses et intenses. Chaque foulée avait à présent le goût amer du déclin.

La croix de peste était en fer forgé, sans ornement, plantée dans un monticule de pierres. Contre sa base, elle remarqua une forme inhabituelle. Quelqu'un était assis par terre, adossé au monument. Ça alors ! L'endroit était si désert.

En se rapprochant, elle distingua plus clairement la silhouette. Voilà qui était curieux.

Si étonnant que cela soit, il lui semblait que c'était un mannequin de plastique tel qu'on en voit dans les magasins de prêt-à-porter.

Il était étrangement recroquevillé sur lui-même.

En s'approchant encore, elle constata qu'il était entouré d'une nuée de mouches.

Arrivée à son niveau, elle comprit que ce n'était pas un mannequin.

32

Derrière la rubalise qui préservait la scène de crime, Venturi observait le ballet des enquêteurs de l'IJ. Ils devaient crever de chaud dans leur combinaison synthétique. Par moments, l'un d'eux s'écartait, ôtait son masque pour s'essuyer le visage avant de retourner travailler.

Au milieu des hautes herbes se dressait un monticule de pierres surmonté d'une croix en fer forgé. D'où il se tenait, le policier ne pouvait apercevoir le cadavre. Il adressa un hochement de tête reconnaissant à sa partenaire.

— Un lieu de culte. Décidément, vous avez toujours raison !

— Je vous remercie. Cela dit, ça ne nous aura pas été bien utile.

— Détrompez-vous. Nous rattrapons notre retard. Cette fois, nous sommes en mesure d'anticiper ses mouvements. Aucun lieu de culte ne nous échappera.

— Ça signifie qu'on doit attendre qu'un nouvel enlèvement ait lieu ?

— J'aimerais autant éviter.

Venturi jeta un coup d'œil fébrile à sa montre. Il trépignait devant le ruban et cherchait un policier du regard pour lui faire comprendre de se hâter. Mais les experts scientifiques, accaparés par leurs tâches minutieuses, ne prêtaient aucune attention à ses gesticulations.

Il finit par se résoudre à patienter, croisa les bras et s'adressa à Menthe-à-l'eau :

— Je ne sais pas comment vous faites.

— Pour quoi faire ?

— Entrer dans la tête du tueur.

— N'exagérez pas.

— Non, je suis sincère. Vous avez encore vu juste.

— Je ne suis pas extralucide. Simplement, au lieu de me contenter d'un bilan clinique, d'accoler une pathologie à des symptômes, je m'efforce d'étudier le fonctionnement de leur psychisme. Il y a toujours une logique. Le tout est de la décrypter. Pour ça, il faut considérer les malades comme des êtres humains, pas comme des patients. Ça demande un peu d'empathie.

— Vous avez dû voir de sacrés tarés.

— Je vous répondrais bien « vous n'avez pas idée », mais je vous avoue que l'affaire sur laquelle on planche bat tous les records.

— Quel est le rapport entre les poupées et la religion ?

— Dans *Totem et tabou*, Freud développe ce thème sur des pages.

— Je m'en contrefous, c'est votre analyse que je veux.

Elle fit la grimace.

— Je ne sais pas.

— Oh ?

— Je ne sais pas tout !

— Vous avez bien une théorie ?

— Pas théorie, hypothèse, je vous l'ai déjà dit ! Pas vraiment nette encore. J'avais pensé à des anges, à un moment, mais ça ne colle pas et les récents progrès de notre enquête ne viennent pas alimenter cette thèse. Au contraire. Il se peut que ces fameuses « poupées » jouent un rôle dans l'imaginaire du tueur.

— Vous dites ça avec bien peu de conviction.

— Je n'aime pas m'avancer sans un minimum d'éléments concrets. Et là, je dois reconnaître que je n'ai rien. J'essaie d'assembler deux hypothèses qui sont pour le moment incompatibles.

— Vous restez sur votre première idée : un sanctuaire.

— Oui. Possible. Il éprouve une forme de piété, une dévotion sacralisée pour ses victimes. Paradoxalement, il ne leur souhaite pas de mal.

— Vous êtes sérieuse, là ?

— Très. Il fait une distinction nette entre ses victimes et ses poupées. Pour lui, elles se situent sur deux plans différents. Les hommes ne sont rien, il peut les tuer sans problème, mais il vénère ses poupées.

— Pourquoi ne les enterre-t-il pas lorsqu'il a fini de jouer ?

— Probablement parce que, pour lui, elles sont en un sens toujours vivantes. Enterrer quelqu'un, c'est faire le deuil. Si je vois juste, il n'est pas du tout dans cette logique-là. Ses poupées sont toujours animées de vie, simplement il ne peut plus jouer avec elles à cause de leur état de décomposition. Il s'en débarrasse à regret, comme d'un jouet adoré qui ne fonctionne plus, et il leur offre la maison de Dieu. Comme une maison de poupées. Ce genre de symbole n'est pas neutre.

— Il a suivi une éducation chrétienne.

— Ça ne fait aucun doute.

— Commissaire ! Commissaire !

Venturi se tourna vers une jeune femme qui se dirigeait vers lui. Il la considéra avec méfiance. Elle était trop élégante pour être de la police.

— Oui ?

— Vous êtes bien Valentin Venturi, n'est-ce pas ?

— Victor, pas Valentin. À qui ai-je l'honneur ?

— Je m'appelle Gloria Battelino, je suis journaliste pour la chaîne régionale.

— Alors, pour vous ce sera « monsieur le commissaire ».

Elle ricana en croyant qu'il s'agissait d'une plaisanterie, ce qui eut le don d'exaspérer un peu plus le policier.

— J'aimerais recueillir vos propos au sujet de l'enquête sur « l'Embaumeur ».

— Je n'ai pas le droit de m'exprimer sur une affaire en cours. Je pensais que vous le saviez. Allez demander au procureur de la République.

— Il a refusé.

— Eh bien, vous devrez diffuser un reportage sur la cueillette de la lavande parce que je ne peux rien vous dire.

Elle ricana encore.

— Puis-je au moins prendre des images de vous ? demanda-t-elle en désignant de la main son cameraman qui patientait quelques pas en retrait. Ça servira d'illustration pour mon sujet.

Le visage de Venturi se détendit et une petite étincelle de plaisir illumina ses yeux.

— Bon, si vous voulez, concéda-t-il avec une fausse désinvolture.

Le cadreur plaça sa caméra à l'épaule et une lumière rouge s'alluma.

Venturi bomba légèrement le torse et rentra le ventre. Il fit mine d'être absorbé par quelque intense réflexion.

Menthe-à-l'eau, qui n'avait pas manqué une miette du spectacle, s'en délecta discrètement.

Un policier en uniforme s'approcha et vint interrompre ce moment de grâce.

— Commissaire, vous pouvez venir ? Le chef de l'IJ vous réclame.

Menthe-à-l'eau remarqua alors que, pour la première fois, Venturi rechignait à se mettre au travail. Il adressa un geste d'excuses à la journaliste et passa sous la rubalise.

Une fois sur la scène de crime, il se retourna et interpella sa collaboratrice :

— Bon, qu'est-ce que vous foutez ?

— J'arrive.

— Pourquoi vous souriez comme ça ?

— Pour rien, pour rien.

En les apercevant, un homme en combinaison stérile leur fit signe de le rejoindre. Il ôta son masque et abaissa sa capuche, et les interpella de loin :

— Commissaire. Menthe-à-l'eau.

Venturi se tourna vers sa partenaire, ébahi qu'elle soit devenue aussi populaire en si peu de temps.

— Vous le connaissez ? demanda-t-il en aparté.

— Un peu. On a discuté hier, après son service.

— Venez voir, les invita le technicien qui se tenait près du corps.

Au pied de la croix gisait un cadavre recroquevillé. La décomposition en était déjà à un stade avancé et la moitié inférieure du corps était très endommagée. Une partie semblait manquer. Une colonie d'insectes avait pris d'assaut les chairs et constellait la dépouille d'une myriade de petits points noirs.

La psy fit volte-face. C'était à la limite du soutenable.

Les deux hommes feignirent d'ignorer son trouble.

— Comme vous pouvez le constater, c'est pas bien joli. Il a été en partie dévoré par des petits carnivores. Sinon, les similitudes avec les corps de la chapelle ne vous échapperont pas.

Plutôt que de les énumérer, le technicien laissa Venturi découvrir la scène par lui-même.

La peau glabre était recouverte de la même gelée de conservation que les autres. Mais, sous l'effet de la chaleur, elle avait dégouliné comme un habit trop ample. Entre les jambes, aucune trace de pénis. Sur le torse, deux turgescences simulant grossièrement une poitrine. Le visage était dans un état de putréfaction trop avancée pour rendre son identification possible.

— Pauvre gamin, ne put s'empêcher de lâcher Venturi, tandis que sa collaboratrice cherchait toujours désespérément le courage de se retourner.

— Les mêmes empreintes ?

— Pas une seule !

— Vraiment ? s'étonna le commissaire.

— Oui. Cette fois, il s'est montré plus prudent.

— Curieux.

— En revanche, on a un indice de plus.

Il s'éloigna de quelques pas, les invitant à le suivre. Il rejoignit un sentier.

— Il a stoppé sa voiture ici. Il a sorti le cadavre et l'a porté jusqu'à la croix.

— Porté ou traîné ? demanda Menthe-à-l'eau.

— Porté. Il a fait plusieurs arrêts à cause du poids, j'imagine. Tenez, là.

Il désigna un plot jaune numéroté.

— On a retrouvé des bouts de chair en décomposition.

Venturi se tourna vers sa collègue. Il commençait à la connaître et si elle avait posé cette question, c'est qu'elle avait une idée en tête.

— Ça change quelque chose ?

— Carrément.

— Sympa de discuter avec vous. Vous comptez m'expliquer ?

— La victime pèse dans les… quoi ? 75 kilos ?

— Oui, dans ces eaux-là.

— Vous vous imaginez trimbaler un cadavre de ce poids à bout de bras ?

— Oui, il doit être balèze.

— Fort ou pas, il aurait pu s'éviter cet effort en le traînant. Mais non, il l'a porté ! Ce qui confirme qu'il en prend soin comme un parent attentif. Ma théorie se vérifie à chaque nouvel indice.

— Je suis content que vous soyez d'accord avec vous-même, ironisa-t-il.

— J'ai quelque chose d'autre pour vous, intervint le technicien.

Il fit quelques pas et s'accroupit près d'un autre plot jaune.

— Une empreinte de chaussure. Par un temps aussi sec, on n'avait aucune chance d'en trouver une. Mais on ne refuse jamais un petit coup de pouce du destin. Un animal a déféqué ici juste avant que le meurtrier passe. Son empreinte de pied a été figée. Pas en entier, mais c'est déjà ça.

— Vous avez fait un moulage ?

Le technicien regarda Venturi d'un air de dire « Vous me prenez pour un débutant ? ».

— Qu'est-ce qui prouve que ce n'est pas celle d'un promeneur ?

— Elle n'est pas encore sèche. Ça signifie qu'elle a été laissée à peu près au moment où le corps a été déposé, avant le lever du soleil.

— Bien.

— L'empreinte n'est que partielle, donc on a été obligé de faire une projection. Mais, en principe, c'est du 44 ou du 45. Beau bébé, votre criminel.

— Victor !

Venturi se tourna vers l'homme qui venait de l'interpeller. À sa grande surprise, il s'agissait du procureur de la République.

— Tu es venu en personne ? Tu t'es déplacé pour rien. Un mort de plus, mais pas une avancée décisive pour l'enquête, je le crains.

— Ce n'est pas pour ça que je suis là, Victor.

Au ton grave avec lequel il avait prononcé ces mots, Venturi comprit qu'il y avait un problème et entraîna son interlocuteur à l'écart.

— Ne me demande pas comment, mais j'ai eu une information de l'IGPN.

À ces mots, Venturi se mordit le pouce.

— Ton adjoint… Celui qui t'accompagnait… Il s'est suicidé.

— Quoi ?!

— Il s'est défenestré. Chez lui.

Venturi devint livide et marmonna un « merde ».

— Victor, tu comprends ce que ça signifie : l'IGPN ne va pas te lâcher ! Ils vont exiger de tout savoir.

— Il avait deux gosses…

— J'ai peur que tout devienne incontrôlable. Je ne m'attendais pas à ça. Rassure-moi, tu n'as rien à te reprocher ?

— Il lui suffisait de ne rien dire, commenta-t-il pour lui-même.

— Ça ne me rassure pas !

Venturi comprit alors la raison de ce coup de fil tardif. Son adjoint n'avait pas l'intention de faire des révélations. Il voulait en finir. C'était un appel au secours. Sur le point de craquer, il s'en était remis au Cow-boy. Et quelle avait été sa réaction ? Il l'avait envoyé balader !

— Je te demande pardon, murmura le commissaire.

— Il y a danger, oui ou non ? Je risque de sauter, moi !

Venturi se tourna vers le procureur, le regard noir :

— Un de mes hommes s'est buté, laissant une femme et deux gamins. C'était un mec bien. Pas très bon flic, mais un type en or. Et tu t'inquiètes pour ta situation ? Tu peux pas comprendre. Toi, tu sors trois fois par an de ton bureau. Moi, je suis là où ça craint. Là où des types te tirent dessus. Je sais ce que c'est de péter un plomb, de perdre le contrôle. Je sais ce que c'est que d'être flic ! Alors, me fais pas chier avec ta carrière.

— Excuse-moi d'y penser quand même ! Si ça craint trop, je vais devoir te dessaisir.

— N'y pense même pas ! Si tu fais ça, je balance toutes tes petites combines.

— Mais qu'est-ce que tu…

— Tu crois quoi ? Que je ne vois rien ? J'en sais plus sur toi que tu ne l'imagines. Et je connais pas mal de gens qui veulent ta place. Alors, si tu me dessaisis, je te jure que tu vas déguster.

— Vict…

— Ne m'emmerde pas, coupa Venturi en tournant les talons.

— Victor, dis-moi juste que t'es *clean*.

— Non, répondit-il en s'éloignant. Mais t'as plus le choix.

33

Je n'avais pas fermé l'œil de la nuit. Comment aurais-je pu trouver le sommeil ?

Dire que je n'allais pas bien relevait de l'euphémisme. J'étais dévastée !

Le visage en décomposition de Mme Martillac était si criant de vérité que j'en avais encore des frissons.

Elle avait dû me prendre pour une folle. Comment lui en vouloir ? Je me demandais si je n'étais pas en train de le devenir moi-même !

Je m'étais littéralement effondrée, ne sachant plus où puiser la moindre force ni sur quoi m'appuyer pour me rétablir.

J'étais forte, pourtant. Enfin, je le croyais.

Mais je glissais lentement vers la démence. Je me sentais partir. Cette tache de sperme avait déclenché tant de choses que j'en restais déstabilisée.

Y avait-il seulement eu du sperme ?

Ou tout cela n'était-il finalement que le fruit de mon imagination ?

Hier soir, Mme Martillac avait filé comme le vent. Je n'aurais pas su dire si c'était pour me laisser en paix ou si ma terreur était communicative. Mais elle n'avait pas demandé son reste. Tant mieux, d'ailleurs, je n'aurais pas supporté longtemps son ton compatissant et son sourire pincé. Elle me rappelait ma mère !

Qu'avais-je fait pour mériter ça ?

Le soleil se levait enfin, comme une délivrance, ponctuant mon cauchemar éveillé. Je me traînai à la salle de bains. J'ouvris l'armoire à pharmacie en évitant mon reflet dans le miroir. Je balançai dans le lavabo les boîtes de médicaments jusqu'à trouver celle que je cherchais.

Tranxène 5.

Je soupirai en regardant la gélule blanche et rose au creux de ma main.

C'était donc reparti ! Comme avant…

Fallait-il vraiment que tout recommence ? Pourquoi n'avais-je pas droit au bonheur, moi aussi ? J'avais pourtant payé le prix fort. Après ce que j'avais vécu, j'estimais avoir légitimement mérité d'être en paix.

La gélule me narguait.

J'étais retombée si bas.

Je l'avalai d'un geste.

Dans un sursaut de lucidité et mue par une volonté de ne pas perdre complètement pied, j'allumai la télévision pour revoir le portrait des six victimes.

La chaîne d'info ne tarda pas à évoquer les meurtres. « L'affaire de l'Embaumeur » captivait la France entière. Il s'agissait d'un flash spécial : un nouveau corps venait d'être découvert.

Merde ! C'était juste à côté.

La voix off résumait les faits tandis que l'on voyait une croix en fer rouillé se dressant au milieu des herbes hautes. On ne voyait pas distinctement. L'équipe de télé avait dû être tenue à distance.

Un type apparut à l'écran, debout devant une rubalise. Il fut présenté comme le flic en charge de l'affaire. J'oubliai son nom aussitôt.

Puis un portrait apparut à l'écran.

Il s'agissait d'une septième victime. La voix off déclina son nom, Steeven, et son âge.

Vingt-trois ans, putain !

Il ne me disait rien.

Ce n'était pas le visage que j'avais aperçu dans mon rêve. Il n'y avait aucune confusion possible. L'autre était plus âgé. Plus marqué aussi. Il était couvert de cicatrices, tandis que ce jeune avait les traits doux.

Le reportage laissa place à un plateau de criminologues, psychiatres et experts en meurtres en série. Ils débattirent longuement sur cette affaire sordide sans que je comprenne où chacun voulait en venir. J'avais le sentiment qu'ils essayaient de se rendre intéressants. Les mots « psychotique », « sociopathe » revinrent à de nombreuses reprises. Ce verbiage glissait sur moi sans que j'en retienne rien.

Ils citèrent des noms. « Venturi », « Montalvert ». Ils les répétèrent souvent. C'était probablement ce Venturi que l'on venait de voir à proximité de la scène de crime.

J'éteignis.

Le visage m'apparut de nouveau. Ce n'était pas un flash, mais plutôt une image persistante, un peu comme après avoir fixé le soleil.

Je reconnus sans hésitation ces profonds cernes qui lacéraient ses formes, ce nez écrasé.

Mais le ressenti était différent. Je ne me contentais pas de le voir. Cette fois, ce fut comme s'il pouvait me voir également.

34

Venturi jeta négligemment son blouson sur le portemanteau de son bureau et grogna.

Encore sonné par l'échange qu'il venait d'avoir avec « son ami » le procureur, il ruminait. Il n'y avait qu'une chose qui soit pire que d'apprendre le décès d'un coéquipier : ne pas avoir réussi à l'éviter.

Venturi pensait avoir fait les bons choix. Il s'était trompé. Un de ses hommes était mort. Par sa faute ? Non, pas vraiment. Il avait, au contraire, tout fait pour le préserver. Mais il avait commis une erreur : imaginer que son collègue était aussi fort que lui. Ce n'était pas le cas.

Sur le chemin, il avait appelé sa veuve pour lui présenter ses condoléances. Il était tombé sur le répondeur. Était-elle au courant ? Allait-elle tout balancer ?

Mille idées noires l'avaient gagné.

Dans la ruche bourdonnante qu'était le commissariat, personne n'avait remarqué l'air sombre du policier. C'était l'un des maigres bénéfices de faire souvent la gueule.

Il s'agissait bien du jeune Steeven.

La découverte de son corps ne permettait pas de faire avancer l'enquête. Le cadavre était disposé de la même façon que ceux de la chapelle et portait les mêmes signes distinctifs. Cela ne faisait que confirmer le rythme infernal avec lequel le tueur enlevait et assassinait de jeunes hommes.

La seule consolation était d'avoir identifié la victime avant que sa dépouille ne soit découverte. Piètre victoire. Qu'on ait dévoilé la pointure du meurtrier n'était d'aucune utilité. On n'allait pas mettre en garde à vue tous les hommes de la région chaussant du 44 ou du 45 !

Par ailleurs, les médias s'étaient délectés d'alimenter en continu une telle nouvelle. Après le « massacre de la chapelle », puis « le monstre de la chapelle », il y avait un nouveau meurtre de l'« Embaumeur ». L'information concernant les modifications chirurgicales, les yeux de verre et surtout la cire recouvrant les corps avait fuité. Assimilant cela à un embaumement, les médias et le public se repaissaient de la traque de l'« Embaumeur ».

Pour le grand public ainsi que les journalistes peu scrupuleux, ce nouveau macchabée était synonyme d'échec de la police. Il était difficile de leur rétorquer qu'il avait été tué plusieurs jours avant le début de l'enquête. Et que, par conséquent, l'efficacité des forces de l'ordre ne pouvait pas être mise en cause. Enfin, pas pour le moment… Car l'« Embaumeur » n'avait plus de poupée pour son jeu morbide. La menace d'un nouvel enlèvement planait. Avait-il déjà été commis ?

Venturi avait mis les bouchées doubles pour que la police soit aux aguets concernant des disparitions de jeunes gens dans la région. Malheureusement, il pouvait se passer plusieurs jours avant qu'elles soient signalées. Une éternité.

Il y avait un point positif. Le modus operandi de l'assassin se dessinait plus clairement grâce aux premiers résultats des examens internes de l'autopsie : de l'acide gamma-hydroxybutyrique avait été découvert dans l'organisme des victimes. Cette « drogue du violeur », incolore et sans saveur, les rendait dociles. Il suffisait d'en glisser dans une boisson et le tour était joué. Par la suite, il leur administrait, toujours par voie orale, de la ricine. Un poison six mille fois plus mortel que le cyanure ! Le souci était que le GHB se vendait couramment sous le manteau, et que la ricine se fabriquait à partir d'un arbuste en vente libre qu'on trouvait même dans les jardins. La recette était moins compliquée que celle de la pâte à crêpes !

Pour Venturi, le seul élément nouveau dans cette affaire tenait aux révélations qu'il venait de recueillir chez l'ami de la victime. Il leur avait livré une description du véhicule de l'assassin. Ça, c'était du lourd !

Menthe-à-l'eau avait posé une fesse sur un coin du bureau.

— Un véhicule pour fauteuils roulants ? Vous ne trouvez pas ça risqué ? C'est voyant. Pourquoi le tueur se ferait-il remarquer ?

— Au contraire, c'est très malin. Il peut droguer ou empoisonner sa victime, puis la conduire tranquillement où bon lui semble. Aux regards des autres, il passe même pour le bon Samaritain qui s'occupe d'un handicapé. Si ça se trouve, il y a eu une dizaine de témoins depuis le début de l'affaire. Et personne n'a jamais rien constaté d'anormal.

— Vu comme ça.

— Vous aviez raison : il est très organisé et particulièrement diabolique.

— Transporter des handicapés, c'est peut-être son métier ?

— Mouais, j'ai demandé à quelqu'un d'interroger les sociétés qui se chargent de ce type de service.

— Vous dites ça sans conviction.

— Oui. C'est de la pure routine. Je jurerais qu'il s'est procuré un véhicule spécial uniquement pour transporter ses victimes. Avant ou juste après les avoir tuées.

— Vous allez convoquer les propriétaires de ces véhicules ?

— Pas possible.

— Pourquoi donc ?

— Parce qu'il n'existe aucun fichier listant les gens qui ont ce type de voiture.

— C'est dingue, ça ! s'emporta la psy sous l'œil amusé de son interlocuteur.

— Je suis d'accord, surenchérit-il avec sarcasme, on devrait ficher tous ces salauds de tétraplégiques !

— Ce n'est pas ce que je voulais dire…

— J'espère ! Mais le fait est qu'on ne peut rien faire. Pourtant, on vient de marquer un point ! On a signalé aux gendarmes et aux flics de la circulation de multiplier les contrôles sur ce type de voitures. Avec un peu de chance…

— Et si on prévenait les médias ?

— Pour que ce cinglé change de mode opératoire ? Ou, pire, qu'il prenne la fuite pour aller tuer ailleurs ? Non, il faut faire ça proprement.

Quelqu'un frappa à la porte et l'ouvrit sans attendre de réponse. C'était un policier qui s'adressa à Venturi depuis le seuil :

— Commissaire, j'ai questionné les rares personnes présentes lors des disparitions, comme vous me l'aviez demandé. Eh bien, quand j'ai mentionné un véhicule pour fauteuil roulant, deux témoins se sont souvenus d'en avoir vu un !

— Ils ont vu le conducteur ?

— Non, répondit-il avec une expression qui signifiait « faut pas pousser ».

— Une immatriculation ?

— Non plus. En fait, ils n'avaient aucune raison de faire le rapprochement avec les enlèvements. Simplement, lorsque je leur ai posé la question, ça leur a rappelé quelque chose.

— Très bien. Merci.

Venturi gratifia Olivia Montalvert d'un regard où brillait la satisfaction.

— Venez, on va boire un café.

La psy n'eut pas le temps de répondre que Venturi était déjà sorti. Elle le retrouva à la machine à café où il triait des pièces de monnaie dans le creux de sa main.

— Expresso ? Sucre ?

— Non, merci. Je ne bois pas de café.

— Ah bon ? s'étonna le policier. Vous buvez quoi alors ?

— Vous avez du thé vert ?

Venturi se tourna vers la machine et découvrit des touches dont il ne soupçonnait pas l'existence.

— Ah oui. Il y a ça.

Il pressa le bouton et regarda avec circonspection l'eau chaude couler, puis tendit le gobelet à sa partenaire.

— Tenez, un thé vert. Ou bleu, d'ailleurs, c'est tellement proche !

Menthe-à-l'eau lui sourit.

Il consulta sa montre, tira une plaquette de médicaments de sa poche et sortit un cachet qu'il avala avec une lampée de café.

— Vous pensez que vous lui mettrez la main dessus rapidement ?

— Vous et moi, nous sommes pareils.

— Ah bon ?

— Mais oui !

— Voyons voir : flic et psy, café et thé, viande rouge et salade. Ah oui, maintenant que vous le dites.

— Vous avez vu les médias ? Tout le monde parle du « monstre ». Le « monstre de la chapelle », l'« Embaumeur », comme s'il s'agissait d'une créature mythique ! Or, vous et moi savons une chose : ce n'est pas un monstre. C'est un homme. Tout simplement. Et un homme commet des erreurs, laisse des traces. Pour répondre à votre question, je dirais qu'en si peu de temps, c'est un miracle qu'on en soit arrivé là. Alors, si on continue à ce rythme, oui, on l'aura vite bouclé.

Il but une nouvelle gorgée de café avant de reprendre :

— Pour autant, je me garde bien de considérer que c'est plié. Dans ce genre d'enquête, toute négligence fait perdre un temps fou. Et le temps c'est… une autre victime.

Il termina son café cul sec, jeta le gobelet dans la poubelle et quitta la pièce, laissant la psy en plan, son thé à la main.

Elle le vit revenir sur ses pas.

— Bon, vous venez.

En le voyant traverser l'open space, l'un des enquêteurs intercepta le commissaire, des feuillets à la main.

— Je peux vous voir ?

— Venez dans mon bureau.

Il emboîta le pas du Cow-boy, suivi de Menthe-à-l'eau.

— Je vous écoute, annonça Venturi en se laissant tomber dans son fauteuil.

— Le site de rencontres LGBT m'a confirmé que chacune des six victimes y était inscrite.

— Je mets ma tête à couper que vous pouvez y ajouter la septième. Nous venons de découvrir la façon de chasser du tueur.

— J'ai obtenu la retransmission de tous leurs messages privés, c'est croustillant !

— Vous vous attendiez à quoi ?

— D'accord, mais là, c'est vraiment très chaud ! Faut le voir pour le croire.

— Ce qui m'intéresse, c'est de savoir qui leur a tendu un piège, pas dans quelle position ils comptaient s'enculer !

Menthe-à-l'eau cracha son thé, de surprise, tandis que le policier encaissait.

— Continuez.

— Chaque victime a été contactée par des dizaines d'interlocuteurs. C'est incroyablement dense. Si on se penche sur les pseudos, c'est un véritable fouillis. Chaque jour, il y en a de nouveaux ! Aucun utilisateur ne s'est adressé aux six victimes à la fois. Ce qui signifie qu'il en a changé pour chacune d'elles.

— Logique. Vous avez identifié les adresses IP ? Je suis sûr que l'une d'elles revient à chaque fois.

— C'est plus compliqué que ça. Plusieurs utilisateurs ont un VPN. Ça permet de délocaliser l'adresse IP et de la rendre anonyme. À chaque utilisation, le VPN change l'IP. C'est intraçable, sauf peut-être par la DGSI.

— Je vois. Une adresse mail ?

— Même topo. Presque personne n'est enregistré sous sa véritable adresse. Ils se servent essentiellement d'e-mails « jetables ».

— Pas moyen de remonter jusqu'à eux.

— Exactement.

— Et dans le lot des conversations, ils s'échangent bien leurs portables, non ?

— Bah, pas forcément. Le but du site est justement de préserver l'anonymat en fournissant des alternatives. Certains donnent leur numéro, d'autres non.

— Alors comment se fixent-ils rendez-vous ?

— Pour ceux qui ne veulent pas communiquer leur numéro, il y a une messagerie et un chat. C'est fait pour ça.

— C'est pas compliqué, s'impatienta Venturi, il suffit de regarder qui a donné rendez-vous au moment de la disparition.

— Sauf que je n'ai rien trouvé. J'ai remarqué que la plupart des conversations s'interrompent brusquement. Je pense qu'ils la poursuivent sur le chat privé. Et, là, impossible de savoir ce qu'ils se sont dit : il n'y a pas d'archives.

— Si je comprends bien, vous n'avez rien ?

— Bah…

— La prochaine fois que vous demandez à me voir, tâchez au moins de m'apporter un café. Ça vous évitera de me déranger pour rien.

L'enquêteur était complètement secoué. Il avait remué ciel et terre pour tenter de trouver un indice et, après avoir passé des heures à tout recouper, à contacter les fournisseurs d'accès, il se faisait renvoyer dans les cordes.

— Bah, désolé, commissaire. On est bloqué.

Il avait la mine dépitée. De son côté, Menthe-à-l'eau adressa au commissaire un regard désapprobateur. Venturi réalisa alors qu'il s'était montré cassant. Il y avait une frontière entre autorité et mépris, et il venait de la franchir.

— Non, on n'est pas bloqué, clama-t-il en se levant d'un coup.

Il gratifia son enquêteur d'une tape amicale sur l'épaule avant de poursuivre :

— On n'est jamais bloqué ! Vous savez pourquoi ?

— Euh… non.

— Parce que c'est moi qui décide si on est bloqué ou non. Et est-ce que j'ai dit qu'on était bloqué ?

— Non.

— Exact ! Alors, vous allez confier toutes ces conversations salaces à ma collègue. Elle s'en délecte d'avance.

Il pointa du menton la psy qui ne s'attendait pas à être interpellée de la sorte.

— Moi ?

— Oui, vous. Vous allez examiner chacun de leurs échanges et, parmi tous ces pseudos, tenter d'identifier celui qui s'exprime de la même façon, qui utilise les mêmes ficelles, qui emploie les mêmes outils de séduction.

— Bon, capitula Menthe-à-l'eau.

— Commissaire, sans vouloir vous contrarier, ça ne va pas nous avancer. On va retomber sur un VPN et basta !

— Mais vous ne me faites jamais confiance ou quoi ? Bien sûr que ça va donner quelque chose. Vous savez pourquoi ?

— Parce que vous l'avez décidé ?

— Voilà !

35

Olivia Montalvert avait étalé sur son bureau les dizaines de pages de retranscriptions de conversations du site de rencontres. Bien qu'elle fût habituée à recueillir les propos de toute nature – ce qui incluait le pire – elle n'avait pourtant pu retenir un « Oh ! » outré tant les échanges étaient crus.

Elle surligna certains passages, tria les feuilles dans un ordre qui suivait une logique qu'elle seule comprenait.

Dans ce vomissement de propos scabreux, il ne lui fallut guère de temps pour distinguer un interlocuteur. Le pseudo changeait pour chacune des victimes, mais le style était le même.

Comme elle l'avait pressenti, la méthode était adroite et l'individu remarquablement malin. Sur la messagerie, il commençait par poser des questions générales à propos des loisirs, des lieux de sortie favoris de ses « proies ». Puis il devait faire des recherches sur les pages Facebook des lieux en question. Il finissait par dénicher des photos de soirées où était identifiée sa future victime. Il connaissait désormais son nom. Il pouvait alors faire croire qu'il avait des centres d'intérêt identiques, un ami commun, la même date de naissance, etc. Tous ces « hameçons » permettaient d'accélérer les choses. S'il ne trouvait rien, il passait à quelqu'un d'autre. À condition d'être patient, c'était d'une redoutable efficacité.

Sur la forme, le prédateur montrait une spectaculaire capacité d'adaptation. Il faisait évoluer son vocabulaire, le rythme de ses phrases, le ton en fonction des réponses de ses proies. Il créait ainsi une proximité artificielle qui mettait en confiance.

Et la même approche se répétait dans plusieurs conversations.

Elle regroupa ses feuilles, attrapa un Post-it et y inscrivit les sept pseudos que le tueur avait utilisés pour séduire ses proies :

GrandLys
FantômeBlanc
FleuveNoir
EspritRêveur
SoupirsdeNuit
PauvreFolle
CavalierPâle

Elle détacha le Post-it et sortit rejoindre Venturi dans son bureau.

— Voici les différentes identités du coupable.

Lorsqu'elle lui tendit la liste, il eut l'air étonné.

— Vous êtes sûre ?

— Oui. Ça ne fait aucun doute. Les autres conversations sont souvent… explicites ! Il s'agit de plans cul, rien de plus. Là, il chasse. C'est plus construit, plus adroit. On sent qu'il a un but précis.

— Je ne m'attendais pas à ça.

— Qu'est-ce qui vous étonne ?

— Ces pseudos. Sur un site de rencontres gay, je m'attendais… je ne sais pas. Mais pas à ça !

— Oui, j'avoue qu'il y en a de plus savoureux. Le fameux « 22cmDanTon » m'a régalée par ses trésors d'imagination. Fleuri ! Voilà le mot juste.

Malgré le ton léger qu'elle avait employé, Venturi restait absorbé par la liste inscrite sur le Post-it.

— À quoi pensez-vous ?

— J'ai l'impression que ça veut dire quelque chose, répondit-il, les yeux toujours rivés sur le bout de papier.

Elle s'approcha de lui et relut la liste avec plus d'intérêt, mais sans en saisir le sens.

— Franchement, tenta Venturi, si vous vous inscriviez à un site de rencontres, ça vous viendrait à l'idée de prendre pour pseudo « SoupirsdeNuit » ou « FleuveNoir » ?

Menthe-à-l'eau eut l'air embarrassé et mit quelques secondes pour réagir. Il n'en fallut pas autant pour que Venturi lui coupe l'herbe sous le pied.

— Non ?! Vous êtes inscrite sur des sites de rencontres ? demanda-t-il, interloqué.

— Oui, bon, on va pas en faire une histoire.

— Vous ?

— Beaucoup de nanas font ça.

— Mais vous êtes mignonne comme tout !

— Merci. Mais ça n'a rien à voir.

— Bah quand même ! Et puis, vous êtes super populaire. Tout le monde vous appelle par votre petit nom. Je me disais que vous deviez avoir du succès.

— On peut parler d'autre chose ?

— Vous avez de la chance que je sois marié.

Elle éclata de rire.

— Mince, à côté de quoi je suis passée ! C'est vraiment pas de bol !

— Bon. Revenons à cette liste. Il y a quelque chose de bizarre. Ça sonne faux, non ?

— Oui, maintenant que vous le dites. C'est vrai qu'ils sont très différents de tous les autres.

Venturi fixa sa partenaire.

— Attendez… s'il y a un autre pseudo de ce genre noyé dans la masse, vous pourriez le retrouver ?

— Probablement. Ça servirait à quoi ?

Le visage de Venturi devint plus grave.

— Si vous parvenez à découvrir un nouveau pseudo semblable à ceux-ci, parmi les utilisateurs récents, nous saurons à qui il s'adresse. Et nous aurons le nom de sa prochaine cible avant qu'il ne l'enlève !

Ils se précipitèrent vers le bureau de Menthe-à-l'eau où elle fouilla nerveusement dans la pile de feuilles. Elle scrutait à toute vitesse les pseudos. Elle écarta une feuille qui tomba au sol, se jeta sur la suivante qu'elle écarta également. Tout à coup, elle planta son index au beau milieu d'une page.

— MatindAvril !

— Oui, il est bizarre aussi, celui-là. On sait ce qu'ils se sont dit ?

— Oui. Ils ont utilisé la messagerie, pas le chat. Leur dernier échange remonte à ce matin. 10 h 17.

— Et que disent-ils ?

— Ils se donnent rendez-vous ! Place de la Libération à 16 heures.

Venturi regarda sa montre : 15 h 53.

36

Bien qu'elle n'ait été émaillée d'aucun incident, ma nuit avait été agitée et peu réparatrice. J'étais sortie du sommeil à plusieurs reprises. J'avais cogité.

Au réveil, je devais avoir une vraie gueule d'enterrement !

Et il fallait que ça tombe un jour où je sortais faire un tour en ville ! Cerise sur le gâteau, la climatisation de ma voiture était défectueuse et, malgré le vent qui s'engouffrait par les fenêtres, la chaleur se faisait étouffante dans l'habitacle. Mes yeux me brûlaient. Je peinais à les maintenir ouverts. J'avais la bouche sèche. Heureusement, j'avais prévu des bouteilles d'eau.

J'en avais proposé une à Mme Koscniecky qui s'hydratait par petites gorgées.

C'était nouveau, ça. Aller chercher une cliente chez elle ! Le côté positif était que le bouche-à-oreille semblait fonctionner, ce qui me rassurait sur mes perspectives professionnelles.

En revanche, cela brisait le cérémonial auquel je tenais et qui n'était pas étranger à l'efficacité de mes « dons ». Pour être respectée et, par là même, considérée comme fiable, la voyante devait être distante, voire inaccessible. Il fallait suggérer qu'elle venait d'un autre monde. Au lieu de cela, je conduisais ma petite voiture… Cela cassait le mythe. Comment voulez-vous accorder votre confiance à quelqu'un qui affirme prédire l'avenir et qui boucle sa ceinture de sécurité avant de démarrer ?

Pour cette raison, j'avais hésité à venir prendre Mme Koscniecky. Mais mes revenus étaient si faibles, que je ne pouvais clairement pas tourner le dos à une nouvelle cliente.

Elle m'a expliqué s'être cassé le fémur quelque temps auparavant et être dans l'incapacité de venir jusqu'à moi. J'avais rapidement écarté l'idée que la consultation se fasse chez elle. Privée de mes petits artifices, de mon cadre familier, je savais pertinemment que je serais moins convaincante. Je préférais faire un aller-retour en voiture depuis le centre-ville. Les temps de trajets étaient dérisoires. Je n'étais plus à Paris.

Elle n'était guère bavarde, Mme Koscniecky. Cela m'arrangeait, au fond. Je ne souhaitais pas que la séance débute dans la voiture. Il n'y avait rien de moins mystique. Et puis, si elle m'avait raconté sa vie, qu'aurais-je à lui dire plus tard ?

Puisqu'elle m'avait donné son nom, j'avais fouiné sur les réseaux sociaux et sur les moteurs de recherche. En vain. Une parfaite anonyme.

Ce n'était pas dramatique, au contraire. Si je faisais correctement mon travail, le résultat n'en serait que plus troublant. Au pire, je pourrais toujours me rabattre sur l'« effet Barnum » dont je maîtrisais toutes les ficelles. Ce procédé consistait à décrire une personne avec des termes si finement choisis qu'elle était convaincue que cela correspondait à sa personnalité. En réalité, la description était rigoureusement la même pour chaque individu ! Des phrases du genre « Vous avez des points faibles, mais vous savez généralement les compenser » étaient entrées dans l'histoire de la manipulation. Cette méthode – faussement attribuée à l'homme de cirque Barnum, connu pour être un bonimenteur de génie – avait fait ses preuves auprès des pigistes chargés de la rubrique horoscope de canards à la probité discutable. En l'adaptant un tant soit peu à une observation attentive du sujet, on obtenait des résultats extrêmement déroutants, même pour quelqu'un de soupçonneux.

Je la scrutais du coin de l'œil. Quarante-cinq ans environ. Des chaussures bon marché, un chemisier classique, un sac à main ordinaire. Pas de signe particulier. Aucune fantaisie. Un détail me sauta aux yeux : à l'annulaire gauche, la peau conservait la marque d'une alliance. Divorcée récemment ou veuve ? Les probabilités étaient du côté de la séparation. Mais je devais guetter tout indice me permettant de confirmer l'une des deux hypothèses. Sur ce sujet, l'erreur n'était pas admissible.

L'atmosphère commençait à devenir pesante. Ce silence prolongé entre deux adultes dans un espace confiné était peu naturel. Chaque seconde passée rendait la suivante plus longue. On se serait cru dans un ascenseur en panne ! Je tentai un petit coup d'œil accompagné d'un sourire de circonstance qu'elle ne me rendit pas. Elle semblait préoccupée. Pas triste. Donc, divorcée. Je l'avais, ma confirmation.

Un mouvement attira mon regard. Derrière moi. Cette forme ! Dans le rétroviseur.

Il y avait un homme !

Sur la banquette arrière.

Je pilai.

Je me retournai, en panique.

Personne.

Les Klaxon des autres véhicules me tirèrent de mon affolement. La banquette était vide.

Mme Koscniecky était restée étrangement silencieuse. Elle avait été projetée en avant sous la violence de l'arrêt, simplement retenue par la ceinture de sécurité, mais n'avait pas bronché.

Je lui présentai néanmoins mes excuses.

Je scrutai encore la banquette arrière, comme une imbécile, avant de reprendre la route sans quitter le rétroviseur des yeux. Tout était redevenu normal, mais mon cœur continuait de battre la chamade.

Je déraillais complètement. Et ça allait de mal en pis.

Mes mains s'agitaient toutes seules sur le volant. Elles étaient incontrôlables.

Il me fallut plusieurs minutes – et un bon millier de coups d'œil au rétro – avant de retrouver un semblant de sérénité.

— Prenez à gauche, me dit-elle soudain.

Elle m'avait fait sursauter.

— À gauche ! À gauche ! insista-t-elle.

Je me décalai donc sur la file de gauche pour quitter la grande artère et emprunter une petite rue étroite.

— Ce sera plus rapide, se justifia-t-elle avec une intonation qui sonnait faux.

J'étais toujours sonnée par la vision du type sur le siège arrière, et je connaissais encore mal la ville, pourtant j'étais assez lucide pour être convaincue qu'il ne s'agissait pas d'un raccourci. Pourquoi faire ce détour ?

Ce fut alors que je remarquai, avant de tourner, la présence de voitures de police, tous gyrophares allumés. Des policiers en uniforme, plantés de chaque côté, scrutaient les voitures les unes après les autres. L'un d'eux était posté sur la file où j'étais engagée, trois ou quatre véhicules plus haut.

Je quittai le boulevard pour m'engouffrer dans la ruelle. J'aurais juré entendre Mme Koscniecky pousser un soupir de soulagement.

Pourquoi ma nouvelle cliente cherchait-elle à éviter la police ?

37

Cette fois, la « Tempête Venturi » avait été trop brusque pour Olivia Montalvert qui était restée clouée sur place. Elle avait déjà du mal à le suivre en marchant, alors s'il courait…

Après l'avoir vu dévaler les escaliers, elle regagna son bureau où elle se plongea de nouveau dans la pile de feuillets.

Elle s'en voulut un peu de ne pas avoir percuté. Trouver des dissonances dans les pseudos, c'était quand même à sa portée !

Venturi avait raison, il devait y avoir une logique. Mais laquelle ? Elle examina donc la liste des pseudos avec un regard différent.

Quel était le lien entre le Grand Lys et le Fantôme Blanc ou le Cavalier Pâle ?

Cela ressemblait à des images oniriques.

Ou à des chevaux de course.

Elle tenta de les associer à ce qu'elle connaissait déjà : les poupées, la chapelle. Elle avait beau tordre des théories dans tous les sens, elle ne parvenait pas à une conclusion décisive.

Ces pseudos conservaient leur mystère.

Elle tapa le premier de sa liste dans son moteur de recherche. Soixante-dix millions de réponses.

Alors, sans conviction, elle les saisit ensemble.

Et là, à sa grande stupeur, un résultat s'afficha.

I

Sur l'onde calme et noire où dorment les étoiles
La blanche Ophélia flotte comme un grand lys,
Flotte très lentement, couchée en ses longs voiles...
— On entend dans les bois lointains des hallalis.

Voici plus de mille ans que la triste Ophélie
Passe, fantôme blanc, sur le long fleuve noir.
Voici plus de mille ans que sa douce folie
Murmure sa romance à la brise du soir.

Le vent baise ses seins et déploie en corolle
Ses grands voiles bercés mollement par les eaux ;
Les saules frissonnants pleurent sur son épaule,
Sur son grand front rêveur s'inclinent les roseaux.

Les nénuphars froissés soupirent autour d'elle ;
Elle éveille parfois, dans un aune qui dort,
Quelque nid, d'où s'échappe un petit frisson d'aile :
— Un chant mystérieux tombe des astres d'or

II

Ô pâle Ophélia ! belle comme la neige !
Oui tu mourus, enfant, par un fleuve emporté !

— C'est que les vents tombant des grands monts de Norwège
T'avaient parlé tout bas de l'âpre liberté ;

C'est qu'un souffle, tordant ta grande chevelure,
À ton esprit rêveur portait d'étranges bruits ;
Que ton cœur écoutait le chant de la Nature
Dans les plaintes de l'arbre et les soupirs des nuits ;

C'est que la voix des mers folles, immense râle,
Brisait ton sein d'enfant, trop humain et trop doux ;
C'est qu'un matin d'avril, un beau cavalier pâle,
Un pauvre fou, s'assit muet à tes genoux !

Ciel ! Amour ! Liberté ! Quel rêve, ô pauvre Folle !
Tu te fondais à lui comme une neige au feu ;
Tes grandes visions étranglaient ta parole
— Et l'Infini terrible effara ton œil bleu !

III

— Et le poète dit qu'aux rayons des étoiles
Tu viens chercher, la nuit, les fleurs que tu cueillis,
Et qu'il a vu sur l'eau, couchée en ses longs voiles,
La blanche Ophélia flotter, comme un grand lys.

Menthe-à-l'eau lut et relut le poème, incrédule. Chacun des pseudos y figurait. Ce ne pouvait être un hasard.

Le nom de ce poème était sobre : Ophélie.

Mais que venait faire Arthur Rimbaud dans cette affaire ? Pouvait-il y avoir un rapport entre l'homosexualité du poète et celle des victimes ?

Elle fit basculer le dossier de son fauteuil en arrière et fixa le plafond en essayant de faire le point.

De toute évidence, ce poème revêtait une importance capitale pour le tueur. Pourtant, comment le rapprocher des éléments existants ?

Ces vers ne faisaient aucunement référence à la religion, ni à une chapelle, ni à des « poupées », encore moins à des meurtres. Ils n'expliquaient donc pas pourquoi choisir un lieu de culte. En outre, ils ne mentionnaient aucun personnage susceptible de se transformer, de modifier son apparence. Il y était surtout question de la nature, omniprésente, et d'une certaine Ophélia.

Sur ce point, Olivia Montalvert fit quelques recherches sur Internet. Il s'avérait qu'Ophélia était un emprunt à Shakespeare. C'était une figure mythique très en vogue au XIXe siècle. Bref, ça ne menait pas bien loin.

Il y avait forcément un lien avec cette affaire. Mais lequel ?

Elle se replongea dans le poème sans parvenir à trouver de réponse à sa question. Elle avait tant fait danser dans sa tête les mots de Rimbaud qu'ils n'avaient plus le moindre sens. Il fallait changer d'air, faire une pause.

Elle se rendit à la machine à café et se servit un thé. En repensant à la mine de Venturi devant ce même distributeur, elle eut un sourire.

Il était – et de loin – le policier le plus atypique avec lequel elle avait été amenée à travailler. C'était un vrai personnage, à la hauteur de sa réputation, et elle éprouvait pour lui une affection indéfinissable.

Elle réintégra son bureau, son gobelet à la main.

Elle délaissa le poème pour relire la liste des pseudos.

Et là, elle eut un déclic ! Le texte de Rimbaud ne laissait qu'un nombre limité de pseudos possibles. Autrement dit, une fois que le tueur aurait fait le tour, il n'avait que deux solutions : aller chercher son inspiration ailleurs, ou en reprendre un ancien !

Puisque, selon sa théorie, le criminel avait tué auparavant, il y avait une probabilité qu'il ait déjà utilisé ce même site de rencontres. Donc, qu'il ait d'autres pseudos. Issus du même poème !

Cela permettrait de découvrir d'autres meurtres, plus anciens ! De trouver d'autres indices, de suivre d'autres pistes.

Elle se leva d'un bond et se hâta d'aller rejoindre l'enquêteur en charge des relations avec le site Internet.

— Tu peux m'avoir la liste de tous les pseudos enregistrés dans leur base de données ?

— Quand tu dis « tous », tu veux dire « absolument tous » ?

— Oui. En remontant, disons, un an en arrière.

— On n'a pas le droit. C'est une violation de la vie privée. On ne peut que demander l'identité d'un pseudo bien précis, pas de toute la base.

— Je n'ai pas besoin de l'identité, juste les pseudos.

— Rien que les pseudos ? Alors, ça devrait être bon. Je m'en occupe.

Comme elle restait à ses côtés, il comprit qu'elle ne partirait pas sans cette liste. Il décrocha son téléphone et fit la requête.

Quelques minutes plus tard, il reçut un mail contenant un long listing de pseudos triés par ordre alphabétique. L'enquêteur lança l'impression et Menthe-à-l'eau consulta les feuilles qui sortaient en rafale de l'imprimante.

Les noms fantaisistes défilaient sous ses yeux au point qu'elle craignit de laisser filer celui qui était susceptible de l'intéresser.

Une deuxième page. Une troisième. Une quatrième.

C'est à la cinquième que le temps sembla s'arrêter.

OndeCalme

Elle se précipita dans son bureau pour s'assurer qu'elle ne rêvait pas. Elle relut le premier vers du poème :

Sur l'onde calme et noire où dorment les étoiles

Son cerveau tournait à plein régime : y aurait-il une victime supplémentaire ? Un corps qui n'aurait pas été découvert ?

Elle retourna auprès de l'enquêteur :

— Celui-ci : *OndeCalme.* Je veux tout savoir de lui.

— Tu parles comme Venturi !

— Fais comme si c'était lui qui te le demandait.

Le policier entreprit la démarche auprès du site et, après plusieurs minutes, communiqua le résultat à la psy.

Le pseudo était ancien. Il avait été créé des années plus tôt.

Le style employé, sans être identique, révélait une finesse et une sensibilité qui pouvaient s'apparenter à celui utilisé par les autres comptes. En revanche, à aucun moment, il ne semblait « chasser ». C'était la conversation d'un homme qui cherchait à faire une rencontre. Rien de plus.

Ce qui frappa surtout la psy, c'était la continuité des échanges. De toute évidence, après avoir fait la connaissance de quelqu'un, il avait des relations sexuelles et… son partenaire restait en vie ! Ce procédé se déroulait à plusieurs reprises et rien ne laissait penser qu'il ait pu lui faire du mal – et encore moins le tuer.

Menthe-à-l'eau avait requis l'identité du dernier contact en date de ce fameux *OndeCalme*.

Il s'agissait d'un jeune homme d'une trentaine d'années. Toujours en vie.

Si *OndeCalme* était bien le criminel, comment expliquer l'absence de violence dans ses relations précédentes ?

Un autre point préoccupant était qu'il avait conservé le même pseudo, même lorsqu'il changeait de partenaire. Le meurtrier, lui, en avait changé systématiquement pour chaque victime.

Tous ces éléments contredisaient une éventuelle implication dans la série de meurtres. En théorie, c'était une fausse piste.

Pourtant, il avait une particularité qui bouleversait toute l'enquête !

38

Victor Venturi avait sauté dans la première voiture venue. Au volant, un jeune gardien de la paix doublement stressé : il conduisait le flic le plus célèbre de France et ce dernier n'avait pas l'air de vouloir rigoler !

Venturi sortit son pistolet et arma la culasse. Sa main ne tremblait pas. Il rengaina.

Le véhicule slalomait adroitement dans le tumulte de la circulation, tandis que Venturi criait ses ordres dans la radio.

Il avait mobilisé toutes les patrouilles disponibles dans l'espoir que l'une d'elles arrive à temps.

15 h 57.

Venturi aurait préféré prendre le volant, même s'il devait bien reconnaître qu'il n'aurait pas fait mieux que le jeune agent.

Pour passer ses nerfs, il se contenta d'un :

— Magnez-vous !

La sirène de police était noyée dans un concert de Klaxon. Laborieusement, les voitures s'écartaient. Mais le rythme ne suffisait pas à Venturi qui tapait rageusement sur le tableau de bord, ce qui acheva de tétaniser le conducteur.

15 h 59.

— On en a encore pour longtemps ?

— Je dirais quatre minutes, environ.

— Putain ! lâcha Venturi.

Cette fois le véhicule ralentit avant de se trouver bloqué à proximité d'un chantier. Une bétonneuse effectuait une marche arrière, guidée par un ouvrier en combinaison fluo.

— Merde ! C'est pas vrai !

16 h 01.

— Pas de chance.

— C'est où ?

— Là, tout droit, en principe on y est dans…

Sans le laisser terminer sa phrase, Venturi sauta du véhicule et s'élança à pied.

Il fonçait sur la chaussée, au mépris des scooters et des vélos. Il n'était qu'à quelques pas du meurtrier. Ces foulées-là valaient de l'or !

Il trouva la force d'accélérer encore. Ses poumons se gonflèrent de cet air chaud et sec. Déjà, la sueur coulait.

Il cavalait à un rythme infernal, ponctué de courtes respirations saccadées.

Arrivé à une intersection, un cycliste qui ne l'avait pas vu lui barra la route. Venturi le poussa et il s'effondra sur le bitume en l'injuriant.

Le policier poursuivit sa course sans rien lâcher.

Il vit une fontaine au centre d'une place bordée d'arbres. C'était là. Une cinquantaine de mètres à peine.

Il accéléra encore.

Il fut rassuré en apercevant la lumière clignotante des gyrophares. Les collègues arrivaient en renfort.

Mais il voulait être là. Lui !

Il se refusait à n'être qu'un simple spectateur.

Après quelques foulées, il déboula sur la place de la République. Essoufflé, dégoulinant de sueur, il scrutait chaque passant, chaque badaud. L'un d'eux était un meurtrier !

Qui avait l'air d'attendre quelqu'un ?

Un couple, bras dessus, bras dessous. Des gamins en rollers. Un type qui promène son chien. Une fille qui fait son jogging. Un vieux, le journal sous le bras. Un…

Lui !

Il repéra un jeune homme adossé à un banc public, qui semblait guetter les voitures.

Une Toyota s'arrêta à son niveau.

Venturi porta la main à son pistolet.

La vitre se baissa, une femme blonde apostropha le jeune homme qui la rejoignit.

Merde !

Qui d'autre ?

Tandis qu'il s'efforçait d'identifier une nouvelle proie possible, ses collègues en uniforme venaient d'arriver. Ils sortirent de leur véhicule et, sans trop savoir ce qu'ils cherchaient, se dirigèrent vers le commissaire.

Venturi hésita.

Soit il faisait boucler le quartier, le criminel prenait peur, s'enfuyait, et une vie était sauvée.

Soit… il utilisait cette nouvelle victime pour tenter un flag. Un jeune homme servant de « chèvre » au prédateur qu'il combattait. Mais, en cas d'échec…

Il ne mit qu'une fraction de seconde à prendre sa décision.

Il ordonna à ses collègues de rester en retrait et de se tenir prêts à intervenir.

Tandis que les policiers se dispersaient, il continua de guetter un gibier potentiel.

Il vit, de l'autre côté de la place, un homme qui faisait les cent pas, consultant son smartphone comme s'il attendait un appel ou un message, puis levant la tête pour scruter alentour. Ce comportement que l'on adopte lorsque la personne avec qui on a rendez-vous a du retard.

Venturi s'approcha discrètement. Il contourna un kiosque à journaux, jetant des regards en coin. Il s'immobilisa à une dizaine de mètres de l'individu, sortit son téléphone et fit mine d'être plongé en pleine conversation.

Tandis qu'il discutait avec son interlocuteur imaginaire, il constata que l'homme n'avait pas la trentaine. Ça correspondait. Était-il efféminé ? Pas sûr.

Il consulta sa montre : 16 h 07.

C'était encore jouable. Sept petites minutes de retard, ça arrivait à tout le monde. Le jeune homme semblait s'impatienter. Il tapa un message sur son smartphone.

Tout en surveillant ses moindres mouvements, Venturi fouillait du regard le flot de voitures, à la recherche d'un autocollant comportant un fauteuil roulant.

Après quelques minutes supplémentaires, le jeune homme eut l'air soulagé et se mit à sourire. Il se dirigea vers la chaussée.

Venturi se plaça de biais pour éviter de se faire remarquer, mais il n'en manquait pas une miette.

Ce fut un scooter qui s'arrêta.

Un scooter ! Pas une voiture pour handicapés !

Fausse piste.

À moins que…

Et s'il avait changé ses habitudes ? Si, au lieu de sa voiture, il se déplaçait à présent en deux-roues ? Rapide, discret, difficile à suivre.

Fallait-il l'intercepter ? Ça signifiait un barouf incroyable sur cette place, donc la perte de toute chance d'arrêter un autre véhicule.

Le laisser filer ? Il n'y avait qu'un seul homme qui attendait son rendez-vous. C'était lui ou rien.

Il ne fallait pas se tromper.

Venturi risqua un coup d'œil vers le conducteur. C'était un homme. Quel âge avait-il ? 35 ? 40 ? Pas facile à dire avec les lunettes de soleil. Avait-il les cheveux gris ? Le casque ne permettait pas de le savoir. Et sa taille ? Il cherchait un homme de 1 mètre 82. Impossible à dire. Il était assis.

Hésitant, il se tourna vers les policiers qui se tenaient en retrait. Il comprit que c'était à lui de prendre la décision et qu'ils attendaient ses instructions.

Il balaya une nouvelle fois la place du regard. Rien d'autre que ce scooter.

Le passager avait enfilé un casque et s'apprêtait à enfourcher le deux-roues.

Dans une poignée de secondes, il se serait envolé.

Venturi regarda nerveusement autour de lui comme un enfant qui a perdu ses parents. Il ne trouva aucun salut.

Alors, d'un geste, il passa son brassard. Puis il dégaina son pistolet.

Le scooter démarrait.

Venturi courut, agrippa le guidon et donna un coup sec vers lui. Le scooter se planta dans le trottoir, chavira sur le côté et ses deux occupants furent projetés à terre. Sans lui laisser une seconde, Venturi se rua sur le conducteur, lui fit une clé de bras et le maintint fermement au sol. Aussitôt, les renforts policiers accoururent et sécurisèrent les parages. Ne sachant ce qu'il se passait, ils interpellèrent le passager.

Lorsqu'ils furent menottés, Venturi ôta le casque du conducteur, révélant une épaisse tignasse rousse.

Le commissaire fit un pas en arrière et se figea comme après une électrocution.

Les policiers tendirent à Venturi les papiers d'identité des deux hommes.

— Vous vous connaissez ?

Ils firent « oui » de la tête.

— Depuis longtemps ?

Nouvel acquiescement.

— OK. Vous allez me donner le nom, le prénom, la date de naissance et le domicile de l'autre.

Les deux hommes s'exécutèrent sur-le-champ.

Cela correspondait à ce qui était indiqué sur les documents officiels.

— Toi, dit-il au conducteur, tu chausses du combien ?

— 42.

Venturi jura.

L'attroupement qui s'était formé n'aurait pas manqué de dissuader le tueur de se découvrir. S'il n'avait déjà pris la fuite !

— Relâchez-les, gronda-t-il entre ses dents.

Machinalement, Venturi scruta la place, les badauds, les véhicules. Un long regard circulaire au goût amer de la défaite.

Là, quelque part dans la cohue de la circulation, l'assassin avait capturé une nouvelle victime.

Sa nouvelle poupée.

39

Je serrais les mains de Mme Koscniecky avec davantage de nervosité que je le faisais à l'accoutumée. Je me rendais compte de ce léger tremblement, mais en avait-elle conscience, elle ?

Sans doute. Puisque c'était la première fois qu'elle venait, elle serait attentive à chaque détail. Ce manque d'assurance me portait préjudice. Car, pour convaincre, il fallait être convaincante. Et je ne l'étais pas.

S'il n'y avait que mes mains ! Mes yeux rougis par la fatigue ne devaient pas non plus faire bonne impression. Du coup, j'évitais de la regarder en face. Le regard fuyant. Tu parles d'une voyante !

Déjà que venir la chercher en voiture me desservait, là, je ne savais plus trop quels atouts il me restait pour la persuader de l'efficacité de mes dons.

Bilan : Mme Koscniecky avait l'air de faire la tronche ! À coup sûr, elle devait se demander où elle était tombée. Une voyante avec une gueule de droguée, comment lui en vouloir ?

Pour couronner le tout, elle était plus grande que moi. Ce n'était pas un détail anodin, car la domination psychologique passait par une supériorité physique. C'était une technique que pratiquait Adolf Hitler : son bureau était subtilement surélevé de manière à surplomber ses interlocuteurs. J'avais piqué ça au plus grand criminel de l'Histoire ! Les pieds de la chaise des clients étaient rabotés. En apparence, elle était rigoureusement identique à la mienne, en réalité elle était plus courte d'un bon centimètre. De même, la table penchait légèrement de façon à déstabiliser le cerveau : inconsciemment, l'individu enregistrait l'anomalie et cela le perturbait. Il était alors moins attentif et plus facilement manipulable. Pour se convaincre de l'efficacité de cette technique, il suffisait de conduire en inclinant la tête sur le côté. Le cerveau était si troublé qu'il en perdait la notion des distances et l'appréciation de la vitesse.

Si je tenais tant à consulter à domicile, ce n'était pas pour rien.

Sauf que là, elle me dépassait d'une demi-tête !

Mais ce n'était pas le pire.

Car j'avais beau mettre tout cela sur le dos de la fatigue, la raison de mon malaise était d'une autre nature : j'avais une trouille bleue que ma cliente ne se transforme en zombie !

C'était ma première consultation depuis l'hallucination que j'avais eue avec Mme Martillac.

Allait-elle, à son tour, se métamorphoser en cadavre pourrissant ? Avec la silhouette apparue dans le rétroviseur, ça commençait à faire beaucoup.

Je bégayais, je cherchais mes mots. Et s'il n'y avait que ça !

Je tombais presque systématiquement à côté.

J'avais prédit un problème de couple, me basant sur son alliance absente, elle venait pour son frère.

Je m'engageai sur la voie de la maladie, encore manqué, il était simplement asocial.

J'imaginai un départ, « peut-être pour un pays étranger », toujours raté, il était interdit de sortie du territoire suite à une sombre histoire judiciaire sur laquelle elle demeura évasive.

Je décidai de mettre un terme à mon calvaire en déclarant que la séance était terminée. Elle parut surprise, mais se résigna.

J'envisageai un instant de lui offrir la séance. Mais pourquoi lui faire cadeau de la prestation si elle ne revenait jamais ? Autant prendre ce qu'il y avait à prendre. Elle eut droit à ma phrase de conclusion : « Vous donnez ce que vous voulez. » Sans surprise, elle se montra fort peu généreuse.

Je proposai de la reconduire chez elle, comme il était initialement convenu, mais elle déclina, prétextant qu'une amie habitant juste à côté allait passer la chercher.

Malgré cet échec et la cliente perdue, j'éprouvai un immense soulagement à son départ.

Je n'étais donc pas condamnée à voir chacune de mes clientes se muer en mort-vivant.

Étais-je guérie ? Ne s'agissait-il que d'une crise passagère ?

Je ne pouvais m'empêcher de craindre d'être entraînée malgré moi vers un vortex malsain, comme on descend un torrent sur une embarcation de fortune emportée par le courant rapide. Où cette rivière maudite me conduirait-elle ?

À la folie ? À ma mort ?

40

Debout devant l'écran de l'ordinateur connecté au fichier central, Victor Venturi était abasourdi !

L'individu que sa collaboratrice avait isolé avait une particularité : son identité n'était pas secrète !

Il s'appelait Benjamin Lundström. Son pseudo, *OndeCalme*, apparaissait dans le poème de Rimbaud que le tueur affectionnait. Parler de coïncidence aurait été un affront.

Certes, il n'avait pas tué en utilisant son propre compte, mais quoi de plus logique ? Il aurait créé des comptes anonymes et non identifiables pour ses crimes tout en conservant son compte « propre », dépourvu de conversations compromettantes.

Par ailleurs, il n'avait plus jamais utilisé son compte principal depuis… le premier enlèvement ! C'était accablant.

Bref, cela faisait de lui le suspect idéal.

Un coup de fil au juge aurait suffi à le faire immédiatement placer en garde à vue.

Il n'y avait qu'un seul problème, mais pas des moindres : six lettres inscrites sur l'écran du fichier central de la police judiciaire : *Décédé.*

Les mains sur les hanches, Venturi poussa un long soupir.

Lorsqu'il reprit ses esprits, ce fut pour invectiver l'ensemble des policiers de l'open space.

— Fausse route ! On se remet au boulot ! La méthode était bonne, on continue.

Puis il regagna son bureau en claquant la porte.

Une oreille attentive aurait pu entendre un « putain de merde ! » s'échapper du bureau du commissaire.

Témoin impuissante de la scène, Olivia Montalvert se dirigea vers l'un des enquêteurs.

— Ce type, Lundström, tu peux me montrer son dossier ?

— Euh, j'ai pas le droit, Menthe-à-l'eau. Je suis désolé.

— C'est peut-être important.

— Je n'en doute pas, mais c'est réservé aux OPJ.

— Tu sais bien que si je demande à Venturi, il donnera son accord. C'est juste qu'en ce moment, je ne me vois pas aller dans son bureau.

Le policier jeta un coup d'œil à la porte close du commissaire qui étouffait de nouveaux jurons.

— Bon, OK. Mais vite fait.

Il saisit l'état civil du suspect dans le TAJ et une fiche complète apparut aussitôt.

— Il est décédé il y a deux mois, constata l'enquêteur.

— Deux mois ? Juste au moment où les meurtres ont commencé. Dans quelles circonstances est-il mort ?

— Accident de voiture.

— Et sinon, tu as son passé judiciaire ?

— Pas grand-chose. Une garde à vue avec un non-lieu il y a treize ans.

— Quel motif ?

— Attentat à la pudeur.

— Tu peux en savoir plus ?

Le policier affina sa recherche, puis se tourna vers la psy.

— Fellation sur la voie publique. Une patrouille est passée. Hop, au poste.

— Par un mec ?

— J'ai pas l'info.

On nageait bien loin d'une série de meurtres sordides. C'était presque pire que s'il n'y avait rien eu. Un casier vierge aurait laissé planer le doute d'un criminel tellement malin et si bien organisé qu'il parvenait à déjouer tous les stratagèmes des services de police. Au lieu de ça, il avait été arrêté en train de se faire sucer !

— Rien d'autre ?

— Rien d'intéressant. Il a été victime d'une agression à caractère homophobe.

— Victime ?

— Oui.

— Ce genre de truc figure dans le fichier ? Même quand t'es victime ? s'étonna la psy.

— Tu n'as même pas idée de tout ce qu'il y a là-dedans, répondit-il d'un air malicieux en tapotant l'écran.

— Elle a eu lieu quand, cette agression ?

— Il y a quatre ans.

— Je te remercie.

— Me remercie pas, je ne t'ai rien montré, conclut-il d'un clin d'œil.

On était aux antipodes du psychopathe pratiquant des mutilations atroces sur des cadavres.

Était-ce le désir désespéré de s'accrocher à la première et seule piste qui se présentait ? La psychologue avait un pressentiment.

Et elle avait une idée.

Mais ça ne plairait pas à Venturi.

41

J'étais sortie faire quelques courses et, aussitôt rentrée chez moi, j'éprouvai une certaine appréhension. Cela débuta en me garant. J'eus cette intuition que quelqu'un s'était introduit dans ma maison en mon absence. Qu'il m'épiait depuis l'une des fenêtres. À quoi était-ce dû ? Je n'aurais su le dire. Mais cela devint plus intense lorsque j'ouvris la porte d'entrée. Je sentis une présence. Aussi fis-je le tour des pièces afin de m'assurer que j'étais seule et qu'aucune fenêtre n'avait été fracturée. Une fois ma ronde achevée, je sortis dans le jardin et scrutai tout autour.

Il n'y avait personne, pourtant ce sentiment d'être observée ne se dissipait pas. À tout moment, je sentais un souffle derrière moi. Parfois, cette impression était si forte que je me retournais brusquement. J'étais presque étonnée de ne voir personne.

Je rentrai et m'enfermai à clé. Je demeurai un long instant, adossée à la porte, scrutant le couloir, bloquant ma respiration pour surprendre le moindre son.

J'avais fouillé cette maison. Elle était vide. Pourtant, je n'en démordais pas, elle était imprégnée de la présence de quelqu'un.

Tu deviens folle !

Je m'effondrai dans le canapé, épuisée, vidée nerveusement par l'enchaînement des faits dont j'avais été victime.

Moi qui avais choisi une vie tranquille dans un lieu isolé, j'avais réussi mon coup !

Je restai affalée dans le sofa bien plus longtemps que prévu. Lorsque je me décidai enfin à réunir mes forces pour me lever, je me rendis à la cuisine. J'ouvris le réfrigérateur. Je demeurai perplexe en examinant ce qu'il contenait. Rien ne me faisait envie. J'avais la flemme de cuisiner. J'attrapai un pot de tapenade, coupai un quignon de pain et me fis plusieurs tartines. J'arrosai ce festin du rosé du coin.

Je grignotai. Et je picolai, aussi. Pouvait-on m'en vouloir ? J'avais été victime d'un maniaque et j'avais des hallucinations ! Y avait-il de meilleures raisons pour s'en mettre un petit coup dans le pif ?

Après trois malheureuses tartines, j'étais rassasiée. Et si lasse !

Le manque de sommeil des dernières nuits s'était accumulé et j'en faisais les frais. Je regardai ma montre. Il était encore bien tôt. Je n'allais quand même pas me coucher ! J'allumai la télé puis l'éteignis aussitôt. J'avais besoin de me changer les idées, pas de revoir les images traumatisantes des chaînes d'information.

Je descendis me chercher un bon bouquin à la cave. Elle n'avait été que partiellement aménagée. D'un côté, un espace de stockage avec des étagères et un casier à bouteilles. De l'autre, quelques chaises abîmées, un fauteuil vermoulu. Et, surtout, une imposante bibliothèque qui couvrait entièrement l'un des murs. L'endroit était incroyablement frais, même en plein été.

Pour une raison que j'ignorais, le sous-sol n'occupait qu'une partie de la superficie de la maison. Caprice d'architecte ou souci d'économie ? Peu importait, c'était largement assez grand pour moi toute seule.

Du bout des doigts, je caressai le dos des livres. J'en tirai un. Je le remis à sa place. La bibliothèque regorgeait de bouquins de toutes époques et de tous styles. Le paradis pour mes futures soirées d'hiver ! J'optai pour un polar à la couverture sanguinolente et me réjouis à l'avance qu'un autre que moi soit victime d'un maniaque. Je ne fus pas déçue : un scientifique avait été amputé du cerveau ! À côté de ça, mes mésaventures faisaient pâle figure.

J'emportai ma trouvaille, m'étendis sur le canapé.

Malgré l'histoire prenante et mon besoin d'évasion, je piquai du nez. Je dus revenir plusieurs fois en arrière tant j'étais ailleurs.

Un nouveau verre de vin joua son rôle.

Je posai mon livre avant qu'il ne me tombe des mains. Je sentis mes paupières se fermer. Je luttai pour les maintenir ouvertes avant de capituler. Tout était plus simple, les yeux clos. Alors que le sommeil m'emportait délicatement, il me sembla entendre une voix murmurer : « Fais de beaux rêves, ma chérie. »

42

Fais de beaux rêves ma chérie

J'aime cette maison

Quand elle dort tout y est si calme j'y suis chez moi à présent

Je me promène silencieusement je m'assois dans ton canapé là où tes fesses se posent je m'installe à la table où tu donnes tes « consultations »

~~Petite salope~~ t'as pas honte ?

Car elle est au courant qu'elle n'est pas voyante vous savez ? Oh oui elle est consciente que tout cela c'est de la connerie ! De la fumée !

C'est en train de se retourner contre elle

Voilà la vérité !

Je me promène doucement dans sa maison elle ne sait pas que je suis là naturellement je suis comme chez moi parfois une porte grince ou une tomette mal scellée fait un bruit sourd lorsque je pose le pied dessus je m'arrête alors et j'écoute je cesse de respirer j'ai tellement peur qu'elle se réveille

Mais non ma prudence paye elle continue de dormir et je peux poursuivre ma visite

Ce n'est pas la première fois je viens ici souvent dès que je peux en fait

Savoir qu'elle peut s'éveiller à tout instant c'est à la fois terrifiant et follement excitant

Elle n'a aucune idée de l'endroit où je me cache elle ne sait pas que je peux entrer chez elle si souvent si elle savait… La pauvre !

Je fouille je fouine mes doigts se baladent sur ces objets familiers c'est comme un viol si vous voulez mais c'est tout son univers tout son quotidien que je déflore c'est très excitant

~~Je vais me masturber encore~~

~~Comme à la belle époque~~

~~Mais cette fois je ne dirai pas où je compte éjaculer~~

~~Vous risqueriez de me prendre pour un malade mental~~

43

Sans doute aurait-elle pu se contenter d'un entretien téléphonique, mais Olivia Montalvert savait mieux que beaucoup l'importance d'avoir son interlocuteur en face lorsqu'on attend des révélations. Elle avait pesé depuis longtemps le poids d'un regard au cours d'une conversation. Les subtilités du langage étaient parfois si difficiles à percevoir qu'elle ne souhaitait pas se priver d'un contact direct. Elle savait que les véritables confidences ne se faisaient pas à distance.

Aussi avait-elle décidé de grimper dans le premier train pour Paris. Elle n'avait prévenu personne, pas même Venturi. Avec un peu de chance, lorsqu'il découvrirait son absence, elle serait rentrée.

Sa présence dans la capitale était motivée par une idée fixe : le tueur avait forcément des antécédents psychiatriques. Aussi avait-elle envoyé une salve de mails à tous les établissements spécialisés du pays en décrivant sommairement le profil de l'homme qu'elle cherchait. Elle était restée juste assez évasive pour que l'on ne fasse pas le rapprochement avec l'« Embaumeur ».

Et elle avait obtenu une réponse.

Le taxi la déposa dans les beaux quartiers de la capitale, au pied d'un immeuble chic sur la façade duquel une rutilante plaque en laiton comportait le nom du thérapeute avec qui elle avait rendez-vous.

Elle regarda sa montre. Il était tard. Les consultations étaient terminées depuis un moment.

Elle emprunta l'élégant escalier recouvert d'un épais tapis rouge. Parvenue devant la porte, elle lut : « Sonnez et entrez ». Elle s'exécuta.

L'entrée était déserte. Sur le côté, des fauteuils vides. Elle n'osa y prendre place et demeura debout.

Plusieurs minutes s'écoulèrent. Olivia finit par se demander si quelqu'un l'avait entendue sonner. Elle toussa en faisant quelques pas, dans l'espoir que le bruit se remarquerait.

Finalement, une porte s'ouvrit dans l'angle du couloir. Des pas. Un homme apparut, la cravate défaite et le dernier bouton de sa chemise ouvert.

— Bienvenue, mademoiselle, bienvenue !

— Merci de me recevoir si vite, surtout dans de telles conditions.

— Je ne vous cache pas que mon agenda est bien rempli. Mais j'ai cru saisir l'importance de votre requête et je n'hésiterai pas à vous aider si je le puis.

Il l'invita à le suivre dans son bureau dont il ferma la porte derrière lui. C'était probablement un réflexe puisque les lieux étaient vides. La pièce était outrageusement décorée : chaque meuble avait été chiné auprès des meilleurs antiquaires, de la bibliothèque richement garnie dépassait une étonnante quantité d'objets insolites. Tandis qu'aux murs, des tableaux abstraits et forts colorés semblaient défier un monochrome noir à la beauté hypnotique.

— Pierre Soulages. Fascinant, n'est-ce pas ?

— Oui, magistral.

— C'est incroyable la force des émotions que peut susciter un simple aplat noir. Du génie.

— C'est ici que vous consultez ? s'étonna Olivia.

— Oh non ! Mon cabinet est dans la pièce adjacente. Comme vous savez, les patients ont besoin d'immobilité, de ne pas se faire parasiter par des éléments de déco. D'autant que Soulages me semble peu approprié aux névrotiques. Mais j'imagine que vous n'avez pas fait toute cette route pour parler art contemporain.

— Effectivement, admit-elle avec un sourire reconnaissant.

D'un geste, il lui désigna l'un des fauteuils Eames tandis qu'il prenait place à son bureau.

— Lorsque j'ai découvert votre mail à l'hôpital, décrivant les différents symptômes dont pouvait souffrir le criminel que vous recherchez, j'ai aussitôt pensé à l'un de mes patients. Vous avez reçu beaucoup de réponses ?

— Une seule, la vôtre.

— Il faut dire que les symptômes ne sont pas communs.

— C'est le moins qu'on puisse dire.

— Donc votre enquête vous mène jusqu'à mon patient, M. Lundström.

— C'est un peu compliqué. Nos investigations pointaient déjà vers lui pour d'autres raisons. Le fait que vous m'annonciez avoir un patient dont les symptômes correspondent à ce que je cherche, et dont le nom est Lundström, confirme mes hypothèses. Mais je dois éclaircir quelques zones d'ombre.

— Je vois.

— Depuis quand suiviez-vous M. Lundström ?

— Environ quatre ans.

— Pour quelle raison consultait-il ?

Le psychiatre s'enfonça dans son siège et croisa les jambes.

— Pour beaucoup de choses ! Je le crains. Il souffrait d'un trouble dissociatif de la personnalité très marqué. Par ailleurs, j'ai très rapidement diagnostiqué une personnalité antisociale.

— De quelle manière cela se manifestait-il ?

— Lors des premières séances, j'avoue ne pas avoir été très efficace, car il peinait à me décrire ce qu'il ressentait et l'état dans lequel il se trouvait. Je n'ai donc pas pu établir de diagnostic précis. Il s'exprimait parfois comme s'il était spectateur de ses propres troubles. Bien évidemment nous savons tous deux que si l'une de ses personnalités prend l'ascendant sur une autre, il peut être en mesure de parler de cette dernière, mais j'avoue que c'était tout de même assez confus. Puis, peu à peu, les mots lui venaient, il devenait plus exact dans sa terminologie, plus rigoureux dans ses descriptions. Jusqu'à ce qu'il n'y ait plus place au doute.

— Et qu'avez-vous conclu ?

— Ses troubles dissociatifs ont commencé à devenir envahissants. Il exprimait le besoin d'inventer des personnages et de les mettre en scène. Ce qui est singulier, c'est qu'au lieu de faire intervenir un ou plusieurs rôles récurrents, il en créait sans cesse de nouveaux. Certains disparaissaient, d'autres apparaissaient. C'était un étrange ballet de personnalités très différentes. Il exprimait une réelle souffrance en décrivant ses états qui correspondaient bien à des troubles dissociatifs de la personnalité. Mais ce qui m'a permis de faire le rapprochement avec le contenu de votre mail c'est le fait de faire surgir de son imagination des personnages dont il se servirait comme de poupées. La confusion entre le fantasme et la réalité.

— Cela passait-il par une représentation physique ?

— Oui. Son imagination seule ne suffisait pas. Cela m'a fait penser au syndrome de Fregoli, où le patient pense être persécuté par une seule et même personne qui revêt les habits d'inconnus pour passer inaperçue. Sauf qu'ici, c'était encore plus fascinant puisqu'il créait des personnages imaginaires.

— Cette dépersonnalisation et l'altération de son fonctionnement mental peuvent être provoquées par un endoctrinement religieux, n'est-ce pas ?

— Tout à fait. En théorie. Je ne crois pas que ce fut le cas, ici. En tout cas, rien ne m'a conduit à l'envisager.

— Revenons à son processus délirant, je vous prie.

— Le plus inouï était qu'il ne s'amorçait qu'en présence d'un support. En l'occurrence, des mannequins. Il en avait acheté. Il les habillait, les maquillait, leur attribuait un rôle. Puis il leur parlait comme je vous parle. Cela pouvait durer des heures.

— L'a-t-il fait en votre présence ?

— Non, jamais.

— Alors, comment l'avez-vous abordé ?

— Il m'en a parlé très tôt. Ces mannequins étaient le cœur même de son problème.

— De mon côté, j'ai employé le terme de « poupées ». Pensez-vous qu'il avait un attachement de ce type ? Un peu comme un enfant avec son jouet ?

Il sembla ne pas aimer cette comparaison.

— Non, je dirais plutôt comme un adulte avec un groupe d'amis.

— Que se passait-il s'il était trop longtemps séparé de ses mannequins ?

— Cela générait une frustration susceptible de le rendre difficilement contrôlable. Il opérait alors un transfert sur la première personne qui venait.

— C'est-à-dire ?

— Eh bien, imaginons qu'il se trouve ici, dans cette pièce avec nous, alors qu'il a été trop durablement privé de l'occasion de « jouer » avec ses mannequins. Dans ce cas, il s'adresserait à nous comme si nous étions l'un d'eux. Peu importe ce que nous pourrions dire, pour lui, nous serions des jouets. Il nous intégrerait à sa réalité. Pour nous, évidemment, ses propos seraient totalement incohérents et inappropriés. Tandis que pour lui, nous serions des interlocuteurs tout à fait normaux.

Montalvert imaginait la suite : les vivants ne sont pas dociles, ils ne se prêtent pas volontiers à ce type de jeu. Alors, il devenait indispensable de trouver des poupées parfaitement soumises.

Des cadavres.

Pourquoi les mannequins ne lui suffisaient-ils plus ? Sans doute parce que l'excitation d'être en présence de vrais êtres humains provoquait une sensation unique, inimitable. Cela lui permettait de donner libre cours à ses fantasmes, cela ouvrait une nouvelle dimension.

Après avoir goûté à cette sensation unique, il ne lui était plus possible de revenir aux mannequins.

— Qu'il soit venu vous consulter démontre une belle part de lucidité.

— Très juste.

— Vous avez remarqué des axes d'amélioration ?

— Il me disait faire de gros efforts pour contenir ses différentes personnalités et les empêcher de prendre le dessus. Parfois je ressentais ce clivage entre le sage et l'autre.

— Ça se manifestait sous forme de crises, j'imagine ?

— Oui. Des crises impossibles à prévoir, vous savez ce que c'est. Il était pris d'une pulsion irrépressible, cela faisait irruption dans sa tête et se répandait de manière incontrôlable.

— Fréquentes ?

— Quotidiennes. Et de façon imprévisible.

— Bon sang !

— Ce n'était pas un patient banal.

— Il y a une chose que j'ai du mal à comprendre. Vous me dites que les crises étaient régulières et, en même temps, que vous n'y avez jamais assisté. Par quel miracle, en quatre ans, n'a-t-il jamais laissé exploser ses crises devant vous ?

— Au début de notre entretien, j'ai évoqué un dédoublement de personnalité.

— En effet.

— Eh bien, il avait cette faculté d'en faire surgir une autre. Un homme qui se maîtrisait suffisamment pour éviter de faire apparaître au grand jour son désordre psychique. Cette personnalité-là était posée, raisonnée et déterminée à faire le nécessaire pour guérir.

C'est lui que je recevais en consultation. L'autre, celui qui « joue », il ne me l'a jamais montré.

— Fascinant !

— J'avoue qu'en dix-sept ans de pratique, je n'avais jamais rencontré un patient présentant de tels troubles.

— Comment cohabitaient ces deux personnalités ?

— De façon très conflictuelle. La partie « sage » tentait de dominer l'autre, par tous les moyens. En vain. Le combat était perpétuel.

— Il trouvait tout de même la force de venir vous consulter.

— C'est exact, mais au prix d'efforts remarquables.

— Avez-vous estimé qu'il puisse être dangereux pour autrui ?

— C'est difficile à dire, mais je crois raisonnable de répondre par la négative. Il éprouvait simplement le besoin de jouer.

Montalvert haussa les sourcils. Elle avait bien en tête le résultat.

— Puis-je, à mon tour, vous poser une question ?

— Je vous écoute.

— Les faits sur lesquels vous enquêtez sont très récents, non ?

— C'est exact.

— Comment pouvez-vous soupçonner Lundström puisqu'il est décédé il y a deux mois ?

— Eh bien… Sur ce point… Je dois reconnaître que je n'ai pas de réponse. Pensez-vous qu'il puisse y avoir un autre patient souffrant d'une pathologie identique à celle de Lundström ?

— La même pathologie que Lundström ? Vous vous moquez de moi ?

Il venait de mettre le doigt sur le nœud du problème : des cas comme celui-ci étaient particulièrement rares. Alors, deux en France, au même moment !

— Je ne sais pas réellement comment résoudre cette énigme. Tout pointe vers Benjamin Lundström. Sauf que ce dernier est mort. Alors, soit nous sommes en présence d'une anomalie statistique incroyable, soit… son fantôme est revenu assassiner les vivants.

— Hmm.

— Sacré casse-tête.

— Il a été victime d'un accident de voiture, n'est-ce pas ?

— Oui.

— Êtes-vous sûre qu'il s'agit bien d'un accident ? Le suicide a été écarté ?

— Je ne connais pas tous les détails. Pourquoi ? Vous aviez décelé chez lui des tendances suicidaires ?

— Pas vraiment, non. Mais je ne serais pas non plus totalement surpris d'apprendre qu'il s'est donné la mort.

— Pourquoi ?

— Lorsque le conflit intérieur fait rage, il s'ensuit tôt ou tard une pulsion autodestructrice. L'une des personnalités veut prendre le dessus et supprimer les autres.

— Avait-il des antécédents psychiatriques ?

— Il m'a certifié que non.

— Mais vous en doutez ?

— Disons que j'aurais bien voulu m'en assurer.

— Qu'est-ce qui vous en a empêché ?

— Ses parents habitent en Suède et ne parlent pas français.

— Il n'a jamais cité un confrère, un établissement hospitalier ?

— Non. Je crois avoir été son premier et unique psychiatre.

— Vous et moi savons qu'on ne devient pas antisocial du jour au lendemain. Vous aviez forcément un prédécesseur.

— Je suis convaincu du contraire. Je suis persuadé qu'il présentait des signes avant-coureurs, mais qu'il parvenait à faire illusion. Même si cela devait lui coûter une énergie considérable.

— Dans ce cas, il a fallu un élément déclencheur, plus ou moins long, plus ou moins violent.

— Nous sommes d'accord. Malheureusement, il ne m'a fourni aucune des clés me permettant d'identifier cette cause. La seule chose que je peux vous dire, c'est que ce fut brutal, soudain.

— Un traumatisme ?

— Sans doute.

— Vous avez envisagé de le faire hospitaliser ?

— Lorsque j'ai abordé cette option pour la première fois, sa réaction a été très violente. Pas physiquement, je vous rassure, mais ses propos étaient virulents et il a menacé de ne jamais revenir. Il m'a dit que s'il me consultait moi, c'était précisément pour ne pas être interné. Puisqu'il se comportait de manière parfaitement normale avec moi, que je n'avais pas jugé qu'il puisse être dangereux pour lui ou pour autrui, je n'avais aucun argument permettant de le faire enfermer. J'ai alors préféré maintenir le lien thérapeutique et ainsi pouvoir agir si cela devenait nécessaire, cette fois contre son gré.

— Vous avez dit « la première fois », vous avez donc essayé d'en reparler avec lui ?

— Par des moyens détournés et sans évoquer l'internement de façon directe.

— Et ?

— Cela n'a pas porté ses fruits.

— Vous n'avez pas insisté ?

— Ne vous y trompez pas : il s'agissait d'un individu doué d'une intelligence supérieure. Benjamin Lundström n'était pas l'un de ces patients qui vous écoutent placidement sans comprendre où l'on veut en venir. Il saisissait tout. Il était d'ailleurs extrêmement attentif à la moindre de mes recommandations.

— Il venait régulièrement, n'est-ce pas ?

— Oui. Minimum trois fois par mois, mais jamais aux mêmes dates.

— Comment ça ?

— C'était un peu comme s'il éprouvait un soudain besoin de venir. Il prenait alors rendez-vous et je m'efforçais de lui trouver un créneau. Nous avions passé un accord moral : je le prenais lorsqu'il en faisait la demande à condition de pouvoir le suivre au moins trois fois par mois. Sans exception.

— Il s'y tenait ?

— Oui, c'était dans son intérêt.

— Que lui avez-vous prescrit ?

— Une psychothérapie accompagnée d'antipsychotiques.

— Risperdal ?

— Principalement.

— Et ça suffisait ?

— Je le pensais. Mais j'avais manifestement tort. Sinon, vous ne seriez pas ici.

— Vous a-t-il parlé de son homosexualité ?

— Naturellement.

— Et vous pensez que cela pouvait peser sur sa pathologie.

— Je ne crois pas. En fait, je suis même presque sûr que ce n'était pas le cas. Il faisait partie de ces gays assumés. Il en parlait ouvertement.

— Il se confiait sur sa sexualité ?

— Rarement.

— Il n'a jamais mentionné la moindre déviance sexuelle ? Des fantasmes violents ? Des pulsions morbides ?

— Aucune.

Olivia ne put s'empêcher de constater à quel point ce portrait correspondait à l'idée qu'elle s'était faite du tueur.

— Avait-il un partenaire régulier ou des liaisons ?

— Là encore, il en parlait peu. Je suis naturellement venu sur ce terrain à plusieurs reprises, mais il a toujours réussi à détourner la conversation.

— Comme s'il avait quelque chose à cacher ?

— Non. Plutôt comme si ça ne l'intéressait pas d'en parler. J'en ai conclu qu'il savait que son ou ses partenaires n'entraient pas dans l'équation.

Menthe-à-l'eau ne sembla pas se réjouir de cette réponse.

— Pardonnez-moi, mais vous n'avez pas jugé bon de creuser ce point ?

— Si, bien sûr. Mais, comme je vous l'ai dit, il voulait se concentrer sur l'essentiel de ses problèmes. Et, vous l'avez constaté, il y avait déjà beaucoup de travail. Je ne pouvais pas mener tous les chantiers en même temps.

Le psychiatre s'avança sur son siège, fit reposer ses coudes sur ses genoux et fixa Olivia dans les yeux.

— Il y a autre chose que je dois vous avouer…

— Je vous écoute.

Il eut un petit ricanement forcé avant de lâcher :

— Vous allez me prendre pour un fou, sans doute. Quelle ironie ! Voilà : pendant ces quatre années de thérapie, j'ai recueilli de sa part une description précise de l'ensemble de ses symptômes. Je m'étais parfaitement familiarisé avec sa pathologie. Je lui ai posé mille questions auxquelles j'ai obtenu mille réponses… Mais…

— Mais ?

— Je n'ai jamais cru un traître mot de ce qu'il me racontait.

44

Venturi était furieux. Le téléphone à l'oreille, il faisait les cent pas dans son bureau et, malgré la porte fermée, tous les effectifs du commissariat entendaient ses invectives.

— Vous vous foutez de ma gueule ou quoi ? J'ai dû vous laisser dix messages hier soir ! Où êtes-vous fourrée ?

— Je suis à Paris. J'ai remonté une piste.

— Je m'en contrefous ! Vous auriez même pu passer les menottes à l'assassin, ça n'y changerait rien ! Vous êtes sous ma responsabilité, putain !

À l'autre bout du fil, Olivia Montalvert éloigna le téléphone de son oreille.

— J'ai déniché le psy qui suivait Lundström.

— Qu'est-ce ça peut bien foutre ? Il est mort !

— Commissaire, la description qu'il m'a faite des pathologies de Lundström est exactement celle que j'imaginais pour le tueur. Tout colle.

— Mais vous êtes bouchée ou quoi ? Il est mort ! Canné ! Refroidi ! Je ne sais pas comment il faut vous le dire.

— Non.

— Non, quoi ?

— Il y a quelque chose qui cloche.

— Écoutez, Montalvert, écoutez-moi attentivement. Je me fous de vos intuitions de bonne femme ou de vos conneries de psy. Jusqu'à preuve du contraire, c'est moi qui dirige cette enquête. Le suspect repose six pieds sous terre. Ça, c'est un fait.

— Qu'est-ce que vous êtes borné, ma parole ! Je vous…

— Ah c'est moi qui suis borné ?! Elle est bonne, celle-là !

— Benjamin Lundström est inscrit sur le même site de rencontres que le tueur, utilise un pseudo extrait du même poème, quand je fouille son passé, je découvre qu'il était suivi par un psychiatre pour une pathologie très lourde, conforme trait pour trait à ce que j'ai diagnostiqué.

— Et vous…

— Je n'ai pas fini ! Quand Lundström est-il mort ? Quelques jours à peine avant le début des meurtres. Vous allez me dire que ça aussi c'est une coïncidence ?

— Voilà ce que je vais vous dire : merde !

Il lui raccrocha au nez.

La psy regarda l'écran de son téléphone, incrédule.

Venturi ronchonna encore quelques minutes, seul, en cherchant quelqu'un d'autre sur qui passer ses nerfs.

Il se planta finalement devant la fenêtre de son bureau et se perdit dans ses réflexions.

Benjamin Lundström était bel et bien décédé. Le compte rendu de l'accident ne laissait planer aucun doute : son véhicule avait heurté de plein fouet un pilier de pont et avait aussitôt pris feu. Le rapport d'autopsie précisait qu'il n'était pas mort immédiatement. Il n'était pas parvenu à s'extraire de sa voiture.

Brûlé vif.

Décidément, dans cette affaire, il fallait avoir le cœur bien accroché.

Aucun témoin direct. Les circonstances de l'accident restaient floues. Laconique, le rapport de police se contentait de mentionner une « perte de contrôle ». C'était le terme qu'on employait quand on n'avait aucune idée de ce qui s'était produit. L'expertise légale n'avait révélé aucun dysfonctionnement du véhicule. Vu l'état du corps, il n'avait pas été possible de déterminer si le conducteur conduisait sous l'emprise de stupéfiants ou d'alcool. Puisqu'il était la seule victime, l'enquête avait été vite bouclée.

Accident ou suicide, peu importait, Venturi ne trouvait pas grand-chose « à manger ».

Après un moment, et quelques jurons supplémentaires, il marmonna « sacrée bonne femme ».

Il se dirigea vers l'un des enquêteurs de l'open space et, l'interrompant en plein travail, lui ordonna d'afficher le casier de Lundström.

Le mot décédé apparaissait bien en toutes lettres.

Sur la photo d'identité, il n'avait pas les cheveux gris. Il ne mesurait « que » 1 mètre 79. Rien ne correspondait à la description – certes sommaire – du tueur.

Pourtant, il fixait l'écran avec une intensité qui trahissait le combat d'idées contradictoires auquel il se livrait.

— Vous avez terminé, commissaire ? tenta timidement le policier.

— Hein ? Ah, oui. Oui, merci.

Il s'éloigna en grommelant.

Puis il revint sur ses pas.

— Il avait quoi comme voiture ?

Le policier changea d'écran pour consulter le fichier des cartes grises.

— Une Porsche Carrera 4S.

— Oui, ça, c'est celle de l'accident. Une autre ?

— Une Volkswagen Caddy.

— Qu'est-ce que c'est que ça ?

— Une sorte d'utilitaire.

— Une camionnette ?

— Pas vraiment. Si j'en crois le fichier, c'est un véhicule adapté au transport des handicapés.

45

Je m'étirai tout en bâillant bruyamment. À travers les volets, les rayons du soleil étaient si vifs que je ne doutai pas d'avoir enfin réussi une grasse matinée. Un coup d'œil à mon téléphone me le confirma.

C'était ma première nuit sereine et réparatrice depuis si longtemps que je savourai l'instant. Je voulus me replonger sous la couette, mais la chaleur avait gagné la pièce. Et puis, j'étais en forme. Il fallait en profiter.

Je mentirais si j'affirmais que les tracas m'avaient complètement quittée. Cependant, ils battirent en retraite après une bonne douche et un copieux petit déjeuner.

Je consultai mon agenda pour établir le planning de la journée. Ce fut vite fait. Une seule consultation aujourd'hui. Aucune demain. Je fis claquer l'agenda en le refermant. Étrangement, je ne m'étais pas mise au numérique. Mes rendez-vous étaient donc notés scrupuleusement à l'aide d'un bon vieux crayon. À l'ancienne.

Les clientes ne se bousculaient pas. Je devrais peut-être faire un peu de pub, histoire d'accélérer les choses. Je m'imaginai alors distribuant des cartes sur la place du marché.

« Ophélie, voyante marabout – Voit des morts même quand il n'y en a pas, voit des gens dans le rétroviseur, croit qu'on la suit, voit des visages… »

Je retrouvai le sourire.

J'étais dans mes pensées lorsque je remarquai un objet sur la table. Il s'agissait d'un petit médaillon. Il était en or et sans doute assez ancien.

Il n'était pas à moi !

La seule personne ayant pu le déposer ici était Mme Koscniecky. Mais pour quelle raison l'aurait-elle laissé là ? Et surtout, pourquoi ne pas m'en avoir avertie ?

Ce médaillon, je ne l'avais pas vu sur elle. L'aurait-elle discrètement sorti d'une poche ? Elle en aurait eu la possibilité. Mais dans quel but ?

Je le fixai avec curiosité. L'or jaune brillait sur ma paume blanche.

Il était joliment sculpté, mais ne devait pas avoir une grande valeur.

Il y avait une minuscule encoche. D'un coup d'ongle, je parvins à l'ouvrir.

J'y trouvai une photo. Les couleurs étaient un peu passées et tiraient sur l'orange. Un jeune garçon souriant, endimanché.

C'était mon frère.

46

Installée à la terrasse d'un café, face à la cohue de la gare de Lyon, Olivia Montalvert scrutait le flot des voyageurs et des badauds. Elle distingua la silhouette du commissaire Venturi qui se frayait un chemin parmi la foule. Elle agita la main pour signaler sa présence.

Il lui adressa un signe de tête, se dirigea vers elle et prit place à ses côtés.

— Bonjour, commissaire, vous avez fait bon voyage ? lui demanda-t-elle d'un air sarcastique.

Venturi la regarda, amusé.

— Vous vous régalez, hein ?

— Je dois reconnaître que mon « instinct de bonne femme » et mes « conneries de psy » se délectent de l'ironie de la situation.

Il hocha la tête en continuant de sourire.

— Bien joué.

— Oh ! Vous êtes beau perdant ! Je n'aurais pas parié un centime là-dessus.

— Vous voulez rire ? Je suis un très mauvais perdant. Simplement, là, je ne perds pas vraiment. Disons que nous gagnons tous les deux, et que c'est grâce à vous.

— Eh bien ! s'exclama-t-elle, sacré compliment de la part du Cow-boy.

— Ne vous emballez pas trop. Je vous rappelle que Lundström est toujours déclaré mort.

— Qu'est-ce qui vous a fait changer d'avis ?

— Le fait qu'il détienne un véhicule pour personnes handicapées, c'est la coïncidence de trop. J'ai demandé que le certificat de décès soit étudié à la loupe. Sa voiture a cramé. L'identification du corps n'a pas dû être évidente. Ça laisse planer un doute.

— Quelqu'un serait mort à sa place ?

— Ça mérite d'être vérifié. En principe, la procédure est très stricte, mais c'est comme tout, l'erreur est possible. On retrouve un type carbonisé au volant d'une voiture, il y a des papiers dans la boîte à gants, il correspond au signalement… Si le légiste voulait rentrer chez lui plus tôt, il a pu s'en contenter. Quoi qu'il en soit, je n'aime pas trop que les morts reviennent à la vie. À mon avis, on n'est pas au bout de nos surprises.

Il fit signe au serveur, lui commanda un café et un croissant.

Sa main droite se mit à trembler. Il la dissimula sous la table.

— N'empêche que vous auriez dû me prévenir que vous montiez à Paris. Faire votre coup en douce, ce n'était pas réglo.

— Si je vous en avais parlé, vous auriez refusé.

— C'est sûr !

— Vous voyez.

— Vous seriez tout de même partie, non ?

La jeune femme le gratifia d'un sourire.

— On fait une belle paire de têtes de mules !

— Si je m'attendais à ça venant d'une psy…

Le garçon avait à peine déposé le croissant que Venturi le plongea dans le café et l'engloutit en deux bouchées.

— Comment se fait-il que Lundström ait encore son appartement ? demanda-t-il, la bouche pleine. Il est mort depuis deux mois !

— Il était propriétaire. Il y a donc une recherche d'ayants droit. Ça prend du temps. Ensuite, la succession sera organisée. Tout est entre les mains de son notaire, avec qui nous avons rendez-vous.

— Vous êtes drôlement bien renseignée !

— Je me suis appuyée sur vos équipes et j'ai passé quelques coups de fil.

— Et mes hommes vous obéissent ?!

— Comme vous passez beaucoup de temps avec moi, ils n'osent rien me refuser. Ils pensent que les ordres viennent de vous.

— Va falloir que je resserre les boulons. Ils vont m'entendre.

— Ils vous entendent déjà pas mal, je crois.

Venturi tira une boîte de médicaments et avala une pilule.

— Bon, dit-il, il y a quand même quelque chose qui ne colle pas. J'ai épluché le dossier de ce Lundström. Il n'avait aucun bien immobilier en Provence. Rien.

— Peut-être louait-il ?

— Non. J'ai eu accès à ses comptes. Ne me demandez pas comment. Il n'a jamais payé le moindre loyer, ni dans le Sud ni ailleurs.

— En espèces ?

— Mouais.

Soudain, à la surprise de Menthe-à-l'eau, le policier se leva, jeta un billet sur la table et s'éloigna.

— Bon, vous venez ?

*

* *

Moins de vingt minutes plus tard, ils se trouvaient devant le domicile de Benjamin Lundström. Au lieu d'un appartement, comme ils s'y attendaient, il s'agissait d'un petit hôtel particulier fort élégant.

— Eh ben ! Il s'emmerdait pas, le pédé.

— Je vous demande pardon ? s'offusqua la psy.

— Quoi ?

— Non, mais je rêve ! Comment pouvez-vous employer de tels mots ? C'est offensant, vulgaire, dégradant. Autant pour celui qui les prononce, d'ailleurs.

— Mais je n'ai rien contre les…

— Oh, pitié !

— Mais quoi ?

— Rien. Avec vous, j'ai parfois l'impression d'être plongée dans les années 1980.

— Vous n'étiez pas née.

— Ce n'est pas le problème.

Ils s'interrompirent en voyant s'approcher un homme longiligne, portant de fines moustaches blondes et vêtu d'un costume à plusieurs mois de salaire d'un fonctionnaire de police. Il avançait avec un léger déhanché qui n'échappa pas à Venturi.

— Quand on parle du loup, plaisanta-t-il entre ses dents.

— Taisez-vous ! s'indigna sa partenaire.

— Bonjour. Maître Valentin, annonça le notaire en leur serrant la main. Vous avez de la chance que mon rendez-vous ait été annulé, sinon je n'aurais sans doute pas pu satisfaire à votre requête avant plusieurs jours.

— M. Lundström avait-il d'autres biens immobiliers ?

— Non. Juste son domicile.

— Rien dans le Sud ? Vous êtes sûr ?

— Catégorique.

À l'aide d'une carte magnétique, il ouvrit une grille qui donnait sur un minuscule jardin, avant de suivre une petite allée bordée d'arbres menant à une élégante porte vermillon.

En entrant, il actionna une série d'interrupteurs qui dévoilèrent un intérieur remarquablement décoré. Tout était raffiné, recherché. Le subtil mélange de styles, de formes et de couleurs s'harmonisait délicieusement.

Venturi et Montalvert demeurèrent au milieu d'un gigantesque salon, admiratifs et fascinés comme un couple de touristes dans la galerie des Glaces.

Pourtant, malgré ce luxe, il régnait une atmosphère étrange et, petit à petit, un malaise indescriptible commença à peser. Était-ce dû aux masques africains qui semblaient les défier d'un air malveillant ? À cette accumulation d'objets à l'usage et aux origines inconnues ? Ou était-ce le fait de se trouver dans l'intimité d'un homme soupçonné d'être un tueur en série ?

Il y avait aussi ce sentiment étrange que le temps s'était figé. Après la mort de Lundström, tout ici était resté en l'état. Une écharpe était négligemment posée sur le dossier d'un fauteuil, des papiers en désordre sur une table, une pile de livres qui attendaient d'être rangés.

Le notaire se tenait à l'entrée, ne pipant mot, à la manière des agents immobiliers faisant visiter un bien.

— J'ai quelques coups de fil à passer. Je reste ici pendant que vous faites le tour. Si vous avez besoin de moi, n'hésitez pas.

Venturi répondit par un hochement de tête.

La psy se dirigea vers la bibliothèque qui encadrait une cheminée design. Des dizaines de livres étaient alignés par ordre alphabétique.

Elle se mordit les lèvres. D'un côté, le tueur était à ce point obsédé par ses meurtres qu'il en oubliait de mettre des gants. Et de l'autre, il vivait dans le raffinement d'un foyer parfaitement ordonné. Cliniquement, ce n'était pas forcément incompatible, mais c'était franchement improbable.

Se serait-elle trompée ?

Elle était effectivement gagnée par le doute et il lui fallut, pour se redonner la foi, se souvenir du bilan clinique et de la voiture pour handicapés dont il était propriétaire.

Ça ne pouvait être que lui.

Pourtant…

47

Mais comment diable Mme Koscniecky possédait-elle une photo de mon propre frère ? Et pour quelle raison m'aurait-elle laissé ce médaillon ?

Une minute ! Elle avait sollicité mon aide pour… son frère à elle ! S'agirait-il d'un message déguisé qu'elle m'aurait adressé ? Son frère qui était asocial et dont elle avait perdu la trace plusieurs années auparavant. Cette histoire ressemblait étrangement à la mienne.

« Son » frère, c'était le mien !

Alors, qui était cette femme ? Comment avait-elle rencontré mon frère et quels étaient ses liens avec lui ?

Je me souvins avoir noté son numéro de téléphone. Je consultai mon calepin et l'appelai aussitôt.

« *Le numéro que vous avez composé n'est pas en service actuellement.* »

J'avais dû faire une erreur. Je renouvelai mon appel en prenant soin de bien composer chaque chiffre.

« *Le numéro que vous avez…* »

C'était à n'y rien comprendre ! Nous nous étions parlé deux jours plus tôt ! Me serais-je trompée en recopiant les chiffres ? Je me jetai sur mon portable et consultai l'historique d'appel. Je vérifiai deux fois. C'était le bon.

Pas attribué.

Son adresse ? Elle ne me l'avait pas donnée. Elle était d'ailleurs restée évasive à ce sujet. Nous nous étions fixé rendez-vous dans le centre-ville. Et c'était une amie qui était venue la chercher. J'avais trouvé cela plutôt étonnant. À présent, cela devenait carrément suspect.

Un fantôme !

L'épisode du détour qu'elle m'avait ordonné de faire pour éviter le contrôle de police me revint en mémoire. Cela faisait beaucoup de mystère autour de la même personne.

Sur la table, le médaillon me narguait. Il renfermait un secret de famille. Il faisait resurgir des souvenirs que je croyais enfouis et, pour tout dire, que je n'avais pas envie de retrouver.

Ce passé sur lequel j'avais tiré un trait, ce frère qui s'était évaporé, toutes ces histoires sordides ne m'appartenaient plus. Il semblait pourtant vouloir remonter des profondeurs où il méritait de croupir.

48

Des profondeurs je crie vers Toi Seigneur
Seigneur écoute mon appel
Que ton oreille se fasse attentive
Au cri de ma prière

Si Tu retiens les fautes Seigneur
Seigneur qui subsistera
Mais près de Toi se trouve le pardon
Pour que l'homme Te craigne

J'espère le Seigneur de toute mon âme
Je l'espère et j'attends Sa parole
Mon âme attend le Seigneur
Plus qu'un veilleur ne guette l'aurore

Oui près du Seigneur est l'amour
Près de Lui abondance le rachat
C'est Lui qui rachètera Israël
De toutes ses fautes

~~Espèce de pute~~
~~Sale pute~~
~~Je vais te faire payer salope~~

49

Venturi ouvrait des tiroirs, fouinait sans conviction dans des placards. Il espérait trouver quelque chose, sans savoir ce qu'il cherchait.

Un pan de mur était recouvert de photos dans des cadres dépareillés. Parmi les dizaines de portraits, il reconnut Benjamin Lundström en compagnie de célébrités et d'anonymes. On y voyait aussi parfois des façades de maisons, des intérieurs. Il était difficile de déterminer où ses photos avaient été prises. Venturi sortit son téléphone et prit quelques clichés.

Ils quittèrent le salon, jetèrent un coup d'œil sur la cuisine ultramoderne. Puis ils débouchèrent dans un bureau. Là plus qu'ailleurs, ils eurent l'impression que le maître des lieux pouvait revenir d'une seconde à l'autre tant la pièce était restée en l'état.

L'ordinateur comportait un écran gigantesque, gros comme une télé. Venturi l'alluma et, après quelques secondes, un mot de passe fut requis. Il était prématuré de solliciter l'autorisation d'embarquer ce matériel pour qu'il soit analysé par les services spécialisés de la police judiciaire.

Sur le plan de travail traînaient des papiers en désordre, souvent griffonnés d'une écriture torturée, difficile à déchiffrer. Venturi s'y attarda sans rien y trouver d'intéressant. Il prit néanmoins des clichés de l'ensemble.

Il fouilla le meuble : des croquis, des échantillons de tissu, des esquisses, quelques factures. Là encore, rien qui puisse les aider. Toutefois, un détail retint son attention. L'un des tiroirs était presque vide, contrairement à tous les autres qui étaient surchargés. C'était peut-être un hasard. Mais cela pouvait aussi signifier que quelqu'un était venu « faire le ménage ».

Un cabinet de toilette. Une penderie.

Au fond du couloir, un escalier aux marches à clairevoie conduisait vers plusieurs pièces.

Ils découvrirent deux chambres qui devaient faire 25 mètres carrés chacune au bas mot ! Les qualifier de luxueuses était encore trop loin de la réalité. On se serait cru dans la suite d'un palace.

L'une d'elles semblait inoccupée. Sans doute étaitelle réservée à des invités.

L'autre était plus originale. Face au lit, le mur était composé de panneaux coulissants qui permettaient de changer radicalement l'ambiance de la pièce. L'éclairage était piloté par des variateurs de lumière.

Dans la salle de bains attenante, une baignoire à jets, une douche à l'italienne.

Il ouvrit l'armoire à pharmacie et la vida à côté du lavabo.

— C'est votre rayon, dit-il à Olivia en l'invitant à les examiner.

— Je suis psy, pas pharmacienne, précisa-t-elle avant de consentir à étudier une à une toutes les boîtes de médicaments.

Aucun anxiolytique ou antipsychotique. Tout juste des comprimés de Valium dosés à 2 milligrammes. On était à des années-lumière des traitements lourds employés pour les malades difficiles.

Venturi était déjà en train d'inspecter le dressing : des costumes de marque, des dizaines de paires de chaussures, des étagères pleines de ceintures et autres accessoires. Il y avait de quoi monter un magasin de prêt-à-porter !

— Vous en pensez quoi ? s'enquit Venturi.

— Je… Je ne sais pas, bredouilla la psy qui doutait de plus en plus de sa théorie et se sentait fébrile.

Ils firent un dernier tour, puis redescendirent.

De nouveau plantés au milieu du salon, les deux enquêteurs échangèrent un regard lourd d'impuissance.

En prenant soin de rester à l'écart du notaire, Venturi demanda à voix basse :

— Vous avez remarqué quelque chose ?

— Non.

— Ce n'est pas l'idée que je me serais faite de la tanière d'un psychopathe qui enlève, tue et mutile des jeunes gens…

La psy demeura mutique, à la fois perdue dans ses pensées et déçue de n'avoir rien découvert.

— Dites quelque chose !

— Qu'est-ce que vous voulez que je vous dise ? Je ne m'attendais pas non plus à ce qu'on trouve des bocaux avec des restes humains ! En théorie, un criminel peut parfaitement organiser sa vie pour ne rien laisser transparaître. C'est juste que là…

— Quoi ?

— Bah, on n'a rien. Pas le moindre petit début d'indice. Rien du tout.

— C'est clair.

— Écoutez, je vous ai fait perdre du temps… Je suis désolée.

Il fit non de la tête :

— Ne le soyez pas. On ne s'est pas trompé.

Elle l'interrogea du regard tandis qu'il développait son propos :

— Vous savez ce qu'il faisait dans la vie ?

— Oui. Il travaillait dans la mode.

— Pas seulement, précisa Venturi. Il était styliste. Couturier, si vous préférez. Ça ne vous rappelle rien ?

Elle prit quelques secondes de réflexion avant de reconnaître qu'elle ne voyait pas.

— Souvenez-vous des propos du légiste. Il nous a dit que les ablations étaient rudimentaires, mais que les sutures étaient très soignées.

— Je m'en souviens.

— Pour un couturier, ça n'a pas dû être difficile. Qu'en pensez-vous ?

— Oui. Enfin, je ne sais pas trop.

Il s'approcha d'elle, et avec un petit rictus malicieux lui glissa :

— Ne vous faites pas prier. Je suis convaincu que c'est vous qui avez raison.

— Merci de votre confiance, mais on n'a rien découvert d'incriminant.

— Parce qu'on a mal cherché.

— On a tout visité.

— Moi, j'ai noté quelque chose de bizarre.

— Quoi donc ?

— Regardez bien autour de vous, l'invita Venturi. Souvenez-vous de tout ce qu'on sait sur ce type.

Montalvert se prêta au jeu. Elle prit le temps de faire un tour d'horizon minutieux en se concentrant. Son regard balaya le salon, suivit les marches jusqu'au premier étage, redescendit vers les photos sur le mur, s'attarda sur la bibliothèque.

— Bon, c'est trop long ! s'impatienta Venturi. Les fenêtres !

Elle se tourna et examina le chambranle.

— Ah, tiens, il n'y a pas de poignée.

— C'est ça. Des fenêtres qui ne s'ouvrent pas ! Il faut une clé spéciale. À l'étage, c'est pareil. Vous m'avez bien dit que Lundström avait des crises ?

— Oui.

— Pas mal pour s'empêcher de sortir.

— Je vois où vous voulez en venir : il se serait fabriqué une cellule dorée pour contenir ses pulsions ?

— Ça tient debout, non ?

— Mouais.

— « Mouais » ? C'est tout ? Je m'attendais à un peu plus d'enthousiasme.

En tant que psychologue experte et spécialiste de ce type de pathologie, elle savait que les choses étaient plus compliquées que cela. Lundström était peut-être capable de surmonter ses démons le temps d'une consultation chez son thérapeute, au rythme de deux ou trois séances par mois. Mais, au quotidien, il devait être assailli par des crises d'une telle violence qu'elle l'imaginait mal organiser son propre confinement. Malgré la confusion mentale qui l'animait, il n'aurait pas manqué de trouver un moyen de s'évader. Si les troubles psychiques dont il souffrait étaient puissants au point qu'il ressente le besoin de faire vivre des poupées, il était peu probable qu'il conserve la lucidité suffisante pour respecter des règles strictes d'enfermement.

Plus elle réfléchissait au fonctionnement psychique de Lundström, moins elle voyait comment il pouvait demeurer isolé sans, tôt ou tard, attirer l'attention. Dans son cas, le côté Mr. Hyde avait largement pris le dessus sur le Dr. Jekyll et les débordements auraient fini par être remarqués.

— C'est peut-être tout simplement pour éviter les cambriolages.

— Hein ? En général, on essaie surtout d'empêcher les voleurs d'entrer, pas de sortir.

— Bah, je ne sais pas, ça peut ralentir des cambrioleurs qui voudraient partir avec le coffre.

Venturi fronça les sourcils.

— Un coffre !

— Eh bien quoi ?

— Vous en avez vu un, vous ?

— Non. Je disais ça comme ça.

— Il faut le trouver.

— Qu'est-ce qui vous fait croire qu'il y en a un ?

— Vous avez vu où nous sommes ? Vous avez remarqué cette opulence ? Il avait certainement des objets de valeur, de l'argent liquide.

En terminant sa phrase, il s'adressa au notaire :

— Vous savez où se trouve son coffre-fort ?

— Un coffre ? Je ne crois pas qu'il y en ait. Je n'en ai pas vu en faisant l'inventaire des biens.

Pas convaincu, Venturi regagna le salon.

— Suivez-moi, dit-il à sa partenaire tandis qu'il grimpait à l'étage.

Il fouilla plus consciencieusement le dressing.

— Pourquoi serait-il ici ?

— Des costards sur mesure, des godasses en pagaille, des ceintures en croco et vous voudriez qu'il porte une montre Mickey ? Qu'il n'ait aucun bijou ?

— Pas faux.

— Si ce n'est pas dans ce dressing, c'est dans l'au…

Venturi s'immobilisa et se tourna vers la seconde chambre.

— Attendez un moment…

Il fit plusieurs allers-retours d'une chambre à l'autre.

Elles étaient sensiblement de la même taille, pourtant, dans l'une d'elles, les parois coulissantes changeaient les proportions et semblaient la faire paraître plus petite qu'elle n'était. Comment pouvait-elle paraître de la même taille que sa jumelle alors que les panneaux empiétaient dans la pièce ?

Il manquait des mètres carrés !

Sous le regard médusé d'Olivia, il laissa courir ses doigts le long des montants de bois.

Rien.

Puis il s'accroupit et essaya de faire bouger la plinthe. Rien non plus.

Il se précipita dans le dressing, et frappa du dos de la main. Le mur sonnait creux. Il décrocha des vêtements suspendus sur leur cintre et les laissa tomber.

Sur le panneau du fond, il y avait une poignée !

Il l'actionna. Un clic se fit entendre et le panneau s'entrouvrit.

Il jeta un coup d'œil à sa partenaire. Puis ouvrit.

Tous deux s'avancèrent.

Une minuscule pièce était plongée dans l'obscurité.

Il tâtonna sur le mur et pressa un interrupteur.

50

Je me redressai d'un coup, comme une possédée ! L'horreur m'avait elle-même extirpée de ce cauchemar.

J'étais en nage. Je venais de sortir d'une sorte de transe. Ni éveillée ni endormie. Un état intermédiaire dans lequel j'étais tombée sans m'en apercevoir.

Je haletais. Je regardai tout autour de moi, comme pour me convaincre que j'étais de retour dans le monde des vivants. La pièce était plongée dans cette semi-pénombre de l'aube. La chaleur était déjà étouffante.

Mon cœur s'était emballé.

Je passai la main sur mon front et me frottai les paupières.

Après quelques instants, je pris enfin conscience que tout était terminé. Pourtant, les images horrifiques continuaient de me hanter. Tout semblait si réel !

Je ne cessais de penser à ce jeune homme que je venais de voir en rêve.

Il avait la candeur de la jeunesse. Et la fougue aussi.

Il souriait.

Je le revoyais distinctement. Des traits fins. De grands yeux marron. Une barbe soigneusement entretenue qui peinait à vieillir un visage tout juste sorti de l'adolescence. Et cet air ingénu.

Il prit la bouteille, dévissa le bouchon et commença à boire.

J'avais un mauvais pressentiment. Une partie en moi avait envie de lui hurler de ne pas boire, de la lui arracher des mains.

Il but. Il sourit.

Il ne savait pas.

Moi-même, je ne comprenais pas. Mais je savais que c'était dangereux.

Son sourire fut chassé par une grimace. Le visage se déforma atrocement. Il se tenait le ventre. Il fut pris de spasmes. Il gémit. Il tenta de hurler, mais la douleur lui déchirait les intestins. Il se contorsionnait dans un râle lugubre.

Il me regardait d'un air suppliant. Mais que pouvais-je faire ? Comment lui venir en aide ?

Je n'avais pas d'existence, j'étais vaporeuse, éthérée. Je n'étais que le témoin invisible de cette agonie interminable.

Pouvait-il vraiment m'apercevoir ?

Sa main crispée et tremblante se dressa vers moi, pour que je l'attrape et l'emmène ailleurs, dans ma réalité, pour que je l'arrache à la mort. Mais j'étais impuissante, je n'étais qu'une âme errante.

De sa bouche s'échappait une mousse blanchâtre. Puis du sang. Ses dernières convulsions furent atroces. La douleur que je lisais dans ses yeux rougis était plus intense que n'importe quel cri.

Puis plus rien.

Un corps inerte.

J'allais me réveiller, sortir de cette horreur, reprendre ma vie.

Pourtant, le cauchemar ne faisait que commencer.

Quelqu'un s'approcha de lui. Qui ? J'étais incapable de le dire. Je ne distinguais qu'une forme floue.

On lui ôta ses vêtements. Il avait déféqué.

Il fut lavé avec un soin que je trouvai particulièrement malsain. Un linge se promenait délicatement sur sa peau, comme une caresse.

Puis son crâne et sa barbe furent tondus, et son corps intégralement épilé.

Cette lame ! Une lumière crue se reflétait sur le métal lisse et acéré.

Je ne pouvais détourner le regard. Je ne pouvais m'enfuir.

Elle s'approcha des parties génitales, s'insinua doucement sous les testicules. Un filet de sang s'écoula sur la cuisse. La lame entamait sa découpe au rythme d'un va-et-vient soutenu.

Ce bruit ! Pourquoi devais-je tout entendre ?

Le pénis ne parvenait pas à se détacher. Il fallut enfoncer la lame plus profondément dans les chairs.

La mutilation achevée, la suture commença. Le travail était minutieux.

Après le passage d'une grosse éponge, le résultat était troublant : la jeune victime était asexuée.

Cette fois, la lame entailla la poitrine. Une seule petite incision de chaque côté, et le trou fut rempli d'une sorte de mousse laineuse. Puis une nouvelle suture, lente, soignée.

Je vis un pinceau plonger dans un seau contenant un liquide épais et ambré comme du miel avec lequel le corps nu et glabre fut entièrement badigeonné sans que j'en comprenne la nécessité.

Quand ce rêve sordide allait-il se terminer ?

La lame s'approcha des paupières. Les yeux furent arrachés, le nerf optique sectionné.

Et, dans chacune des cavités, on plaça une bille de verre.

Alors que je sentais enfin mon corps s'échapper de cette scène épouvantable, que la réalité me rappelait, je le vis.

Ce visage.

C'était celui qui m'était déjà apparu auparavant. Mais je le vis cette fois plus distinctement.

Des traits marqués, une peau qui semblait avoir été tirée comme un tambour, d'étranges taches rougeâtres, des crevasses, des cicatrices.

C'était le visage de l'horreur.

Et il me fixait avec un rictus.

51

Je jure sur la tête de ma ~~salope de~~ mère que c'est la dernière fois

Je n'en peux plus je suis exténué

Ce qu'elle appelle un cauchemar c'est ma réalité

Vous croyez que ça me plaît moi de faire ça

Empoisonner des gens les voir crever lentement les mutiler les laver les épiler les recoudre

Sincèrement vous pensez que je prends mon pied

Non

Bien sûr que non

Faudrait être dingue pour aimer ça

Simplement je suis obligé de le faire c'est comme ça je peux pas faire autrement

Il faut que j'en finisse

Je vais accélérer les choses

Tout va aller si vite ma chérie que tu ne vas rien comprendre enfin si tu comprendras tout mais il sera trop tard

Je vous laisse elle revient je retourne dans ma cachette

52

Au petit matin, le commissaire Venturi, entouré de plusieurs policiers en uniforme, avançait à travers les allées du petit cimetière de Saint-Mandé, aux abords de Paris, calé entre le périphérique et les boulevards extérieurs.

Une heure de négociations avec le juge d'instruction pour obtenir l'exhumation. Cette démarche n'était accordée qu'exceptionnellement et à contrecœur. L'absence de famille du défunt avait certes levé quelques obstacles, mais en cas d'échec, et si cela venait à se savoir, les médias se repaîtraient d'un tel blasphème.

Seulement, Venturi en était à présent persuadé, Benjamin Lundström n'était pas mort.

Il avait mis en scène son décès : un accident de voiture spectaculaire duquel le corps était ressorti méconnaissable. Donc difficile à identifier.

Puis il s'était évaporé pour reparaître dans le Sud, sous une autre identité, où il se livrait à ces atrocités.

La pièce secrète dévoilée la veille dans son hôtel particulier ne laissait planer aucun doute.

Olivia Montalvert et lui-même avaient découvert une petite table et deux chaises. Sur l'une d'elles était installé un mannequin. Blanc, lisse, avec une poitrine. L'analogie avec les cadavres retrouvés dans la chapelle était saisissante. Et, s'il en fallait davantage, les yeux de verre auraient achevé de les convaincre.

Au mur, une étagère contenait des perruques, des lunettes et autres accessoires. Tout le nécessaire pour jouer à la poupée !

Les équipes de l'IJ avaient ensuite examiné les lieux. Ils avaient trouvé plusieurs empreintes différentes, dont celles qui maculaient la chapelle. La culpabilité de Lundström ne faisait plus aucun doute.

C'était cette information rationnelle et s'inscrivant dans le droit fil de la procédure judiciaire qui avait fait plier le juge d'instruction. Il avait signé l'ordre d'exhumer le corps.

S'il y avait un corps !

Par quel miracle Lundström s'était-il procuré un certificat de décès ? Avait-il obtenu les faveurs d'un médecin complaisant ? S'agissait-il d'une simple négligence dont il avait tiré profit ? Et qui était mort à sa place dans la voiture ? Ce mystère restait à élucider.

Chaque chose en son temps.

Le petit attroupement attira l'attention d'un groupe de personnes vêtues de noir, venues assister à un enterrement. Elles jetaient des coups d'œil curieux aux policiers postés autour de la tombe du couturier.

En présence du gardien du cimetière, les fossoyeurs firent pivoter la lourde dalle de granit.

Malgré l'heure matinale, il faisait déjà chaud et la tâche était éreintante.

Lorsque ce fut fait, tout le monde se pencha pour apercevoir le cercueil.

Qu'espérait-on ? Qu'il ne s'y trouve pas ?

Les fossoyeurs lancèrent leurs cordes, les fixèrent au cercueil, puis entreprirent de le remonter lentement.

Aux efforts qu'ils firent, chacun devinait qu'il ne pouvait être vide. Mais que contenait-il ? Des sacs de sable ?

Ils posèrent le cercueil sur le côté et s'écartèrent, signalant ainsi que leur part du travail était terminée.

Les policiers s'avancèrent pour desceller le couvercle, puis ils le firent coulisser doucement.

Venturi fit la grimace.

Il y avait bien un corps.

Le commissaire fit signe au fonctionnaire de l'IJ qui s'approcha de la dépouille et préleva des échantillons de peau ainsi que plusieurs cheveux qu'il plaça dans des flacons en plastique stériles qu'il rangea dans une mallette blanche. Il termina en faisant un moulage de la dentition du défunt.

— Vous aurez les résultats d'ici deux ou trois jours maximum, commissaire.

— Il me les faut pour cet après-midi.

— Vous plaisantez ?

— Je suis connu pour ça.

53

Il me fallut un long moment pour recouvrer mes esprits, sécher mes larmes, et réfléchir aux événements qui me frappaient.

Je devenais folle. C'était l'explication la plus simple. Comment expliquer autrement les hallucinations face à Mme Martillac ? Ce zombie qui avait pris vie sous mes yeux ne pouvait être que le fruit de mon imagination. Le visage apparu dans le rétroviseur aussi.

Folle, d'accord. Mais qu'avais-je fait ces derniers jours qui m'aurait fait basculer dans la démence ? Quel phénomène avait pu permettre à la folie de déferler si brutalement ? J'avais pourtant le sentiment que ma nouvelle vie était plus saine que la précédente. Je prenais le temps d'exister. Je me nourrissais plus sainement. Était-ce cela que je payais au prix fort ?

Qui m'infligeait le spectacle si réaliste de l'assassinat et des mutilations d'un jeune homme innocent ? Quelle était la finalité de ces monstruosités ? Par quelle malédiction fallait-il que j'en sois le témoin muet ?

J'allai jusqu'au lavabo et me passai de l'eau sur le visage. Plus encore que d'habitude, j'évitai de me regarder dans le miroir. La gueule que je devais avoir !

Lorsque je me sentis enfin mieux, j'arpentai mon petit salon en songeant à ce qui m'arrivait.

Autant que je puisse en juger, aucun événement récent n'était susceptible de m'avoir soudain fait sombrer dans la folie. L'épisode du maniaque qui s'était masturbé sur moi m'avait traumatisée, certes, mais pas au point d'en arriver à de telles extrémités !

Non, il y avait autre chose. Mais je ne parvenais pas à trouver quoi.

À moins que…

Non, c'était absurde.

Je faisais les cent pas dans mon salon pendant que mon esprit moulinait. Si je devais être honnête, je n'étais pas réellement en train de réfléchir. J'essayais surtout d'écarter par tous les moyens la folle théorie qui commençait à me gagner.

Pourtant, malgré mes efforts et mes tentatives de m'accrocher au rationnel, je devais me rendre à l'évidence : cela tenait debout.

Je pris donc le taureau par les cornes et me posai sans détour la question que je redoutais : et si mes séances de voyance avaient ouvert une porte ?

Bien sûr, rien dans ce que je pratiquais ne relevait de l'au-delà. Mon activité était le fruit d'informations et de déductions bien réelles. J'étais parfaitement consciente que je me livrais à une forme d'escroquerie. Pourtant, se pouvait-il que, par accident, quelque chose se soit « réveillé » ?

Étant petite, j'avais des visions. Je n'en ai conservé, hélas, que des souvenirs diffus, mais l'on m'avait souvent répété que je décrivais des scènes qui ne s'étaient pas encore produites.

Il y avait bien un événement dont je me souvenais…

J'avais quoi ? Sept ou huit ans ?

Lors d'un repas de famille, mes parents m'avaient demandé de dresser la table. Je m'étais exécutée en ne mettant que sept couverts alors que nous devions être huit. Ma mère m'en avait fait la remarque, et je lui avais répondu : « Tonton Stéphane ne viendra pas. » Ma mère m'avait assuré qu'il était invité et qu'il n'avait pas décommandé. J'avais insisté, pourtant elle avait ajouté une assiette et des couverts. L'heure du repas venue, tout le monde s'était étonné du retard de l'oncle Stéphane, d'habitude si ponctuel. Ma mère m'avait jeté un regard sévère. J'avais lâché : « Il ne viendra pas parce qu'il est mort. » J'avais reçu une claque.

La résurgence de ce souvenir enfoui fut si vive que je portai ma main à ma joue.

« Tonton Stéphane » avait été retrouvé mort dans son appartement, victime d'un accident vasculaire.

Pour toute rétribution de ma clairvoyance, j'avais encaissé une gifle ! À ce tarif-là, pas étonnant que j'aie souhaité y mettre un terme.

Le fait d'ignorer un don ne le faisait certainement pas disparaître. Il pouvait être là, à l'affût, prêt à se dévoiler de nouveau. Mais pourquoi maintenant ?

L'empoisonnement et ces mutilations sordides, je ne les avais pas inventés. Je n'ai guère de goût pour ce genre de scènes et, même en rêve, je n'avais encore jamais vécu de telles abominations. Là, j'avais tout vu, avec un réalisme saisissant.

Était-ce de cette façon que les victimes avaient été tuées ?

Quel rôle pouvais-je jouer pour élucider ces crimes atroces qui frappaient de jeunes homosexuels ?

Je passais soudain de « complètement folle » à « extralucide », la nette amélioration de ma condition me fit sourire. Sans être totalement réjouissant, c'était moins désespérant.

Toujours était-il que si ma théorie tenait la route, je détenais une information essentielle : j'avais vu le tueur !

Si cette hypothèse loufoque s'avérait juste, j'étais la seule personne au monde à pouvoir l'identifier.

J'attrapai des feuilles de papier, un crayon et une gomme. Je m'installai à table et me concentrai.

Le visage difforme me revint à l'esprit avec un tel réalisme que j'en fus troublée. Il me fallut un peu de temps pour dompter mon appréhension et me mettre à dessiner.

Je crayonnais machinalement, sans réfléchir. Comme si ces traits torturés m'étaient familiers. La mine glissait sur le papier comme un patineur sur la glace. Mon tracé était sûr, franc. Je n'eus que rarement recours à la gomme.

Au dernier coup de crayon, mon corps fut parcouru d'un frisson. C'était lui ! Lui tout craché.

Ce type qui avait enlevé et tué ses victimes avant de leur faire subir un rituel aussi insensé qu'abominable me fixait de son regard de plomb.

Le croquis était si réaliste que j'éprouvai un certain malaise à garder les yeux dessus plus de quelques secondes.

Mais la peur allait changer de camp.

Puisque je ne pouvais échapper au monstre, je le combattrais.

Et je le terrasserais.

54

Les couleurs dansantes du Kandinsky donnaient le vertige à Olivia Montalvert qui demeurait depuis de longues minutes devant la toile.

— Ah ! Vous êtes là ! s'exclama Venturi, soulagé. J'ai bien cru que je ne vous trouverais jamais ! Se donner rendez-vous dans un musée, c'est bien une idée à la con.

— Contrairement à vous, je viens rarement à Paris. Puisque vous m'avez gentiment épargné le spectacle de l'exhumation, j'en ai profité pour jouer à la touriste. Et puis, notre prochaine audition est dans le quartier, donc je ne vous fais pas perdre votre temps. C'est ce qui compte, non ?

— Nous allons rencontrer le directeur général de la boîte où travaillait Lundström, c'est ça ?

— Oui.

Venturi scruta le Kandisky d'un air sceptique.

— Faisons le point, voulez-vous ? J'aime bien avoir toutes les cartes en main avant d'être confronté à un témoin.

— Très bien.

— Il y a des choses qui ne collent pas.

— À commencer par le faste de son domicile, admit Menthe-à-l'eau.

— Ça vous semble incompatible avec un tueur en série ?

— Avec le profil que j'ai établi de Lundström, oui. Il est difficile d'être catégorique, vous savez. La psychiatrie est une spécialité médicale complexe. Chaque nouveau patient nous apprend des choses que nous ignorions. Et…

— Arrêtez de tergiverser. C'est compatible, oui ou non ?

— Pour moi, pas tellement.

— Si vous pensez que ce n'est pas lui, on est dans la merde.

— Après la découverte des mannequins dans la pièce secrète, ça ne peut être que lui.

— Vous venez de me dire que vous croyiez le contraire.

— Je peux avoir tort.

— Ça vous arrive ?

— Autant qu'à vous.

— Bonne réponse. Bon, sinon, il y a autre chose qui me chiffonne : il s'est inscrit sous son nom à un site de rencontres. C'est pas bien malin. N'importe qui sait qu'on va remonter jusqu'à lui en moins de vingt-quatre heures.

— Je ne suis pas de votre avis. Il a créé un nouveau compte pour chacune de ses victimes. Depuis un VPN et avec un faux mail. Comment pouvait-il imaginer que nous découvririons un lien avec son vrai compte ? Avouez qu'il fallait le trouver.

— Pourquoi n'a-t-il pas eu recours à un site concurrent ?

— Celui-ci lui était familier, il devait s'y sentir en sécurité.

— Très imprudent.

— Vous réagissez comme un enquêteur qui cherche chaque petite erreur, chaque détail. Lui, il a dû penser que recréer des nouveaux comptes avec des pseudos différents suffisait. Et pour cause, si je n'avais pas fait le rapprochement avec un poème de Rimbaud, on n'avait rien.

— Vous devez avoir raison.

— Je ne vous sens pas motivé.

— Pour ne rien vous cacher, je me demande si quelqu'un n'essaie pas de nous manipuler.

— Que voulez-vous dire ? s'inquiéta Menthe-à-l'eau.

— Je ne sais pas. Oublions ça.

— Il y avait un corps dans le cercueil ?

— Oui.

— On sera fixé lorsque le labo vous communiquera les résultats. Quand aurez-vous la réponse ?

— J'ai mis la pression pour les avoir cet après-midi. Ça va dépendre de la bonne volonté des gars du labo.

Elle se tourna vers lui d'un air amusé.

— Vous voulez dire qu'il y a des gens qui oseraient se mettre en travers du chemin du célèbre commissaire Victor Venturi, dit le Cow-boy, en personne ?

— Ça peut arriver.

— Et comment allez-vous vivre un tel affront ?

— Mal. Je vais encore devoir gueuler. Ils sourirent ensemble.

En sortant, ils passèrent devant une œuvre de Joseph Beuys, un piano à queue enveloppé dans une couverture grise.

— Sérieusement, c'est de l'art, ça ? protesta le policier.

— Ce n'est pas vous qui avez tiré.

— De quoi parlez-vous ?

— De l'affaire dans laquelle vous êtes impliqué. Celle qui vous vaut une enquête de l'IGPN et que tout le monde commente dès que vous avez le dos tourné.

— Bien sûr que si, c'est moi qui ai tiré.

— Je ne crois pas.

— Qu'est-ce que c'est que ces conneries ?

— Simple déduction.

— Ah oui, et qu'est-ce que vous avez déduit ?

— Votre main. Elle tremble. Beaucoup trop pour que vous puissiez faire mouche.

— Qu'est-ce que vous racontez ?

— Ne me dites pas que vous ne tremblez pas.

À cet instant, sa main s'emballait littéralement sous le coup de l'émotion.

— Si, mais c'est très récent. Je tremble depuis cette affaire, justement.

— Vous prenez des pilules toutes les quatre heures. C'est de la dopamine. Je connais, mon père en prend. Impossible de s'en procurer sans une ordonnance délivrée par un neurologue. Il y a entre trois et quatre mois d'attente pour obtenir un rendez-vous. Donc ce n'est pas récent. Vous êtes atteint de la même maladie que mon père. Vous souffrez de Parkinson.

Venturi accusa le coup.

— Vous êtes très forte, concéda-t-il.

— Si vous avez besoin d'un psy, je peux vous aider.

— Un psy ? Je préférerais un remède miracle ! Pourquoi aurais-je besoin d'un psy ?

— Je me dis que pour le superflic admiré de tous, ça doit être terriblement frustrant de ne pas pouvoir sortir son arme sans trembler. Vous n'avez probablement pas grand monde à qui vous confier. Alors, si je peux vous aider, je le ferai.

Malgré son énergie, elle avait dit cela avec une douceur bienveillante. Cette main tendue avait tous les accents de la sincérité.

Il lui sourit.

— Un barbu avec une chemise à rayures et un pantalon en velours m'aurait moins cassé les pieds.

— Et il ne vous aurait pas demandé de l'appeler Menthe-à-l'eau.

— Exactement !

— Si vous voulez mon avis, vous devriez vous faire suivre. Et vous le savez.

— Arrêtez d'essayer de fouiller dans mon crâne. Je vous assure que je n'ai besoin de personne.

— Vos pilules bleues, vous les avalez devant moi sans vous cacher. Ce n'est pas un hasard. J'y vois un appel au secours. Inconsciemment, vous espériez que je vous demande ce que c'est que ce traitement.

— Vous êtes dingue, ricana Venturi sans conviction.

— Vous avez besoin d'aide. Votre maladie, ce n'est pas le pire. Vous faites un burn-out. Ça fait des années que vous brûlez la chandelle par les deux bouts. En partie parce que vous aimez ça, en partie pour entretenir votre « personnage ».

— Pour une fois, vous avez tort.

— Ah ?

— Ma main droite s'est mise à trembler il y a une dizaine d'années. J'ai consulté un neurologue qui m'a diagnostiqué Parkinson. Si jeune, j'étais une anomalie statistique ! Prodigieux, non ? Il m'a demandé si j'avais subi un choc émotionnel.

— C'était le cas ?

— Mettre une balle entre les deux yeux d'un type, ça ne laisse pas indifférent.

— Et le traitement n'est plus efficace ?

— Plus trop, non. Mon cerveau se dégrade. J'ai deux ans devant moi. Peut-être trois. Ensuite, tout mon corps sera pris de tremblements, je ne tiendrai plus debout.

Il se força à sourire.

— Voilà pourquoi je suis pressé.

— Je vois.

— Je ne sais pas pourquoi je vous raconte tout ça. Personne n'est au courant.

— Vous me parlez parce que vous en avez besoin.

— Probablement. Mais pourquoi vous ?

— Parce que je vous écoute. Les autres vous craignent. On ne se confie pas à un subordonné qui a les yeux brillants d'admiration.

— Vous savez…

Le téléphone de Venturi se mit à vibrer dans sa poche.

— Oui ?… Vous êtes sûr ?… Quelle probabilité ?… Bon, merci.

Il raccrocha et fixa sa partenaire.

— L'empreinte dentaire et l'ADN correspondent. Il n'y a aucun doute, Lundström est bien mort.

55

J'avais décidé de reprendre les choses en main. Je ne pouvais pas laisser la situation dégénérer de cette façon. Mon isolement dans le Sud ne devait pas occulter qui j'étais vraiment : une femme d'action. J'avais trop subi, il était temps de passer à l'offensive. Aussi avais-je sauté dans ma voiture et m'étais-je rendue jusqu'au commissariat principal.

Je devais reconnaître que mon plan n'était pas bien clair. Toutefois, j'avais toujours considéré les forces de l'ordre comme une voie de salut. C'était le moment ou jamais.

Je leur déballerais tout, et ils en feraient ce qu'ils voudraient. Si ça les aidait dans leur enquête, tant mieux. Sinon, cela m'aiderait, moi.

J'avais emporté le croquis que j'avais fait. Ce visage disgracié qui m'était apparu en rêve à plusieurs reprises, de plus en plus distinctement. Cet homme aux traits tourmentés qui s'était livré aux pires atrocités. Le dessin était assez réaliste, me semblait-il.

J'avais garé ma voiture à deux rues du commissariat. Devant l'entrée, un policier en uniforme me demanda ma pièce d'identité et la raison de ma venue. Je résumai en deux mots. Il parut surpris, puis me laissa entrer.

Les murs étaient couverts d'affiches dénonçant les violences conjugales, vantant les mérites d'intégrer les rangs de la police ou affichant les portraits de personnes recherchées.

Ce qui faisait office de salle d'attente était déjà bondé et je pris place sur le seul siège en plastique libre au milieu d'autres personnes qui faisaient la gueule comme à chaque fois que l'on doit poireauter avec des étrangers. Chacun s'observe discrètement du coin de l'œil. On ne se rend pas au commissariat par hasard.

Je me livrai alors à l'un de mes jeux préférés : scruter attentivement chacun et tenter d'en déduire un maximum de choses. Le *cold reading*, discipline chère à Sherlock Holmes, était l'une de mes passions et c'était en partie grâce à cela que j'avais pu me faire passer pour voyante.

Le type en face de moi : la cinquantaine, dégarni, gros, massif même. Ses mains épaisses et abîmées laissaient deviner un métier manuel. Agriculteur ? Non. Je remarquai les petites traces blanches sur ses godillots bon marché. Sans doute des résidus de plâtre d'un chantier. Il était dans le bâtiment. Ni peintre ni électricien, ils ont les doigts fins. Plutôt maçon. Quitte à sombrer dans les clichés, je l'imaginais portugais. Sa peau mate et ses rares cheveux d'un noir de jais ne me contredisaient pas. Plus dur, maintenant : la raison de sa présence ?

Il faisait la gueule, mais sans montrer de signe d'anxiété. J'en déduisis qu'il n'était pas inquiété par la police. Il n'avait pas été convoqué pour une infraction. C'était lui qui avait fait appel aux autorités. Pour quel motif ? Il avait été victime d'un vol. Probable. Vol d'outillage ? Vol de sa camionnette ? Les outils de maçon n'avaient pas grande valeur et suscitaient vraisemblablement peu de convoitises. Son véhicule, donc.

— Monsieur DiMazza ? lança un policier en uniforme.

— Oui.

— C'est vous qui avez trouvé un portefeuille ?

— Oui. Un client l'a oublié dans ma boulangerie.

— Suivez-moi.

Merde.

J'avais tout faux ! Le léger accent italien du boulanger achevait de m'humilier. Comment pouvais-je à ce point être éloignée de la vérité ?

Bon. C'était sans importance. L'essentiel n'était-il pas que je réussisse ce genre d'exercice lors de mes consultations ?

Le va-et-vient de policiers était impressionnant. Les portes s'ouvraient et se fermaient encore plus vite que dans une pièce de Feydeau. Parfois, je percevais des bribes de conversation. Un nom revenait régulièrement : Venturi. À en juger par la tête qu'ils faisaient en le prononçant, il devait s'agir d'un bel emmerdeur. Il fut également question de menthe à l'eau ou je ne sais quoi. J'avais probablement mal compris.

L'attente était interminable. Je décidai de me lever et de faire quelques pas. Au guichet, j'entendis la policière affectée à l'accueil des visiteurs s'adresser à l'un d'entre eux. Elle était extrêmement désagréable ! Le pauvre homme avait été victime d'une agression et elle lui parlait avec autant de rudesse que s'il était coupable.

L'idée de devoir livrer mes explications à ce garde-chiourme me déplut au plus haut point.

— Profession ? le questionna-t-elle d'un ton sec.

Qu'allais-je répondre lorsque ce serait mon tour ? *Voyante ?*

Ou bien :

— *Extralucide.*

— *Comment vous épelez ça ?*

— *E.S.C.R.O.C.*

Dans le meilleur des cas, on ne me prendrait pas au sérieux. Dans le pire…

On s'intéresserait à mes revenus. Inutile de dire que je n'avais pas l'habitude d'établir de facture. Tout en espèces ! Mon assurance s'effondra comme un château de cartes en pleine bourrasque. Je retournai m'asseoir, moins pressée soudain.

Je repensais à ma « vie d'avant ». Avais-je vraiment intérêt à ce que les autorités me reparlent de certaines choses ? N'étais-je pas en train de commettre une énorme erreur ?

Tout ça parce que j'avais cru reconnaître une victime sur laquelle je n'avais aucune information !

Je me levai…

Je fis mine de lire l'une des affiches tout en m'approchant de la sortie.

Au moment où je m'apprêtais à quitter le commissariat, la policière m'interpella depuis son guichet :

— C'est votre tour.

Que devais-je faire ? Dévoiler le visage du meurtrier ? Ou fuir ?

56

En pénétrant dans l'imposant hall d'entrée du créateur de mode, Venturi et Montalvert furent médusés. Face à eux, en guise de comité d'accueil, une armée de mannequins blancs et lisses, dépourvus de visages. Ils étaient soigneusement alignés, côte à côte, de part et d'autre. Une sorte de haie d'honneur monochrome. Combien y en avait-il ? Cinquante ? Soixante ? Plus ?

Des poupées.

Cela faisait penser à cette armée de soldats chinois qui gardait le mausolée de l'empereur Qin Shi Huang à Xi'an. Mais ici, ces silhouettes blanches fantomatiques avaient quelque chose de profondément malsain.

Seul l'un des mannequins était vêtu. Tache grisâtre, inexplicable, au milieu de la pureté.

L'hôtesse d'accueil – qui avait fait preuve d'une politesse tout aussi minimaliste – leur avait demandé de patienter. En l'absence de sièges, ils passèrent en revue les mannequins comme des officiers devant des militaires au garde-à-vous. Ils s'immobilisèrent au niveau de celui qui était habillé, l'étudièrent un instant, puis échangèrent un regard d'incompréhension.

— La capacité à se distinguer de la masse grâce à la mode, dit une voix derrière eux. La solitude du designer, la glorification de l'œuvre… Chacun aura sa propre interprétation de cette installation. La seule chose qui compte : ne pas laisser indifférent. Si j'en crois votre air surpris, le but est atteint.

L'homme qui venait à eux en prononçant ces paroles ne manquait pas d'allure bien qu'il eût été difficile d'imaginer que les habits qu'il portait étaient des pièces uniques. Il en était probablement à un stade du raffinement où seule une poignée de connaisseurs pouvait différencier une création originale d'une veste Zara.

— Bonjour. Commissaire Venturi. Voici Mlle Montalvert.

— Mathieu Moureaux, très heureux, leur dit-il avec un sourire poli accompagné d'une poignée de main franche. Venez, allons dans mon bureau.

L'homme les conduisit dans une pièce entièrement blanche elle aussi. Il ne manquait plus qu'un fauteuil, une roulette et on se serait cru chez le dentiste. Seuls quelques catalogues et échantillons de tissu étalés sur son bureau venaient briser la pureté du lieu.

Il leur fit signe de s'asseoir tandis que lui-même prenait place derrière un long plan de travail en marbre gris clair.

— Thé ? proposa-t-il, comme une évidence.

— Oui, merci, répondit Menthe-à-l'eau, tandis que Venturi fit non de la tête.

Il pianota un ordre sur une tablette et leur sourit.

— Que souhaitez-vous savoir sur Benjamin ?

Venturi se lança :

— Nous sommes en charge d'une enquête qui nous mène par différentes voix concordantes à M. Lundström. Nous jugeons utile de nous renseigner à son sujet.

— Mais vous êtes au courant qu'il est décédé, n'est-ce pas ?

— Oui, oui. Toutefois, il y a trop de coïncidences pour que M. Lundström soit totalement étranger à ce qui se passe. Nous demeurons convaincus que le criminel que nous recherchons est lié, d'une manière ou d'une autre, à Benjamin Lundström.

— C'est à propos de cette affaire d'assassinats d'homosexuels ?

— Pourquoi dites-vous cela ?

— Vous n'ignorez pas que Benjamin était gay ?

— Ça ne nous avait pas échappé.

— Puisque cette histoire de meurtres sordides dont tout le monde parle frappe des gays, j'ai imaginé que ça pouvait être lié, voilà tout.

— Que pouvez-vous me dire sur lui ?

— Il était notre Reine.

— Je vous demande pardon ?

— Vous jouez aux échecs, commissaire ?

— Plutôt au poker.

— Il était la pièce maîtresse. Directeur artistique, créateur… Il était capable d'intervenir sur tous les sujets. Autrement dit, c'est lui qui tenait la maison ! Le succès que nous avons rencontré, nous le lui devons. Si vous voulez mon avis, c'était l'un des vingt créateurs de mode les plus talentueux au monde.

— Son décès a dû être un sacré coup dur.

— Vous n'avez pas idée ! La prochaine collection risque d'être très compliquée pour nous. Notre marque est encore jeune et elle repose essentiellement sur sa notoriété personnelle. Avec sa disparition, nous sommes plus vulnérables que jamais. Et, dans cet univers où le succès est si capricieux, je ne vous cache pas mon anxiété.

— C'est curieux… vous n'évoquez que l'aspect professionnel. Sur le plan personnel, son décès ne vous a pas touché ?

L'homme accusa le coup. Il fit une petite grimace puis se lança :

— Benjamin Lundström n'était pas très liant. Ce n'était pas quelqu'un de facile.

— Vous avez l'air de peser vos mots.

— Je le dois à sa mémoire.

— Monsieur Moureaux, nous ne sommes pas venus pour faire un éloge funèbre. Notre but, c'est de mettre la main sur un criminel. Alors, si vous avez quelque chose à dire, je vous en prie, faites-le.

— Benjamin était un être détestable : froid, distant, cassant, méprisant. Il comptait peu d'amis. Sa méchanceté relevait parfois du machiavélisme.

Venturi et Menthe-à-l'eau échangèrent un regard. Il n'avait pas fallu grand-chose pour le pousser à vider son sac. De toute évidence, il n'avait attendu qu'une occasion pour se libérer d'un fardeau.

— Je vois. Il avait donc des ennemis ?

— Il n'en manquait pas. Et avait un don pour s'en faire de nouveaux.

— Au point de lui vouloir du mal ?

— Sans aucun doute.

— De souhaiter sa mort ?

Moureaux recula sur sa chaise et considéra la gravité de la question.

— Sa mort ?… Non, je ne pense pas. Peut-être, à la rigueur, sous le coup de la colère, quelqu'un aurait pu le frapper ou le pousser dans un escalier. Car il était très doué pour mettre les gens hors d'eux. Mais de là à préméditer un meurtre… Non, je n'y crois pas.

— Que savez-vous des circonstances de sa mort ?

— Il s'est tué dans un accident de voiture. Je n'en sais pas davantage.

— Descendait-il régulièrement dans le Sud ?

— Dans le Sud ? Non.

— Il vous en aurait parlé ?

— Certainement. Et puis, j'aurais fini par l'apprendre. Tôt ou tard, il se serait fait livrer des échantillons de tissu, par exemple. Il aurait eu des notes de frais, ce genre de choses.

— Professionnellement, tout fonctionnait ?

— Oui, à merveille.

— Et personnellement ?

— Il n'y avait pas besoin d'être psy pour comprendre qu'il avait deux ou trois soucis.

— Mais encore ? intervint Olivia.

— Asocial à ce point, ça cache forcément quelque chose, non ?

— Certes. Et en dehors de sa… forte personnalité, avez-vous constaté un comportement étrange ?

— Par exemple ?

— Parlait-il tout seul ? Se prenait-il pour quelqu'un d'autre ?

Mathieu Moureaux sourit.

— J'ai dit qu'il avait « des soucis », mademoiselle, pas qu'il était fou. Non, rien de ce genre. Pas que je sache en tout cas.

— Est-ce qu'il lui arrivait de s'absenter de manière inopinée ?

— Je ne sais pas.

— Comment ça ?

— Aucune idée.

— Vous l'avez côtoyé tous les jours, s'il avait eu un tel comportement, vous le sauriez, non ?

— Non. Il ne venait ici que rarement. Il travaillait surtout depuis chez lui. Et… personne ne s'en plaignait !

— Votre marque a bien participé à des Salons, organisé des défilés de mode, réalisé des sessions photo ? Il devait tout de même être présent, non ?

— Oui, vous avez raison. Les événements que vous évoquez nécessitaient même de longues journées de travail. Et je n'ai jamais constaté qu'il ait eu plus besoin que ça de s'isoler sans raison.

— Avait-il des amis ? continua la psy.

— Je ne lui en connais pas.

— Il sortait ? Fréquentait des gens ?

— Très peu. Hormis les galas et les soirées de promotion qui relèvent du domaine professionnel, on ne le voyait pas.

— C'est quand même incroyable ! coupa Venturi qui s'impatientait. Comment peut-on vivre reclus à ce point ? Il n'est pas né dans une grotte !

— Non. D'ailleurs, il n'a pas toujours été comme ça. Il était plutôt du genre normal avant, il venait travailler au bureau, échangeait avec les autres collaborateurs… Mais peu à peu, il a changé, s'est renfermé.

— D'après vous qu'est-ce qui pourrait expliquer ce changement d'attitude ?

— Aucune idée. À ce jour, c'est toujours un grand mystère.

— À quand cela remonte-t-il ?

Moureaux se mit à réfléchir.

— Je dirais environ quatre ans.

Olivia Montalvert fronça les sourcils. Quatre ans. C'était depuis ce temps-là que Lundström suivait une thérapie chez un psychiatre. Ça ne pouvait pas être un hasard ! Mais ce signifiant « quatre ans » lui rappelait autre chose, résonnait dans sa tête. Dans un autre contexte. Mais lequel ? Que s'était-il passé quatre ans plus tôt ?

— Cette accumulation de mannequins dans le hall, c'était son idée ? demanda Venturi.

— Oui. C'est assez brillant, non ?

— Depuis quand est-ce là ?

— Depuis… tiens, c'est amusant, environ quatre ans. Décidément !

— Je croyais que le milieu de la mode devait se renouveler en permanence. C'est étonnant que la même installation dure aussi longtemps, non ?

— Les mannequins sont une constante. Ils font simplement l'objet d'une mise en place différente chaque saison. C'est la signature de la maison.

— Quelle importance ces mannequins avaient-ils pour lui ?

— Lorsque l'idée lui est venue, il en a fait sa priorité. Plus rien d'autre ne comptait. C'était une vraie obsession. À tel point qu'il a créé toute une collection autour de ce thème : marionnettes, poupées, mannequins.

— Qu'est-ce que ça signifie ?

— C'est de l'art. L'expression de son génie artistique, de son inspiration si vous préférez. Une œuvre d'art, ça ne s'explique pas. Ça se ressent. Ça se vit. C'est fort, intense, émouvant. Ou ça ne l'est pas. Point.

— Il n'a jamais fourni plus de précisions ?

— Pour quoi faire ?

— Il n'avait de comptes à rendre à personne ? Il pouvait donner libre cours à son inspiration comme bon lui semblait ?

— C'est même précisément ce qu'on lui demandait !

— Était-il croyant ?

— Je vois que je ne me suis pas trompé, se félicita Mathieu Moureaux.

— Que voulez-vous dire ?

— Les meurtres dont j'ai fait mention se sont déroulés dans une chapelle. Vous êtes donc bien sur la piste de « l'Embaumeur ».

Il se dandina sur son siège, pas peu fier que sa déduction soit tombée juste.

— Vous n'avez pas répondu à ma question.

— Oui, il était croyant. En réalité, il entretenait une relation étrange à la religion.

— Que voulez-vous dire par là ?

— C'est assez délicat à expliquer. Il m'est arrivé de l'entendre prononcer de longs monologues sur le thème de la repentance, de l'expiation.

— Pour quelqu'un de renfermé, c'est plutôt étonnant qu'il se confie publiquement sur un sujet aussi personnel que sa foi, vous ne trouvez pas ?

La remarque fit mouche, mais Moureaux ne parut guère déstabilisé.

— La religion était un thème récurrent de ses créations. À chaque collection, il était assailli par les journalistes et ne rechignait pas à apporter des éclaircissements à la création. Voilà pourquoi ses convictions n'avaient rien d'un secret. Il était catholique. Fasciné par la rémission des péchés. Sans compter, dois-je vous le rappeler, que la religion a toujours été une source d'inspiration prodigieuse pour les plus grands artistes.

— Se rendait-il à l'église ?

— Ça, je ne saurais vous le dire.

— Avait-il une liaison ? intervint Venturi.

— Vous alors, vous avez l'art de la transition ! Difficile d'être formel. Chacun avait sa théorie à ce sujet. Certaines étaient même un peu farfelues.

— C'est-à-dire ?

— Hormis ceux qui le croyaient incapable de la moindre relation sentimentale vu son égocentrisme et sa froideur implacables, certains évoquaient une liaison, en effet.

— Et vous ? Quelle est votre opinion ?

— Je suis convaincu qu'il avait quelqu'un dans sa vie. Une relation compliquée qui devait peser sur son comportement, sur son équilibre.

— Vous avez un nom ? Un indice sur son identité ?

Il se mit à sourire.

— Aucun. Entre nous, nous l'appelions « Mister Mystère ».

57

Ma déposition avait tourné au grotesque et moi au ridicule. Le pire, c'était que je m'y attendais. J'avais été à deux doigts de rebrousser chemin, de les laisser se démerder. J'avais vraiment failli partir, mais mue par une sorte de solidarité citoyenne, je m'étais dit que je pouvais être utile à la société en fournissant le portrait de celui qui, croyais-je, était responsable des meurtres de la chapelle.

« Solidarité citoyenne », mon cul ! Quelle conne !

Le flic en uniforme qui m'avait reçue m'avait dévisagée comme une extraterrestre. Il avait deux galons blancs en chevron sur ses épaulettes. Je me disais que ce devait être un gradé. Je pensais être bien tombée. Tu parles !

Il m'avait demandé mes papiers, puis regardée étrangement. Lorsque j'avais entamé mes explications, il n'avait cessé de hausser les sourcils. Je dois reconnaître avoir été maladroite. Mes propos étaient confus, désordonnés, à l'opposé de la rigueur administrative qu'affectionnent tant les flics.

Il s'appelait Michaud.

« Comment ça, “vous avez vu” ? »

J’avais baragouiné gauchement des arguments sans queue ni tête. Fait une référence nébuleuse à mon enfance et à cette capacité de voir certaines choses. Plus j’avais avancé dans mes tentatives de me faire comprendre, plus j’avais senti qu’il décrochait et plus je m’étais empêtrée. Un calvaire !

J’avais fini par lui lâcher, exaspéré : « Je suis voyante. »

Que n’avais-je pas dit là ! Il avait hoché la tête d’un air entendu. Mon sort était joué : au mieux je voulais m’offrir un coup de pub, au pire j’étais complètement illuminée.

Pourtant – à croire que je cherchais les ennuis ! –, j’avais tiré de ma poche mon croquis. Je le lui avais tendu en affirmant avec autant d’aplomb que possible qu’il s’agissait du portrait du criminel. Il s’était emparé du papier, l’avait considéré. Puis m’avait regardée, avant de fixer de nouveau le dessin.

J’avais eu beau insister, il était resté perplexe.

Il s’était levé et m’avait laissée seule comme une conne. Au bout d’un temps, il était revenu avec un collègue à l’air ébahi.

Ils avaient marmonné quelque chose entre eux, m’avaient rendu mon croquis en m’assurant en avoir fait une copie et m’avaient congédiée.

À peine avais-je tourné le dos que j’avais entendu leurs éclats de rire. Inutile de dire que mon dessin avait dû terminer à la corbeille dans la foulée. Quelle humiliation !

J’avais ruminé pendant tout le trajet du retour, maudissant ces deux fonctionnaires bas du front. Pourtant, c’était couru d’avance !

Une voyante qui apporte un dessin ! J'avais déjà eu de la chance qu'ils ne me fassent pas souffler dans un Alcootest ou qu'ils ne m'enfilent pas une camisole !

Je garai ma voiture devant chez moi. En cherchant ma clé, mes doigts frôlèrent un objet rond et lisse. Je le tirai de ma poche et fus presque surprise de le redécouvrir. C'était le médaillon qui contenait le portrait de mon frère. Je l'avais emporté pour en parler aux flics. Vu la tournure des événements, ça m'était complètement sorti de la tête. C'était probablement mieux ainsi. Comment pouvait-il reparaître dans mon existence de façon aussi inopinée, lui qui avait disparu depuis tant d'années ? Pourquoi fallait-il que tout cela ne cesse jamais ?

Je me passerais de l'aide de la police. Je devais tirer ça au clair moi-même. Je savais comment. Mais j'avais terriblement peur.

58

Je pense souvent à vous

Ne soyez pas surpris c'est normal

Vous n'avez pas idée de l'importance qu'a pour moi ce carnet je m'y efforce de tout vous dire j'ai bien conscience que vous aurez du mal à me suivre mais on dit que ~~je ne suis pas sain d'esprit comme c'est commode… je sais… Enfin si mais ça dépend et puis~~ j'ai si peu de temps…

Lorsque tout sera fini vous risqueriez de déclarer dans les médias que j'étais un « malade mental » et tout le monde s'en contenterait franchement qui oserait prétendre le contraire ?

~~Cette sale petite pute~~ je ne peux pas la laisser gagner elle va voir

Alors que là elle va perdre sur toute la ligne

Rien n'est gratuit il y a une logique je ne peux pas tout endosser ils méritent mieux

Je suis sûr que vous êtes un flic

Vu l'importance de l'affaire, vous devez même être un sacré flic

J'ai pensé à me rendre oui oui j'ai voulu me livrer à la police et tout balancer pour voir pour jouer très très mauvaise idée personne n'aurait voulu jouer avec moi la suite était si prévisible on m'aurait considéré comme fou irresponsabilité pénale et abolition du discernement ben voyons j'aurais échappé aux assises et on m'aurait envoyé en unité psychiatrique la belle affaire moi je sais que je suis sain et c'est pour ça qu'on voudrait m'enfermer

Et le pire c'est qu'elle aurait gagné ! ~~Cette satanée petite pute !~~ Il n'y aurait plus personne pour lui pourrir la vie ? Non inacceptable non

Donc je ne me rendrai pas j'irai jusqu'au bout j'accomplirai ma mission

Et vous ne m'aurez pas

Aussi talentueux que vous puissiez être je vous distancerai il le faut

Je ne vous laisserai pas m'interrompre quel gâchis ce serait

Il faut que Justice soit faite toute cette histoire a pour but de rendre la Justice

JUSTICE

Vous ne serez jamais en travers de mon chemin

Je dois continuer

Je dois continuer

Tuer

La main de la mort

Libératrice

Salvatrice

59

C'était une brasserie typiquement parisienne, sans prétention mais non sans charme, et dont la carte était suffisamment attrayante pour que Venturi lâche : « Je vous invite. » Ils avaient délaissé la terrasse pour être placés près de la vitre, à l'abri du tumulte du trafic de cette chaude journée.

Manifestement perdu dans ses pensées, Venturi observait les promeneurs. L'été, Paris devenait une tout autre ville : les mêmes atours, une autre âme.

— Apéro ? lança finalement Venturi.

— Je ne sais pas si…

— Si. On a le temps.

— J'allais dire : « Je ne sais pas si vous avez le droit. » Vous êtes en service, non ?

— Vous comptez prévenir l'IGPN ? sourit-il.

— Qui vous dit que je ne suis pas de l'IGPN ?

Venturi ricana.

— Ah, non ! Non ! Il n'y a pas grand-chose dont je sois absolument sûr, mais alors, que vous n'êtes pas un bœuf-carotte, ça, je le sais !

— Ils sont si reconnaissables ?

— C'est surtout une mentalité. Et puis…

— Quoi ?

— Bah, votre surnom, là…

— Menthe-à-l'eau ?

— Oui. À l'IGPN, ça passe pas. Déjà qu'avec moi c'est limite. Bon, vous prenez quoi ?

— Un kir.

— Deux kirs, commanda-t-il en devançant le serveur qui s'était approché.

— Et ensuite ?

— Une salade de…

— Oh, arrêtez avec votre verdure ! Vous ne voulez pas vous éclater un peu.

— Je suis végétarienne.

— Oh merde !

— Quoi ?

— Rien. Rien.

— Franchement, de nous deux, j'ai l'impression que c'est quand même moi qui m'éclate le plus, pour reprendre vos propres termes.

Venturi bougonna en guise de capitulation et passa commande.

— J'aurais juré que vous auriez voulu redescendre dans le Sud aussitôt, déclara Menthe-à-l'eau.

— Parce que je suis tout le temps en train de gesticuler ?

— Et de râler que rien ne va assez vite.

— Je ronchonne beaucoup, hein. Vous savez quoi ? Ça me permet d'obtenir plus rapidement ce que je demande.

— Toujours cette obsession d'aller vite.

— Je vous rappelle que je n'ai pas trop le choix.

— Ça vous préoccupe ?

— Dites, vous ne pouvez pas vous empêcher de fouiner dans la tête des gens ? Une vraie déformation professionnelle, ma parole. En attendant, moi aussi je sais voir des choses chez les autres. Je n'ai peut-être pas fait dix ans d'études chez les dingos comme vous, mais je vois bien que vous êtes contrariée, je me trompe ?

— Je ne suis pas préoccupée, c'est juste que je réfléchis.

— À quoi ?

— À cette affaire, naturellement.

— Je vous écoute.

— Je vous préviens, je n'ai absolument aucune certitude. Il est très probable que je sois complètement à côté de la plaque. Ce n'est qu'une hypothèse et…

— Mais cessez de vous border, là ! Accouchez, bon sang ! Vous aviez plus d'assurance quand on s'est rencontrés !

— Vous étiez sur le point de me dégager !

— Je peux encore le faire, menaça-t-il en souriant.

— Bon. Alors voilà : je pense qu'il nous manque une inconnue pour résoudre l'équation. Il y a une tierce personne.

— D'où vous sortez ça ?

— Pour lui, ses victimes sont des poupées. D'accord. Mais ça n'a rien d'un jeu. La vraie question est : que représentent-elles pour lui ? Ou plutôt : qui ? Qui sont-elles ?

— Et vous avez une idée.

— Je pense à une femme.

— Une femme ? Lundström est pé… enfin gay comme un… enfin gay, quoi. Pas très compatible avec une femme, si ?

— Vous avez une vision des gays qui… enfin, bon, passons, ça vaut mieux. L'homosexualité est beaucoup plus complexe que vous ne le croyez. Certains d'entre eux sont fascinés par des femmes. Ils les vénèrent. Dalida, Mylène Farmer, Barbara Streisand, Lady Gaga, ce ne sont pas les icônes gays qui manquent.

— D'accord. Et ?

— Et si Lundström nourrissait une passion dévorante pour les femmes ? Ou pour une femme en particulier ?

— Admettons. Ça nous sert à quoi de savoir qu'il se passe du Dalida en boucle ? Mis à part faire chier les voisins, je ne vois pas ce que ça change.

— Laissez-moi finir. Imaginez qu'il vénère une femme. Il l'aime, à sa manière, mais elle est inaccessible. Alors, il enlève des gens et les transforme en poupées à l'image qu'il se fait de celle qu'il admire tant.

— Pourquoi ne pas kidnapper directement des femmes ?

— Il est gay, je vous rappelle. Et a priori avec des problèmes d'inhibition et de sociabilité. Il ne doit pas être du genre charmeur charmant. Et puis, conquérir une femme, même sur un site de rencontres, ça peut prendre un peu de temps. Que ce soit dans les bars ou sur Internet, nous sommes constamment sollicitées. Vous n'avez pas idée du nombre de types qui sont aux abois. Du coup, Lundström serait noyé dans la masse, avec un pourcentage de succès assez bas. Surtout s'il veut tenir sa cadence d'un enlèvement tous les dix jours. Sans compter qu'on a tendance à être un minimum méfiante lorsqu'on rencontre un inconnu.

— Attendez, il y a des sites spécialisés dans les liaisons libertines et les coups d'un soir. Il aurait pu en profiter.

— Je sais bien, mais ça ne résout pas son problème. Sur les sites que vous évoquez, il doit y avoir vingt-cinq hommes pour une seule femme. Comment peut-il se démarquer ?

— Avec les gays, c'est plus facile ?

— Déjà, il l'est. C'est sans doute plus facile ou intuitif de draguer des gens qui correspondent à vos inclinations.

— Pardon de revenir à la charge avec ma conception moyenâgeuse de l'homosexualité, mais bon, je ne comprends pas pourquoi il s'agirait nécessairement d'une femme. Moi, je pensais qu'un gay admirerait plutôt un homme.

— Pas de la même façon. Une icône gay du même sexe est aimée et respectée comme l'un des leurs, certes, mais ça va rarement plus loin. Non, celles que j'ai citées – il y en a quelques autres – ont un statut très supérieur. Ce sont pour ainsi dire des divinités !

— Mais ça ne fait pas d'eux des tueurs !

— Encore heureux. Mais, si je veux comprendre ce qu'il se passe dans sa tête, je ne peux faire abstraction de son homosexualité. Surtout si elle permet de répondre à certaines questions.

— Les interventions chirurgicales post mortem, c'est pour que les victimes ressemblent à son idole ?

— C'est l'idée.

— OK, fit Venturi. N'empêche que ça ne nous avance pas beaucoup. On ne va pas traquer tous les fans de Lady Gaga, Dalida et je ne sais plus qui !

— Ça n'a rien à voir avec une célébrité. Je suis convaincue que c'est une anonyme pour nous.

— Qu'est-ce qui vous fait dire ça ?

— Nous n'avons vu aucune effigie d'actrice ou de chanteuse. Pas de collection de disques, pas de posters, pas d'affiches de film. Rien de tout ça. Quelqu'un qui fait une fixation sur une artiste aura tendance à accumuler les objets lui ayant appartenu ou la concernant. Il la fétichisera.

— Vous avez remarqué avec quel soin il a décoré son hôtel particulier ? Il a dû se dire que les posters de Lady Gaga, c'était pas compatible avec *Vogue Déco*.

— Je veux bien. Cependant, il aurait fini par céder. Regardez, il s'est fait fabriquer une pièce secrète pour y installer des mannequins. Et vous voudriez qu'il n'y ait pas placé un seul objet en hommage à la star vénérée ? Je n'y crois pas. Si ses pulsions sont fortes au point de capturer et tuer des innocents, vous imaginez bien que sa déco va en subir les conséquences. Non, s'il n'a pas de relique de cette femme, c'est parce qu'elle est comme vous et moi.

Elle fit un geste évasif.

— Ou alors… je suis complètement à côté de la plaque.

Venturi demeura un instant immobile, jaugeant la situation.

Impatiente, Menthe-à-l'eau tenta :

— Vous en pensez quoi ?

— J'en pense que j'ai bien fait de vous garder avec moi.

Elle sourit comme une gamine qu'on félicite pour ses bonnes notes.

— Partons du principe que vous avez vu juste. Cette femme serait impliquée dans les assassinats ?

— Pas du tout. À mon avis, elle n'a aucun moyen de faire le rapprochement entre les meurtres et elle. Elle est en dehors de tout ça. Et elle risque de tomber de haut lorsqu'elle va l'apprendre.

— Selon vous, elle est en danger ?

— Il fait une fixation qui, poussée à son paroxysme, peut conduire à des extrémités. Paradoxalement, il peut vouloir se libérer de sa fascination si celle-ci devient trop envahissante. Il y a de nombreux exemples de ce rapport amour/haine. Je vous rappelle que Lundström est sociopathe.

— En clair ?

— Il va chercher à la tuer.

60

Je n'en croyais pas mes yeux !

Ma mère était chez moi, attablée dans le salon, là même où je recevais mes clientes. Et le plus surprenant était que je l'avais invitée. Depuis combien de temps ne l'avais-je pas vue ? Elle n'avait pas changé. Ce regard sombre et cet air dur. Ces petites lèvres pincées prêtes à lâcher une méchanceté, un sarcasme, un reproche.

Lui passer un coup de fil figurait clairement dans la liste des dix choses que j'avais eu le moins envie de faire. Nous avions toujours entretenu des relations « compliquées ». Mot sobre que j'employais usuellement pour faire vite et m'abstenir de tout déballer. Peut-être n'avais-je pas été la fille modèle, mais j'étais sa fille, et il semblait parfois nécessaire de le lui rappeler. Pas facile d'aimer une mère qui ne vous aimait pas. J'ai toujours été convaincue qu'elle aurait préféré que je sois une autre. Et j'étais tout aussi certaine qu'elle aurait détesté cette autre à peu près autant que moi.

Quelques heures plus tôt, avec la motivation de celle qui s'apprête à sauter d'une falaise, j'avais composé son numéro. Elle n'avait pas voulu me parler au téléphone. Non, elle avait exigé de me voir en personne !

Elle ne s'était jamais intéressée à moi et soudain, la voilà qui débarquait ! Moi qui lui reprochais sa froideur, j'aurais dû être folle de joie de ce revirement. Serait-ce le signe tardif d'un désir de chaleur humaine ? Au soir de sa vie, avait-elle décidé de se rapprocher de ceux qu'elle avait si mal aimés ? J'aurais dû imaginer des réconciliations émouvantes, de tendres embrassades. Au lieu de quoi, je faisais la gueule. Compliqué.

— C'est donc là que tu vis ?

Elle aurait utilisé la même intonation si elle s'était trouvée au milieu d'un bidonville de Caracas.

— Tu veux du café ?

— Tu n'as pas plutôt du thé ?

Je fis bouillir de l'eau tandis qu'elle me demandait depuis le salon :

— Tu as emménagé il y a longtemps ?

— Ce printemps.

— Seule ?

— Oui, maman.

— Celui que tu fréquentais avant… Comment s'appelle-t-il déjà ?

— Je n'ai pas envie d'en parler.

— C'est dommage. Il était drôlement bien, ce garçon ! Pour une fois que tu avais trouvé quelqu'un de convenable… Que s'est-il passé ? Encore ton caractère de cochon.

— Il est mort.

C'était bien la première fois que je pouvais me réjouir de sortir cette phrase. Elle eut son effet : ma mère ne pipa mot. Je lui servis du thé, lui tendis le sucrier, puis je m'assis en face d'elle.

La situation était assez savoureuse. Ma mère sur sa chaise aux pieds rabotés, d'un côté, moi, dominante et ayant porté le premier coup, de l'autre.

« Tu ne voulais pas te contenter de répondre à mes questions par téléphone, tu souhaitais me voir. Tu vas comprendre de quoi je suis capable. Je ne suis plus la petite fille sage, docile et soumise que tu as connue. Mes crocs ont poussé, je sais mordre. Et j'en ai terriblement envie. »

— Et que fais-tu dans la vie ?

— J'ai créé une start-up.

— Une quoi ?

— Une société sur Internet. C'est une plateforme de vidéos en ligne. Ça s'appelle YouTube.

— Ah bon ?

Je serrai les lèvres pour ne pas éclater de rire. Je ne savais pas ce qui m'avait pris. C'était parti tout seul.

— Tous ces trucs sur Internet, c'est…

Elle fit un geste dédaigneux de la main.

— Enfin bon, si tu gagnes ta vie avec, après tout, c'est le principal.

— Ça commence à marcher correctement, dis-je en ne pouvant réprimer un sourire.

— Je suis contente que tu m'aies appelée.

La surprise devait se lire sur mon visage. Aussi loin que remontaient mes souvenirs, je ne l'avais jamais entendue se réjouir de la sorte.

— Je n'avais pas de nouvelles de toi depuis longtemps, reprit-elle. Je ne sais pas ce qu'on t'a fait, ton père et moi, pour être traités comme ça.

— Maman…

— Ce dédain…

— Maman…

— Ce n'est pourtant pas de cette façon que nous t'avons élevée. Tu n'as jamais manqué de rien, si ?

J'ai manqué de l'essentiel.

— Non.

— Alors ?

— Papa n'a pas pu venir ?

Uppercut au menton !

— Il… Il aurait bien voulu… tu t'en doutes. Mais il est très pris.

« Très pris » ? Il était à la retraite ! Qu'avait-il de plus important à faire que d'aller rendre visite à sa fille ? Il ne m'avait pas vue depuis… Combien de temps déjà ?

— Je vois.

— L'essentiel, c'est que tu puisses compter sur nous pour t'aider si tu es dans le besoin. Comme nous l'avons toujours fait pour toi et ton frère. Hélas, avec lui non plus, on ne peut pas dire qu'on soit gâté.

— Justement, tu as des nouvelles ?

— Aucune. Et toi ?

— Non plus. J'avais envie de savoir ce qu'il devenait.

— Lui aussi, il est spécial, tiens !

— Pourquoi « lui aussi » ? Je suis spéciale, moi ?

— Pourquoi veux-tu de ses nouvelles ? Tu ne t'en es jamais tellement inquiétée, jusqu'à présent.

— Eh bien… Je pense beaucoup à lui ces derniers temps.

— Ah bon ? s'étonna-t-elle. Pourtant tu l'as toujours méprisé.

— Je ne l'ai pas méprisé.

— Tu veux rire ? Dès que tu pouvais le rabaisser, tu ne t'en privais pas.

— Nous nous taquinions.

— Tu étais parfois tellement cruelle ! Il t'admirait tant.

— Écoute, je…

— Je veux bien admettre qu'il était… comment dire… différent, mais tu le lui as fait payer au prix fort.

— Parce que tu as été plus indulgente, toi ? m'emportai-je. Plus douce ? Plus aimante ? Tu crois que sa « différence » ne vous a pas gênés, papa et toi ? Tu penses qu'il n'a rien ressenti ?

— Ne me fais pas la leçon ! Je t'en prie ! Je suis surprise que tu t'inquiètes pour lui. J'aurais cru que tu te fichais bien de ce qu'il pouvait devenir, voilà tout.

— J'ai changé. Je voudrais juste savoir où il se trouve et s'il va bien.

— Je n'en ai pas la moindre idée. Mais qui sait ? Peut-être daignera-t-il nous passer un coup de fil un de ces jours à ton père ou moi. Après tout, tu l'as bien fait, toi.

Je sortis de ma poche le médaillon et le posai sur la table, devant elle.

— Où as-tu trouvé ça ? s'étonna ma mère.

— C'est une femme qui me l'a donné.

— Qui ça ?

— Euh… une cliente.

— Mais d'où le tient-elle ?

— De mon frère, je pense.

— Il lui a confié ?

— J'aimerais le savoir. Ce médaillon, il est à toi ?

— Oui. Je croyais l'avoir perdu, dit-elle en l'ouvrant.

Elle pinça les lèvres en découvrant le portrait de son fils. Puis, sans me demander mon avis, elle mit le médaillon dans son sac à main.

— Est-ce que tu connais une certaine Mme Koscniecky ?

— Non. Qui est-ce ?

— La femme qui m'a donné le médaillon.

— Koscniecky, dis-tu ? répéta-t-elle en se concentrant comme si elle avait répondu trop vite la première fois. Non, vraiment, ça ne me dit rien.

— Maman… Il y a aussi… comment dire ?

— Quoi ?

— Eh bien, je voulais te demander… Tu sais, ces dons que j'avais quand j'étais petite…

— Ces dons ?

— Oui, cette faculté que j'avais de deviner ce qui allait se passer.

— De quoi parles-tu ?

— Mais enfin ! Maman, j'avais vu des choses. La mort de l'oncle Stéphane, l'accident de ski de papa… Tu n'as pas oublié ?

— Qu'est-ce que c'est que ces histoires ? Ma fille, tu n'as jamais eu aucun don !

61

Le sous-sol mal éclairé de la préfecture de police abritait les archives des affaires classées sans suite. Si le lieu était générateur de fantasmes, ce n'était qu'une cave lugubre regorgeant de dossiers dont personne ne voulait plus. Le temple de l'oubli. Le papier y jaunissait dans l'indifférence. On y envoyait habituellement les incompétents et les sans-grade qui y fouillaient la mort dans l'âme, pressés de remonter à la surface.

Le préposé, usé par des vacations privées de lumière du jour, avec pour seule compagnie de rares visiteurs, tapait à deux doigts sur un clavier crasseux.

— Ah ! Voilà. Benjamin Lundström. Dossier 418-11-49871522. Je vous l'apporte.

De longues minutes plus tard, il revint avec une chemise cartonnée qu'il tendit au commissaire Venturi.

— Vous pouvez vous installer là-bas, précisa-t-il en désignant une petite table en fer aux sièges dépareillés.

Venturi rapprocha deux chaises pour que sa collaboratrice puisse en prendre connaissance en même temps que lui.

S'ils se trouvaient dans cette cave, c'était parce que Menthe-à-l'eau avait fini par se souvenir de ce qui s'était produit quatre ans plus tôt. Quatre ans. La durée de la thérapie de Lundström, et la période pendant laquelle il s'était reclus chez lui. Cela devenait cohérent. À force de se creuser les méninges, Olivia Montalvert avait fini par avoir le déclic : quatre ans plus tôt, Lundström avait été victime d'une agression. L'information avait été dévoilée par le fichier central qu'elle avait consulté lorsqu'elle s'était intéressée à ce nouveau suspect. Cette information était noyée dans une foule d'autres détails, et, surtout, elle ne permettait pas de faire avancer l'enquête. Mais, à l'aune des éléments nouveaux, cela prenait une tout autre importance. Il s'était produit un acte déclencheur, quatre ans plus tôt, une déflagration qui avait fait basculer le comportement et le mode de vie du principal suspect. Du coup, ce fait divers revêtait à présent un intérêt inédit.

Ils avaient donc aussitôt accouru dans ce sous-sol pour « faire les poubelles ». Le dossier était très mince, il ne contenait que la déposition de Lundström, elle-même plutôt laconique.

En sortant d'une soirée chez des amis, alors qu'il s'apprêtait à regagner sa voiture, il avait été agressé par trois individus. L'un d'eux portait un objet contondant, une batte de base-ball ou une barre de fer. Lundström avait reçu un coup de poing au visage et avait réussi à prendre la fuite avant que la situation ne dégénère davantage. Il avait prévenu la police. Les individus n'avaient été ni interpellés ni identifiés. Il y avait également une photo. Ils reconnurent Lundström, la pommette rougie, le nez tuméfié. Un fait divers comme il en existe, hélas, des centaines. Pourtant, Venturi demeurait perplexe en lisant et relisant les lignes du rapport. Cela dura si longtemps et c'était si inhabituel de la part de cet homme pressé qu'Olivia Montalvert crut bon d'intervenir :

— Vous comptez apprendre la déposition par cœur ?

Elle n'obtint qu'un grognement en guise de réponse.

— Quelque chose vous chiffonne ? relança-t-elle.

— Hein ? Je ne sais pas trop… Enfin, si. Je me demande pourquoi il est inscrit : « Agression homophobe. »

— Lundström était gay, vous avez déjà oublié ?

— Ce n'était pas écrit sur son front.

— Il était peut-être précieux. Ses vêtements, sa démarche. Il n'en faut pas davantage.

— Quand la préférence sexuelle est la cause d'une agression, ça ne se passe pas comme ça. Vous avez vu des insultes, vous ? Lundström n'y fait mention nulle part.

— C'est obligatoire ?

— Et comment ! « Sale pédé », « enculé », « tapette » et j'en passe. Ces connards se défoulent. Là, rien.

— C'est vrai.

— Il n'y a pas que ça. L'agression a eu lieu rue Michel-Ange, dans le 16e. C'est un quartier que je connais assez bien. Passé 22 heures, il n'y a pas un chat. Or, si j'en crois la déposition, les faits se sont déroulés vers 2 heures du matin.

— Et ?

— J'imagine mal trois lascars attendre pendant des plombes que quelqu'un vienne. S'ils avaient voulu casser du pédé, je peux vous assurer qu'il y a des quartiers bien plus propices.

— Ils pouvaient être là par hasard. L'occasion a fait le larron.

— Peut-être.

— Pas la peine de dire ça pour me faire plaisir, je vois bien que vous n'êtes pas convaincu.

— C'est possible. Mais pas très probable. Et il y a pire…

— Quoi ?

— Dans sa déclaration, Lundström indique qu'ils étaient « encagoulés ». Croyez-moi, quand des voyous portent des cagoules, ce n'est pas par hasard. Non, ils avaient prévu de faire un sale coup.

— Dans ce cas, il a eu une chance incroyable de s'en sortir.

— « Incroyable », c'est le mot ! Vous imaginez Lundström, avec ses godasses de marque, ses fringues à la mode, se taper un sprint après s'être pris un pain en pleine tête ? Face à trois mecs habitués à la bagarre ? Impossible qu'ils laissent filer un aussi beau poisson.

— Alors, pourquoi l'ont-ils fait ?

— Je n'en sais rien.

— Et s'ils étaient venus pour une autre raison, beaucoup plus importante qu'un passant à détrousser ?

— Du genre ?

— Je ne sais pas moi, un règlement de comptes entre truands ? Un contrat sur la tête de quelqu'un ? Un cambriolage ? Lundström passe dans le coin, ils prennent peur et lui en collent une. Ils le voient s'enfuir, ça leur suffit.

— Dans ce cas, on en revient à ce qui me turlupine depuis le début : pourquoi parler d'agression homophobe ?

— Je commence à vous connaître. Si vous posez la question, c'est que vous avez une réponse.

— Une réponse, non. Juste une idée.

— Je vous écoute.

— Je pense que Lundström n'était pas seul.

— Un autre homme ?

— Ça justifierait qu'on parle d'« agression homosexuelle ». Ce sont ses propres termes.

— Désolée de vous contredire, mais si c'était le cas, il y aurait une déposition de ce second individu.

Venturi fonça vers le guichet où le préposé fut tiré de sa somnolence.

— Je veux tous les dossiers de tous les faits ayant eu lieu ce soir-là et le lendemain matin. Dans le 16e.

— Tous ?

Comme Venturi demeurait impassible, le fonctionnaire se résigna à chercher dans son ordinateur. Après qu'il eut tapoté sur son clavier, l'imprimante se mit en marche et cracha un listing de numéros de dossiers. Il fit le tour du comptoir et déambula à travers les allées d'étagères, les bras chargés de documents qu'il empilait au fur à mesure.

Lorsqu'il eut terminé, il déposa le tout sur la table.

— Tout est là.

Menthe-à-l'eau le gratifia d'un sourire reconnaissant, tandis que Venturi inspectait déjà le premier dossier. Ils épluchèrent ainsi les dépositions. Les plaintes ne manquaient pas : tapage nocturne, violences conjugales, cambriolage, attouchements sexuels, voiture fracturée, agression d'une prostituée… Quand on ne se focalisait que sur ce que l'humanité avait de plus sale, on finissait par avoir la nausée. Familier de ces remugles, Venturi restait de marbre. Il parcourait chaque feuille avec l'avidité d'un chasseur de trésor. Dès qu'il avait terminé, il passait aussitôt à la suivante, convaincu d'y trouver de quoi faire avancer l'enquête. Les dépositions défilèrent ainsi jusqu'à la dernière – une plainte pour vandalisme – sans lui livrer le moindre secret.

Pourtant, le policier demeurait perplexe. Olivia le dévisageait sans oser intervenir. Cet homme obstiné allait-il se résoudre à admettre qu'il s'était trompé ? Venturi se leva si soudainement que Menthe-à-l'eau sursauta. Il se dirigea de nouveau vers le préposé et réclama les plaintes émanant du commissariat de Boulogne-Billancourt.

Après quelques minutes, Venturi retourna s'installer avec un nouveau classeur sous le bras.

— Que fait quelqu'un qui veut échapper à une agression ?

— Il s'enfuit ? tenta Olivia.

— Il détale dans la direction opposée. Or, en filant tout droit depuis la rue Michel-Ange, on déboule sur la porte de Saint-Cloud, qui donne sur Boulogne. On n'est plus à Paris, ce n'est plus le même département, et pas le même commissariat. Donc, pas le même registre, conclut-il en ouvrant le dossier.

Avec le même empressement, il fit défiler chaque déposition jusqu'au moment où il exulta :

— Là !

La psy se pencha pour voir de quoi il s'agissait.

Ils prirent connaissance ensemble du rapport et, plus les lignes défilaient, plus Menthe-à-l'eau se décomposait. En découvrant la série de photos, elle devint livide.

— Mon Dieu !

— Oui, ils l'ont pas loupé.

Sur le cliché, un homme dont le visage n'était qu'une plaie béante. En guise d'yeux, deux points noirs fermés par des hématomes violacés, gros comme des saucisses. Son nez avait explosé. Ses lèvres bleuies laissaient deviner des dents brisées. Son front présentait une excroissance anormale et ses cheveux étaient gominés par le sang. Retrouvé dans un état critique, il avait été conduit en urgence à l'hôpital Ambroise-Paré de Boulogne-Billancourt, avant d'être transféré à la Pitié-Salpêtrière. Il était resté dans le coma pendant douze jours !

— Qu'est-ce qu'il a bien pu faire pour mériter ça ?

— Allez savoir. Une seule certitude, c'était prémédité. Ces types étaient commandités.

— Par qui ?

— J'en sais rien. Ça me fait penser à des dettes de jeu. J'ai déjà vu ça.

— Vous croyez que c'était lui avec Lundström ?

— L'adresse correspond. Et ça ressemble aux dégâts que pourraient faire trois enragés, dont un avec une batte de base-ball.

— Mais pourquoi Lundström n'a-t-il jamais évoqué la présence d'une autre personne dans sa déposition ?

— Il ne voulait pas qu'on sache qu'il était accompagné.

Venturi s'attarda sur la fiche d'identité de l'individu passé à tabac. Matthias Kruger.

— On pense la même chose ? tenta Venturi.

— Mister Mystère ?

— Avouez que c'est troublant.

Ils demeurèrent quelques instants à fixer le portrait de ce nouveau venu dans l'enquête, conscient que celle-ci venait de prendre un tournant inédit.

Ce fut la psy qui rompit le silence.

— La Salpêtrière, je connais bien. Et vous savez quoi ? C'est l'hôpital spécialisé dans les maladies neurologiques. Il a probablement subi un traumatisme crânien ayant provoqué des lésions au cerveau.

— Attendez, je vois où vous voulez en venir : vous pensez que Kruger, lui aussi, serait complètement dingue ? Un couple de psychopathes, en somme ?

— Non. Je crois que Lundström était parfaitement normal.

— Hein ? Je ne sais pas ce qu'il vous faut !

— Lundström était sain d'esprit.

— Vous débloquez ou quoi ?

— C'est Kruger, le malade !

Venturi eut du mal à contenir sa surprise. Sa collaboratrice poursuivit :

— Lorsque je me suis rendue chez le confrère qui suivait Lundström, il a ponctué notre entretien en me faisant une étrange révélation. Il m'a dit qu'il ne croyait pas un traître mot de tout ce que son patient lui avait raconté pendant ces quatre années de thérapie.

— Pourquoi vous ne m'aviez pas dit ça ?

— Parce que moi-même je ne savais pas quoi en faire. Je ne comprenais pas ce que ça pouvait bien signifier. Mais brusquement, ça prend un certain sens.

— Benjamin Lundström suit une thérapie à la place de Matthias Kruger. C'est ça votre idée ?

— En résumé.

— Mais pourquoi ferait-il ça ? demanda Venturi.

— Parce qu'il sait que Kruger n'échapperait pas à l'internement. Avec une telle pathologie, il finirait dans un établissement spécialisé. Tandis que Lundström peut décrire les symptômes de Kruger, sans pour autant perdre le contrôle. Il reste sur le fil.

— D'accord, mais on peut soigner un patient de cette façon ? Par personne interposée ?

— Non. Mais ça ne l'empêchait pas d'y croire. Et surtout, ça lui permettait d'obtenir les ordonnances pour des tranquillisants qu'il administrait à Kruger.

— Ça ne tient pas debout. Vous m'avez vous-même décrit la gravité des troubles psychiques dont il souffrait. Ça nécessite un soin quasi permanent… un isolement… et…

Menthe-à-l'eau l'encouragea à continuer avec un sourire.

— Oh putain ! Il vivait chez Lundström !

— C'est ce que je pense, en effet.

— C'est pour ça que les fenêtres étaient condamnées ! Il avait aménagé son domicile pour héberger Kruger. Il savait qu'en le faisant sortir, il serait dangereux pour les autres.

— Ça explique aussi que personne ne le connaisse, ce Mister Mystère. Tout le monde sait qu'il existe, car c'est impossible à dissimuler, mais personne ne sait qui il est.

— Lundström travaille à domicile pour pouvoir s'occuper à temps plein de son protégé.

— Alors qu'avant l'agression, il se rendait au bureau tous les jours.

— Il a conçu une pièce secrète où il lui a installé des mannequins. Kruger pouvait « jouer à la poupée » comme bon lui semblait, sans nuire à personne.

— Il était en sécurité et ne présentait aucune menace. En théorie, c'était bien pensé.

— Puisqu'il vivait avec Lundström, il a dû souvent le voir coudre. Sans être un pro de la couture, il a dû acquérir un niveau suffisant pour faire des sutures propres.

— Sans doute.

— Ça semble dingue, mais qu'est-ce qui ne l'est pas dans cette affaire ?

— Je suis prête à parier que si vous vous rendez au domicile de Kruger, vous n'y trouverez qu'une simple boîte aux lettres.

— Je vais envoyer une équipe, mais je suis convaincu que vous avez raison. Lundström aurait dévoué sa vie à préserver Kruger.

— C'est ça.

— Par amour ?

— Par amour. Par culpabilité. Il l'a laissé se faire tabasser sans intervenir. Pire, en prenant la fuite. Il n'a rien osé dire à la police. Il s'est senti terriblement lâche. Alors, il s'est racheté une conscience en lui évitant l'internement. C'est d'ailleurs cohérent avec son rapport à la religion : la rémission des péchés, vous vous souvenez ? On est en plein dedans.

Les yeux pétillants de satisfaction, Venturi s'enthousiasma :

— Vous êtes sacrément forte pour une petite bonne femme comme ça !

— La « petite bonne femme » ne sait pas trop comment réagir à ce qui semble être un compliment maladroit. Donc, elle va faire comme si elle n'avait rien entendu. Et elle va revenir à du très concret, quitte à vous casser le moral : il y a un sacré gros problème avec cette théorie. Sur le lieu du crime, on a retrouvé les empreintes de Lundström. Comment Kruger est-il parvenu à un tel prodige ?

— Parce qu'on s'est trompé ! Rappelez-vous comment on en a déduit que les empreintes découvertes dans la chapelle étaient celles de Lundström.

— En les comparant à celles qu'on a relevées chez lui.

— Puisque c'était son domicile, on a cru que c'étaient ses empreintes, mais Kruger habitait également sur place !

— Ah ! Et comme aucun des deux n'est fiché, on est tombé dans le panneau.

— Exactement. On a confondu les empreintes de Lundström et celles de Kruger. D'ailleurs, regardez, dit-il en tapotant du doigt la photocopie de la pièce d'identité de Kruger.

On y voyait un homme aux cheveux grisonnants. Sur la ligne « taille » était inscrit : 1 mètre 82. C'était parfaitement conforme à la description sommaire du kidnappeur.

— Notre tueur, c'est Kruger, affirma Venturi. À la mort de Lundström, il n'y avait plus personne pour le maintenir en captivité. Sans son geôlier, il est sorti à la première opportunité. Et, surtout, il n'y avait plus personne pour lui fournir des médicaments. La bête sauvage s'est retrouvée en pleine nature, laissant libre cours à ses fantasmes.

— Et le site de rencontres ? Le premier pseudo, *OndeCalme*, a été créé par Lundström, pas par Kruger.

— Et alors ?

— Il aurait utilisé le même site que son ami ?

— Pourquoi pas ? Il a juste créé d'autres pseudos.

— Tout simplement, conclut Menthe-à-l'eau.

— Et, pour finir, Lundström est bien propriétaire d'un véhicule pour personnes handicapées, parce qu'il devait shooter Kruger lorsqu'il sortait. Donc, il le déplaçait en fauteuil roulant et tout le monde n'y voyait que du feu.

— Kruger a récupéré cette voiture et maintenant il s'en sert pour chasser ses victimes.

Venturi tira son téléphone de sa poche et composa le numéro du procureur. L'échange fut bref et concis. Il se ponctua par l'émission d'un mandat d'arrêt au nom de Matthias Kruger.

— Une affaire vite bouclée ! s'enflamma la psy. On redescend dans le Sud ?

— Pas si vite.

— C'est vous qui me dites de ralentir ? Il y a du progrès !

— J'aimerais lire le rapport de police. Je me pose beaucoup de questions au sujet de cette agression.

Ils lurent les lignes arides du document. Le texte était long et caractéristique des textes administratifs : scrupuleusement factuel et impersonnel. Pourtant, Venturi, en connaisseur de la prose des fonctionnaires de police, crut y déceler un manque de conviction de son auteur. On y devinait en creux ce retrait prudent de celui qui avalait des couleuvres. Noyé dans un océan de termes convenus, un mot sortait du lot. Choquant comme un blasphème au milieu d'un cantique. Un mot qui leur donna le tournis.

62

Ma mère m'avait reproché ma rudesse, bien évidemment. Le ton était monté et je l'avais congédiée sans vergogne. Comment pouvait-elle nier que, petite, j'avais eu des révélations ? Certes son éducation catholique bien-pensante était peu compatible avec une fille athée qui avait des visions, mais de là à occulter complètement la chose ! Ne pouvait-elle pas m'écouter, une fois dans sa vie ? N'avait-elle rien perçu de ma détresse ? De ce besoin de savoir ?

J'étais tellement excédée que, après l'avoir foutue à la porte, j'avais quitté la maison comme une furie. J'avais tracé tout droit à travers bois, mue par la haine. Je me surprenais même à pester à voix haute. J'étais si naïve ! Comment avais-je pu espérer l'aide de cette vieille aigrie malveillante ? Jamais la solitude ne m'avait tant pesé.

Je m'étais si profondément enfoncée dans la forêt sans me préoccuper d'où j'allais que lorsque, enfin rasséréné, je décidai de rebrousser chemin, je ne sus par où passer.

La nuit était encore loin, mais le soleil avait déjà perdu de sa vigueur et les frondaisons épaisses projetaient une ombre dense dans le sous-bois. Il faisait moins chaud, aussi. Je m'étais égarée. J'avais bifurqué du mauvais côté et le chemin que j'arpentais à présent m'était totalement inconnu.

Je remarquai une forme massive dissimulée par la végétation. Quelques pas de plus et une maison à l'abandon se dessina devant moi. Ses murs étaient couverts de racines grimpantes, tandis que son toit était largement éventré. Fenêtres et volets étaient absents, laissant dans le flanc de la bâtisse deux grands trous béants semblables à des yeux menaçants. Je fis encore quelques pas, mais je n'étais guère rassurée face à ce monstre de pierre abandonné. Mue par une inexplicable répulsion, je fis demi-tour, bien décidée à regagner le bon sentier. M'éloigner de cette ruine ne m'apporta aucun réconfort. Au contraire. Le malaise se fit plus fort, plus palpable. Je jetai des coups d'œil alentour pour tenter de ne pas me faire surprendre par un rôdeur. Ou pire ! C'était stupide. L'imagination devenait si fertile lorsqu'il s'agissait de se faire peur. Je parvins toutefois à retrouver mon chemin sans embûche et, semblait-il, sans gros détour. Mais j'avais toujours cette désagréable impression d'être observée.

Je n'étais pas seule.

Mes coups d'œil se firent plus rapides, plus fréquents.

Il y avait quelqu'un. J'en étais persuadée. Tapi dans un buisson ou caché derrière un tronc. M'épiant.

On sent ces choses-là.

J'accélérai le pas.

Les contours de ma maison se dessinaient à travers les arbres, trouant l'étendue verte.

C'était irrationnel, mais je sentais une présence ici.

Je sortis les clés de ma poche. J'étais si nerveuse que je les fis tomber.

Quelle idiote !

En me relevant, je regardai tout autour de moi.

Je me dirigeai vers la porte en courant presque.

Ma main tremblait en introduisant la clé dans la serrure.

J'ouvris aussi vite que je pus et refermai en claquant la porte et en la verrouillant aussitôt.

Soulagée, je pris un instant pour souffler.

Puis j'essayai d'apercevoir mon poursuivant par l'une des fenêtres.

Il n'y avait personne, évidemment.

Je demeurai de longues minutes à considérer chaque buisson, chaque fourré. Lorsque le vent animait un feuillage, je le scrutais minutieusement pour tenter d'y distinguer une silhouette. Je dus me résoudre à l'idée que personne ne m'avait suivie.

Depuis cette succession d'incidents, je me faisais peur toute seule. Il y avait de quoi, certes, mais je devais me reprendre, sans quoi cette baraque isolée deviendrait vite invivable.

Je me dirigeai vers la cuisine, me servis un verre de rosé, y ajoutai un glaçon, et m'affalai dans le canapé.

J'avais envie d'en rire.

Moi qui avais rêvé d'une vie différente, j'héritais d'un cortège d'événements bizarres, la marâtre resurgissait plus mauvaise que jamais, et pour finir, j'échappais à un poursuivant invisible.

Tu vas finir internée, ma pauvre fille.

Il y avait une drôle d'odeur.

Cela me frappa tout à coup. On aurait dit que quelque chose avait brûlé. C'était une odeur familière, ancienne.

C'était l'odeur du tabac.

Je ne fumais pas. Ma mère non plus.

L'inquiétude revint à la charge.

Quelqu'un avait fumé ici, en mon absence.

Je me levai lentement en scrutant le salon, la porte donnant sur le couloir. Rien.

Mon cœur battait à tout rompre.

Je n'entendais aucun bruit.

Le seul récipient pouvant servir de cendrier était vide.

Encore une hallucination ?

Cette fois, je priai pour que ce fût le cas.

Si seulement j'étais folle ! Si seulement cette odeur n'était que dans ma tête !

Je marchai jusqu'au couloir, tout en me tenant en retrait, juste pour voir s'il était vide.

C'était le cas.

Je le traversai d'une traite et me rendis dans la cuisine où je saisis un couteau.

C'était la deuxième fois en bien peu de temps que j'éprouvais le besoin de me défendre. Deux fois de trop.

La lame en avant, serrant le manche à deux mains, je fis le tour des pièces. Vides. Aucune fenêtre n'avait été fracturée. Personne ne s'était caché dans la cave dont le verrou était fermé.

Je pus alors reprendre mon calme et retrouver un raisonnement rationnel : j'étais au milieu d'une forêt aux multiples essences d'arbres et de plantes, n'était-ce pas plutôt cela que je sentais ? Ou bien le voisin avait fait du feu pour… je ne sais pas… se débarrasser de ses mauvaises herbes.

Un feu ? En plein été ?

Un feu ou autre chose. Il devait y avoir mille raisons expliquant cette odeur. On était à la campagne, bon sang !

Tout bien considéré, était-ce vraiment l'odeur du tabac ? Je n'en étais plus si sûre.

Je devenais trouillarde, voilà tout. Une petite Parisienne bourgeoise à souhait lâchée en pleine nature qui réalisait qu'il y avait d'autres parfums que celui des pots d'échappement et de la pisse du métro.

En parlant de pisse, il restait une pièce que je n'avais pas vérifiée…

Je me dirigeai vers les toilettes.

Mon verre tomba sur le sol où il éclata. Le rosé se répandit sur le carrelage.

J'étais pétrifiée.

J'eus envie de mourir.

L'abattant des toilettes était relevé.

Trois mégots flottaient à la surface.

63

Qu'est-ce qu'elle peut pleurnicher putain

Faut dire je ne suis pas le visiteur idéal mais je vous jure que je ne l'ai pas fait exprès bon ma parole vaut ce qu'elle vaut c'est vrai mais je vous le jure quand même

Elle s'était absentée apparemment elle était en colère et elle avait disparu moi je croyais qu'elle en aurait pour plus longtemps que ça alors je suis sorti de mon trou et j'ai traîné tranquillement dans la maison comme j'ai l'habitude de le faire j'ai flâné en pensant à elle en caressant ses sous-vêtements les objets qu'elle aime je me suis masturbé enfin rien de particulier soudain j'ai compris qu'elle revenait

Je m'étais grillé trois clopes que j'avais jetées dans les toilettes quand j'ai réalisé qu'elle revenait j'ai hésité à tirer la chasse mais c'était trop tard elle aurait pu entendre j'ai agité les bras pour dissiper l'odeur

Quel con ! L'odeur ? S'il y a bien une chose dont on se fout royalement c'est l'odeur de cigarette non ? Comme s'il n'y avait pas plus important

Bref je suis parti au moment où elle arrivait

Comme d'habitude

Je sais qu'elle me voit

Pas toujours Dieu merci mais elle a vu mon visage ma sale gueule

Ça lui vient sans prévenir par flash c'est curieux

Elle a des pressentiments elle sent une présence

Tant mieux au fond

Ce sera plus simple pour la suite lorsque je viendrai à elle pour de vrai

Lorsque je la ferai payer

Je ne suis pas parfait ça je l'admets facilement

Mais si vous saviez ce qu'elle m'a fait endurer !

Qu'est-ce que vous croyez ? Que j'ai toujours été comme ça ?

Je suis devenu un tueur

Par la force des choses

Elle m'a forcé à lui faire l'amour elle avait un problème avec le sexe je l'ai compris très tôt elle a grimpé sur moi à califourchon et elle m'a forcé à entrer en elle jusqu'à ce que je jouisse

Je n'avais pas quinze ans

J'avais tellement honte

C'est là je pense que tout a basculé

Je ne saurais pas dire si avant ça j'aimais déjà les garçons j'étais si jeune

Un jour elle a aussi badigeonné l'intérieur d'un de mes caleçons avec du soufre elle en avait piqué en cours de chimie moi je n'avais pas fait attention lorsque je l'ai enfilé j'ai eu le sexe brûlé qu'est-ce qu'elle a pu rire

Je crois que c'est ce qui m'a fait le plus mal son rire

J'ai été conduit à l'hôpital

Plus tard elle se filmait en train de faire l'amour avec des garçons qu'elle rencontrait puis elle remplaçait la bande d'une de mes cassettes vidéo par ses enregistrements moi qui l'aimais tant je la voyais se faire prendre par des inconnus son regard à la caméra je savais qu'il m'était adressé

Dégueulasse

Et je ne vous raconte pas le pire

Je sais j'ai promis de tout dire de consigner scrupuleusement toute la vérité sur ce petit carnet mais croyez-moi il y a des choses que je ne peux pas dire quoi que vous imaginiez vous serez encore loin du compte et loin du pire

Ce qu'elle me forçait à faire en récitant ce poème de Rimbaud

Je n'ai pas la force je n'ai même pas les mots les larmes me viennent rien qu'en écrivant ces lignes

Vous vous dites « C'est pour ça qu'il lui en veut autant ? » vous n'avez rien compris

Vous verrez

~~Sale petite pute Sale pute de merde Sal~~

Je lui en veux à crever tout est de sa faute ça doit cesser il le faut

C'est sa faute si je tue des gens

64

Le policier de service à l'accueil n'en crut pas ses yeux. Il se demandait s'il n'était pas en train de rêver, si la bière qu'il s'était autorisée en catimini ne lui jouait pas des tours. Pourtant, l'homme qu'il voyait s'approcher d'un pas décidé ressemblait comme deux gouttes d'eau au Cow-boy. Lorsqu'il fut finalement convaincu qu'il s'agissait bien du commissaire Victor Venturi, il ne put s'empêcher de glisser entre ses dents :

— Merde, qu'est-ce qu'il vient foutre ici ?

Le poste de police de Bagnolet comptait au nombre de ces lieux que l'élite de la fonction publique évitait consciencieusement. Que diable venait faire l'un des flics les plus célèbres de France dans un recoin aussi merdique ?

Il balaya de la main le plan de travail pour se débarrasser des vestiges de son casse-croûte et pria pour que son haleine n'exhale pas trop les effluves de Kronenbourg.

— Bonsoir, lança Venturi avec l'aisance de celui qui rentre chez lui et s'attend à ce que ses gosses lui sautent au cou.

— Bonsoi… Mes respects, monsieur le commissaire.
— J'ai rendez-vous avec le brigadier-chef Bonneval.
— C'est moi.

L'homme qui avait parlé se tenait dans l'embrasure d'une porte. Il transpirait la lassitude. Ses yeux étaient rougis par la fatigue. Pas par le manque de sommeil. Par cette fatigue perpétuelle, lancinante et profonde d'un homme qui n'attend plus rien. Le flic au bout du rouleau. Le plus étrange était qu'on pouvait lui trouver une certaine ressemblance avec Venturi dont il était une sorte de miroir usé et terni.

Avant d'échouer à Bagnolet, il officiait dans le 16e arrondissement. Pas le même genre. Il avait eu l'opportunité de monter en grade en changeant d'affectation. Sa mine en disait long sur la satisfaction qu'il éprouvait d'avoir fait ce choix.

Venturi et Menthe-à-l'eau s'avancèrent vers lui.

— Je me souviens très bien de cette affaire, commissaire. Une drôle d'histoire.
— Dites-moi tout.
— Ce type… il avait un nom étranger…
— Kruger. Matthias Kruger.
— C'est ça, Kruger. Il a été conduit d'extrême urgence à l'hôpital. De mémoire il en a fait deux.
— Ambroise-Paré et la Salpêtrière.
— Moi, je ne suis intervenu qu'à la Salpé, quelques jours plus tard, car il est resté dans le coma. Avec ce qu'il a pris, il a même eu de la chance de pas finir dans une caisse en sapin.
— Vous avez pu l'interroger ?
— Oui et non.
— C'est-à-dire ?

— J'ai pu lui poser des questions, mais ça ne servait à rien. Il était trop amoché pour causer. Je suis revenu à plusieurs reprises et il tournait pas rond.

Il fit un petit moulinet de l'index devant sa tempe avant de poursuivre :

— Je n'ai rien pu en tirer. Et vous savez ce que c'est, plus le temps passe, moins on a de chances de tomber sur ceux qui ont fait le coup.

— Où peut-on trouver une photo récente de Kruger ?

— Vous voulez dire après ses opérations ?

— Oui.

— Aucune idée. Mais, si vous voulez mon avis, il devait être vraiment méconnaissable. Je me souviens que, lors d'une de mes visites, j'ai surpris une discussion entre médecins. Il était question de reconstruction faciale et de mâchoire de synthèse. Quand on en arrive à ce stade-là, c'est pas bon signe.

— Quel était le motif de cette agression, selon vous ?

— Bah… officiellement, « vol avec violence ». Agression crapuleuse, quoi.

— Vous n'y croyez pas ?

— Pas une seconde, non.

— Pourquoi ?

— Vous savez commissaire, j'en ai vu de la merde. Je sais quel goût elle a.

Son regard rougi et ses poches sous les yeux valaient mieux qu'un serment la main sur le cœur.

— On ne l'a pas tabassé par hasard. Ces types en avaient après lui. Pas un autre. Ils l'ont dépouillé, ça oui. Ils lui ont piqué sa montre, son portefeuille, son portable et deux ou trois autres trucs, pour faire illusion.

Mais ils voulaient lui casser la gueule et c'est ce qu'ils ont fait.

— Pour quelle raison ?

Le brigadier-chef Bonneval fit la moue.

— Chaque fois que je lui ai rendu visite, je lui ai posé la question. Mais je n'ai jamais compris un traître mot de ce qu'il me racontait.

— Si nous sommes ici, intervint Olivia Montalvert, c'est parce qu'il y a un mot, justement, que vous avez consigné dans votre rapport et qui a suscité notre intérêt. Un prénom, pour être précise. « Ophélie. »

— Oui, il répétait ce prénom. J'ai d'abord pensé qu'elle l'accompagnait ce jour-là et qu'elle avait également été agressée. J'ai donc fait des recherches que j'ai étendues à toute l'Île-de-France et aux jours suivants. Rien.

Derrière sa face usée, Bonneval avait l'air d'être un bon flic. Pointilleux, instinctif et teigneux. C'était peut-être ces qualités qui avaient fini par le vider jusqu'à ce qu'il n'en reste plus qu'une carcasse tannée et labourée de cernes.

— J'ai interrogé ses proches – y en avait peu –, ses voisins, des collègues de travail. Personne n'avait entendu parler d'une « Ophélie ». Sa famille habitait en Allemagne, donc ça m'a privé d'informations. Mais, bon, de vous à moi, je crois que cette Ophélie était un délire.

— Qu'est-ce qui vous fait dire ça ?

— D'abord le fait qu'elle soit introuvable. Et surtout, aucun de ses propos n'était cohérent. Alors, pourquoi Ophélie l'aurait-il été ?

— Que disait-il ?

— Je ne sais plus. Il récitait des vers. Une sorte de poème.

Menthe-à-l'eau tira son portable de son sac et, après avoir tapoté sur l'écran, le tendit à Bonneval.

— C'était ce poème-ci ?

Il plissa les yeux.

— Oui. Oui, c'était ça. Je m'en souviens.

Venturi enchaîna :

— Le même soir, une autre agression s'est produite…

À ces mots, Bonneval eut un sourire en coin.

— Ouais.

— Ça vous dit quelque chose ?

— Oh que oui ! Lui aussi, il avait un nom étranger.

— Lundström.

— Attaqué dans le même quartier, le même soir, ricana le brigadier. Mais il a juré qu'ils ne se connaissaient pas.

— Et vous ne l'avez pas cru.

— Ah, non. Non, je n'y ai pas cru.

— Pourquoi ?

— Parce que si je commence à gober ce genre de conneries, commissaire, autant que je change de métier. Qu'en pensez-vous ?

— Pourquoi n'a-t-il pas voulu dévoiler qu'ils étaient ensemble ?

— Je ne sais pas. Sûrement un truc de pédés.

Menthe-à-l'eau leva les yeux au ciel. Même Venturi fut embarrassé par cette réponse.

— Il m'est arrivé d'entendre de meilleurs arguments.

— Ce que j'veux dire c'est qu'il avait peut-être honte, vous voyez ? Il y en a qui n'assument pas.

Moi, je m'en fous, mais y a pas mal de cons dans la police, non ? Avouer qu'on est pédé, ça doit pas être facile. Surtout si ensuite, il déclare qu'il s'est barré en courant pendant que son petit copain se faisait défoncer la gueule. Y a plus glorieux, vous ne trouvez pas ?

— Vous n'avez pas cherché à prouver qu'ils se connaissaient ?

— Si. J'ai convoqué Lundström pour qu'il crache le morceau. Ça n'a rien donné. Je lui ai téléphoné à plusieurs reprises pour lui foutre la pression. La routine, quoi. Au final, c'est son avocat qui m'a rappelé pour me dire que si je continuais d'importuner son client, il déposait plainte. Vous auriez fait quoi à ma place ?

— Et comment votre enquête s'est-elle conclue ?

Le brigadier-chef hocha la tête d'un air dégoûté.

— Le type n'est pas mort. Donc c'est un délit mineur. Pas de témoin. Pas d'indice. Rideau. On ferme.

Venturi connaissait la musique. Mobiliser un fonctionnaire de police pour une gueule cassée, avec toutes ces restrictions de budget, ce n'était pas dans l'air du temps.

— Reparlez-moi de Kruger, embraya la psy. Vous avez dit qu'il tenait des propos délirants. Vous pouvez m'en dire plus ?

— Bah, déjà, avec le poème, on est servi.

— Mis à part ça.

Le brigadier-chef se gratta la tête.

— Je me souviens… Il évoquait une sorte de don.

— Un don ?

— Oui, un pouvoir, si vous préférez. Un truc surnaturel.

— Comment ça ?!

— Je me rappelle plus bien. Je crois que c'était un truc avec l'esprit, ce genre de conneries. Oui, c'est ça. Il était persuadé d'être connecté à quelqu'un.

65

Le serrurier était accroupi, s'affairant sur la porte d'entrée. Son pantalon bâillant laissait voir la raie de son cul. Classe !

Il n'était pas tout jeune, il avait un bel embonpoint et il boitait légèrement, autrement dit il était probablement la personne la moins bien placée pour me protéger contre un agresseur. Pourtant, sa présence me rassurait. C'était parfaitement idiot, j'en avais conscience, mais c'était ainsi.

— Dites, c'est normal cette odeur ? me demanda-t-il en levant le nez.

— Oui, oui.

— Vraiment ?

— Puisque je vous dis que oui.

Pour effacer les relents de tabac froid, j'avais allumé une demi-douzaine de bougies parfumées dont les senteurs se contrariaient. À cela, j'avais ajouté des bâtons d'encens qui traînaient. Les exhalaisons provenant du salon pouvaient en effet s'avérer incommodantes, mais tout plutôt que la cigarette qui me rappelait que mon intimité avait été violée.

J'avais complètement pété les plombs ! J'étais partie en furie, puis j'avais téléphoné à la police. Je n'avais pas pu me retenir, ça avait été plus fort que moi.

Le résultat ? Aussi peu concluant que lorsque je m'étais rendue directement au commissariat. Cette fois, c'était la communication qui était mauvaise. Ce putain de réseau ne marchait pas ! Une fois encore, mon recours aux autorités se soldait par un échec.

J'allais devoir me débrouiller seule. Encore.

— Alors ? m'impatientai-je.

— Non, elle n'a rien votre serrure. Aucune trace d'effraction. Personne n'a essayé de pénétrer chez vous, je suis formel.

C'était bien ce que je craignais ! L'intrus disposait d'un jeu de clés. J'étais incapable de savoir par quel miracle !

— On la change ?

— Oui, s'il vous plaît.

— Vous voulez vraiment une serrure de sécurité ?

— Oui.

— Non, je dis ça parce qu'avec vos fenêtres, là, vous n'êtes pas à l'abri des cambriolages. Du coup, c'est un peu ballot d'avoir une serrure impossible à fracturer si on peut passer par la fenêtre.

— On verra plus tard, pour les fenêtres.

— Comme vous voudrez.

Je commençais à comprendre quel jeu jouait l'intrus : il voulait se sentir chez lui, se promener dans ma maison, fouiller mes affaires en toute impunité. Il n'était pas du genre à briser une vitre et se glisser par une fenêtre. Cette nouvelle serrure allait lui pourrir la vie.

Je regardai au-dehors pour tenter de l'apercevoir. M'épiait-il ? Pour la première fois, j'eus envie que ce soit le cas ! Il réaliserait que la fête était finie.

— Tout va bien ? me demanda le serrurier qui avait levé la tête.

— Oui.

— On ne dirait pas.

— Si, si, tout va très bien. Continuez.

Qu'est-ce qui lui prenait à celui-là ? J'avais besoin d'une nouvelle serrure, pas d'une psychothérapie.

Après quelques coups de visseuse ou de perceuse, je ne sais trop, il se leva et, avec fierté, me montra le fruit de son travail.

— Voilà. Cylindre Fichet A2P. Une merveille ! Avec ça, fini les soucis.

On aurait dit qu'il venait d'inventer la pierre philosophale.

— Très bien.

Il déplia la facture et me la tendit. Pas gratuite, la serrure ! Mais elle valait largement son prix. Je remplis le chèque et le lui remis. Il fit une drôle de tête que je n'appréciai pas. Il me remercia, me salua, remonta dans sa camionnette et disparut.

Sur le petit guéridon de l'entrée, il avait déposé un jeu de trois clés. J'en glissai une dans la serrure que je fermai à double tour et je rangeai les deux autres dans ma poche.

Game over, taré !

Je demeurai quelques instants dans le couloir à considérer l'intérieur de la maison. Ma maison.

Le fait qu'il ait erré ici me répugnait. Mais je n'étais plus une victime. C'était terminé. J'étais passée à l'action et j'allais déployer les grands moyens. J'ouvris un placard de l'entrée où j'entreposais quelques affaires de jardinage et enfilai une paire de gants de caoutchouc. Je pénétrai dans la chambre et, là, je m'arrêtai devant la commode. Dans le premier tiroir se trouvaient mes culottes et mes soutiens-gorge. Il avait dû se branler dedans, ce dingue ! En grimaçant, j'ouvris le tiroir et sortis mes sous-vêtements un par un en les inspectant. Je ne vis aucune trace suspecte.

Par précaution, j'emportai le tout dans la machine à laver que je fis tourner immédiatement.

Dans la cuisine, je vidai chaque placard. Je l'imaginais passant sa langue dégueulasse sur le bord de mes verres, léchant mes assiettes ou je ne sais quel autre truc de cinglé. Le tout partit dans le lave-vaisselle et je démarrai un cycle.

Il restait le pire.

Mon lit.

Dès le pas de la porte, j'appréhendai de faire une sinistre découverte. Je m'approchai du lit comme d'un animal venimeux. J'attrapai la couette par un coin et je tirai d'un coup. Elle tomba sur le sol.

J'inspectai attentivement le lit à la recherche d'une tache suspecte. Rien.

J'ôtai mes gants et changeai drap, housse de couette et taies d'oreiller.

Toutes ces dispositions avaient des airs de victoires que j'avais bien l'intention de célébrer.

Je me servis du rosé et trinquai à la santé de ce maniaque dont je venais de me débarrasser. Je brandis mon verre comme on porte un toast. La première gorgée fut un don du ciel.

La vie normale pouvait enfin reprendre.

Pourtant…

En regardant la robe rose s'agiter dans mon verre, je compris mon erreur !

Quelle conne !

Je me précipitai vers l'évier pour y recracher le vin. Je crachai plusieurs fois pour m'assurer qu'il n'en subsistait pas la moindre goutte. Je vidai aussi le reste de la bouteille.

Qu'avait-il pu faire avec ?

Je n'osais penser à ce qui avait pu couler dans ma gorge. Espèce de porc !

Tout cela allait-il prendre fin un jour ?!

Je vidai le frigo de ce qu'il contenait et balançai tout dans la poubelle. Seuls quelques produits encore emballés furent épargnés.

Il me restait une dernière chose à faire.

De victime traquée, j'étais sur le point de me métamorphoser en furie vengeresse.

Je descendis à la cave. Là, je traînai une vieille chaise au cannage troué jusqu'au pied de la bibliothèque. Même en grimpant dessus, j'étais trop petite pour atteindre le dessus du meuble. Je me hissai sur la pointe des pieds et, du bout des doigts, je tâtonnai. C'était inconfortable et l'angle du meuble me meurtrissait le poignet. Le siège branlait dangereusement et le bois grinçait. À chaque mouvement, je craignais de trébucher. Il n'y avait rien.

Je répétai l'opération après avoir déplacé la chaise. Cette fois, mes doigts effleurèrent un sac en plastique. C'était ça ! En étirant mon corps au maximum, je parvins à le saisir à deux doigts et à le tirer vers le bord. Là, je pus enfin l'agripper. Je remontai à la hâte, déposai le sac sur la table, et l'ouvris. Il renfermait un chiffon dont j'écartai les pans.

Il était là. Je l'avais toujours détesté. Sa présence seule m'inspirait le dégoût et la mort. Mais, en ces circonstances exceptionnelles, il était probablement voué à m'apporter le réconfort et, sûrement, la sécurité dont j'avais besoin. Sur son flanc on pouvait lire, gravé dans le métal : Python.357 Magnum.

66

Comme si l'ambiance n'était pas assez électrique, Venturi claqua des mains dans l'open space du commissariat. Chaque claquement résonna comme un coup de tonnerre.

— Allez ! Allez ! Je veux tout savoir sur ce type ! Tout ! On se bouge !

Menthe-à-l'eau souriait discrètement en constatant l'agitation que provoquait cet homme qui ne concevait l'action que dans le tumulte.

Malgré l'énergie qu'il déployait, son visage était marqué par la fatigue d'une nuit blanche. Après avoir identifié le tueur, Olivia Montalvert et lui avaient décidé de redescendre immédiatement dans le Sud, persuadés que Kruger s'y cachait. Ni l'un ni l'autre n'avaient dormi, mais Venturi avait plus de mal à encaisser.

Dans l'espace de travail, la photo de Kruger avait été placardée aux murs. Le cliché était vieux de quatre ans. C'était avant l'agression. Depuis, il avait subi plus d'une quinzaine d'opérations de chirurgie réparatrice et il y avait fort à parier qu'il soit méconnaissable. Seulement, aucun portrait plus récent de lui n'existait.

Ne tenant plus en place, Venturi rassembla ses hommes dans la salle de réunion où personne n'osa s'asseoir.

— On en est où ?

Le chef de groupe, qui coordonnait les recherches, prit la parole :

— Une équipe parisienne a fait une descente au domicile de Kruger. C'est un plateau vide. Pas de meubles, pas d'affaires, rien. Le loyer et les factures sont payés par virement automatique.

— Je m'en doutais. Lundström ne ménageait pas ses efforts pour le cacher.

— Du coup, on a fait une enquête de voisinage chez Lundström. Il y avait bien quelqu'un en fauteuil roulant chez lui. Il sortait rarement, ne bavardait jamais. Personne n'a pu nous permettre d'établir un portrait-robot.

— Sa banque ? On peut tracer sa carte de crédit ?

— On ne sait pas dans quelle banque il est. J'ai donc entamé la démarche dans tous les établissements bancaires du pays. J'attends qu'ils répondent.

— Combien de temps ?

— Pour les plus rapides, quelques heures. Mais certaines banques sont moins coopératives. Plusieurs jours. Plusieurs semaines, peut-être.

— Merde ! C'est trop long. Bon, penchez-vous plutôt sur les comptes perso de Lundström. Je pense que Kruger était sous tutelle vu son état. Dans ce cas, il est probable que Lundström ait été son tuteur. Vérifiez.

— Entendu.

— Le bornage de son portable, ça donne quoi ?

— On n'a pas son numéro. Vu qu'il vivait reclus, il est possible qu'il n'ait pas de téléphone. J'ai quand même contacté tous les opérateurs. J'attends les réponses, mais si…

— Poussez-les au cul !

— Bien.

Un autre enquêteur intervint :

— Je me suis renseigné du côté des administrations locales. Personne n'est enregistré à ce nom. S'il a emménagé il y a seulement deux mois, ça n'est pas forcément anormal.

— Ça veut dire qu'il peut habiter dans le coin sans qu'on puisse savoir où ? s'insurgea Venturi.

— Désolé, répondit le policier, comme si la faute lui incombait.

— Bon, le notaire de Lundström m'a assuré qu'il n'avait pas d'autres biens. En revanche, Kruger a peut-être un pied-à-terre dans les environs. Si c'est le cas, il faut le trouver !

— Commissaire, c'est mission impossible. Kruger a pu acheter un bien en fondant une SCI à l'époque où il allait bien, louer en espèces ou je ne sais quoi d'autre.

— Vous avez fouillé dans son passé ?

Un policier qui n'était pas encore intervenu s'avança.

— Alors là, c'est fascinant ! Il menait une existence normale. Il avait une situation très respectable dans le domaine de la communication. Et, suite à son agression, boum, il disparaît complètement des radars.

— Oui, je sais.

— Sauf votre respect, commissaire, vous n'avez pas idée à quel point il s'est volatilisé. Le type n'apparaît réellement nulle part !

— Mmm.

— Mais, du coup, le fait de fouiller si loin en arrière, surtout après un tel bouleversement de son quotidien, ça ne nous avance pas à grand-chose.

— Il a de la famille ?

— Apparemment ses parents vivraient en Allemagne. Vous voulez que je demande à nos homologues de leur poser quelques questions ?

— Ça va prendre du temps, non ?

— Je n'ai jamais fait ce type de démarche. Mais, oui, j'imagine que ça peut être long.

Venturi pesa le pour et le contre : d'un côté, les parents pouvaient révéler où leur fils se cachait, de l'autre ils risquaient de l'avertir qu'il était recherché. Autant jouer à pile ou face. Non, ce n'était pas la bonne méthode. Il fallait contrôler la situation, avoir un temps d'avance, anticiper.

— Cherchez plutôt une femme dans son entourage : une sœur, une cousine, une amie, une ex-femme ou ex-petite amie.

— Il est gay.

— Et alors ? Rien ne l'empêche d'avoir eu une liaison hétéro. Même platonique. Creusez dans cette direction. Une femme qui pourrait avoir de l'influence sur lui. Quelqu'un qui exercerait une forme de fascination.

En achevant sa phrase, il fit un signe de tête reconnaissant à Menthe-à-l'eau.

— OK, commissaire.

— À part ça, est-ce qu'il a un proche qui aurait pu l'héberger dans la région ?

— Il me manque beaucoup trop d'infos pour le savoir. J'attends des réponses, mais ça va prendre…

— Trop de temps !

Venturi se mit à râler sous le regard craintif de ses enquêteurs.

— On est encore trop lents ! Il faut qu'on passe à la vitesse supérieure ! La clé, c'est l'argent. Sans argent, il ne peut rien faire. Qu'il soit hébergé, qu'il paye un loyer ou qu'il soit propriétaire, dans tous les cas, il a besoin de faire des achats. Il ne peut pas tout régler en espèces. Vous allez questionner les agences bancaires de la région. En direct.

— Quel périmètre ?

Venturi quitta la salle de réunion et tous comprirent qu'il fallait le suivre. Il se dirigea vers la carte murale où étaient punaisés les lieux où les enlèvements s'étaient produits. Il traça un cercle avec son index.

— On commence serré. On élargira au fur et à mesure.

— On les contacte par téléphone ?

— Non, « en direct », j'ai dit. Vous vous rendrez sur place.

— Ça va nous prendre un temps fou !

— Je sais, mais c'est nécessaire.

Il joignit les mains comme s'il allait prier.

— Écoutez-moi très attentivement : votre discrétion et votre subtilité sont indispensables. Vous ne devez pas parler au guichet. Dans ces petites villes et ces villages, les nouvelles circulent vite. En quelques heures, toute la région va savoir qu'on recherche un certain Matthias Kruger. Par conséquent, adressez-vous uniquement aux personnes qui peuvent vous délivrer une information, pas aux intermédiaires. Soyez discret, et sensibilisez-les pour qu'ils gardent le secret, sinon notre oiseau va s'envoler. Vous m'avez compris ?

Tous acquiescèrent avant de se mettre en route.

Venturi fit volte-face et alpagua Menthe-à-l'eau.

— Vous, suivez-moi.

Estomaquée par son manque de courtoisie, elle préféra en rire tandis qu'elle lui emboîtait le pas.

— Fermez la porte, lui demanda-t-il en se laissant tomber dans son fauteuil.

— « Vous voulez bien me suivre ? », « Auriez-vous l'amabilité de fermer la porte ? », « S'il vous plaît ? ». On ne vous apprend pas la politesse au Far West ?

— Le temps presse.

— C'est vrai que dire « Merci », ça retarde l'enquête !

— Vous savez que personne ne se permet de me parler comme vous le faites !

— C'est bien le problème ! Personne n'ose vous rentrer dedans.

— Encore heureux.

— Ça ne vous ferait pas de mal. Vous râleriez moins.

— Justement ! C'est pratique. On n'emmerde pas quelqu'un qui gueule. Les râleurs ont une paix royale.

— Oui, j'ai cru comprendre que ça marchait bien.

— Parlez-moi de Kruger.

— Tout ce que je peux vous en dire, vous le savez déjà.

— Non. Je connais les faits. Mais il me manque le principal : comment fonctionne son cerveau. Je dois savoir à quoi m'attendre.

— Le psy de Lundström m'a dépeint un portrait clinique très intéressant…

— En clair, il est complètement chtarbé ?

— Si vous voulez.

— Il a plusieurs personnalités, c'est bien ça ?

— Entre autres.

— Elles communiquent entre elles ?

— Pas forcément. D'après mon confrère, elles ont un rapport plutôt conflictuel.

— Il peut avoir des crises à tout moment ?

— Oui.

— Donc, il peut devenir dingue en pleine rue ?

— Peut-être a-t-il appris à vivre avec. Peut-être est-il en mesure de retarder le processus, ou, tout au moins, de le sentir venir pour se laisser le temps de s'isoler.

— Ça fait deux mois qu'il est livré à lui-même et personne n'a jamais rien remarqué ? C'est impossible !

— Je comprends que ça vous surprenne. Pourtant, lorsqu'il séduit des jeunes sur des sites de rencontres, il est parfaitement maître de lui-même. Il est assez convaincant pour obtenir un rendez-vous. Il gagne suffisamment leur confiance pour qu'ils acceptent d'ingérer une boisson où il a introduit une drogue. Je vous répète ce que je vous ai dit lors de notre rencontre : une partie de lui est particulièrement bien structurée.

— J'ai besoin de savoir si, lors de l'interpellation, il peut représenter un danger.

— En principe, non. Il n'est pas violent. Il tue par empoisonnement. Toutefois, il vit dans un monde fantasmagorique. À quel point est-il déconnecté de la réalité ? Jusqu'où est-il prêt à aller pour préserver son univers ?

— Putain de taré !

— C'est une façon de résumer la situation.

— Autre chose : ce sont les coups qu'il a reçus qui l'ont mis dans cet état ?

— C'est extrêmement rare. Mais vous avez vu la violence de l'agression ?

Venturi, qui avait encore à l'esprit les photos du visage tuméfié de Kruger, hocha la tête.

— C'est sûr qu'il a pas dû en sortir indemne.

— Il a certainement subi d'importants dommages traumatiques avec des séquelles neurologiques très graves. Il a dû supporter plusieurs interventions chirurgicales au terme desquelles en apparence tout allait bien.

— « En apparence tout allait bien » ? Vous êtes sérieuse ?

— Je ne parle pas de son psychisme. Il mangeait, buvait, communiquait et se déplaçait. Ça faisait illusion.

— Et lorsqu'il a quitté l'hosto, ils étaient deux, dont un qui aimait jouer à la poupée.

— C'est grossièrement résumé, mais c'est ça.

— Et on vous laisse sortir de l'hôpital quand vous avez un pète au casque ? D'après le brigadier Bonneval, son langage n'était pas cohérent.

— On n'interne pas les gens comme ça ! Après un choc de cette importance, les médecins ont voulu lui laisser du temps pour qu'il se remette. Leur priorité était sa survie, puis son rétablissement. Ce qui a pu passer pour une simple confusion mentale constituait les prémices d'un mal bien plus grave. Il est possible que les symptômes profonds ne soient apparus que plus tard. Et ça s'est encore dégradé par la suite.

— Vous avez de la compassion pour lui, n'est-ce pas ?

Que le Cow-boy s'intéresse à son état d'esprit la prit de court. Elle ne s'attendait pas à une question si personnelle. Pourtant, là où elle craignait une forme de mépris, elle perçut au contraire une certaine empathie et décida de lui répondre avec sincérité :

— J'imagine l'infinie détresse qui doit être la sienne pour en arriver à de telles extrémités. Ce type est malade. Il est atteint d'une pathologie très rare et incroyablement profonde. Il est dangereux, c'est incontestable, mais malade. Je pense que le combat intérieur qu'il mène pour refréner ses pulsions est plus éprouvant que tout ce que nous pouvons imaginer, vous et moi. Il se doute que la défaite est inéluctable. Il voit la situation dégénérer. Il perd complètement le contrôle, et nous n'avons pas idée de la douleur qu'il ressent. Le malheur a bien des visages.

— Je ne voyais pas ça de cette façon.

— C'est normal. L'opinion publique, les médias – et je ne parle même pas des familles des victimes – attendent que justice soit rendue. Comment leur en vouloir ?

— Il est récupérable ?

— Franchement, non. J'ai étudié des patients moins graves que lui et, dans le meilleur des cas, on obtient des progrès. Mais une rémission totale, c'est impossible. Il est parti beaucoup trop loin.

67

Je la fais souffrir j'espère elle le mérite

Si vous saviez comme j'ai pu l'aimer plus que ma propre vie elle je crois qu'elle ne m'a jamais aimé elle n'a jamais eu que du mépris pour moi avec une pointe de cruauté mais pas cette haine qui ressemble parfois à de l'amour non une méchanceté froide expérimentale elle inventait des sévices et observait le résultat elle ferait mieux la prochaine fois

C'était scientifique

Tout ce qui était en rapport avec elle de près ou de loin m'était cher tout même ce poème de Rimbaud que je me récite en boucle depuis… combien de temps déjà ?

Cette obsession que j'ai nourrie pendant toutes ces années c'est elle qui l'a fait naître elle l'a dressée comme un animal sauvage et vous vous étonnez aujourd'hui d'avoir affaire à un monstre ?

Le monstre c'est elle

Elle m'a envoûté

Je ne pouvais plus me passer d'elle de la voir de l'entendre de la sentir

J'avais pris goût à me masturber sur ces affaires je savais que ce n'était pas convenable mais ce n'était pas si grave elle aurait pu faire comme si de rien n'était non ?

C'était il y a longtemps elle en avait eu assez elle a prévenu la police comme si les flics pouvaient m'arrêter elle est bien bonne !

Alors elle a fait à sa façon

Il y a quatre ans

Ils m'ont frappé jusqu'à ce que je perde connaissance

Mais ce jour-là j'ai perdu davantage

La raison

C'est là qu'il a fallu jouer des rôles

Tuer aussi bien sûr

Tu as une idée du nombre de coups qu'ils m'ont portés ? De la souffrance que j'ai endurée ? Encore et encore ? Seize opérations du visage ~~petite pute~~ ! Tu as conscience de ma douleur ?

Non tu ne sais rien tu t'en fous tu joues à la voyante pendant que je tue ces innocents

Mais tout va finir

Je suis plus fort que jamais le moment est enfin venu

Je vais te rejoindre

Et je vais te crever, Ophélie

68

Ophélie.

Si la théorie qu'elle avait émise la veille était juste, Kruger était obsédé par une femme. Or, depuis le début de cette enquête, aucune femme n'était apparue. Le seul nom féminin qui figurait dans le dossier était le titre de ce poème.

Ophélie. Un personnage fantomatique né de l'imagination d'un poète enivré par les effluves de l'absinthe. Comme piste pour traquer un criminel, on avait fait mieux ! C'était maigre et tiré par les cheveux, mais Menthe-à-l'eau n'avait rien d'autre. Elle quitta son bureau et rejoignit le policier que Venturi avait chargé d'enquêter sur une femme évoluant dans l'entourage de Kruger.

— Tu t'en sors ?

Le policier poussa un long soupir :

— Je vais me faire passer un savon. J'ai demandé aux autorités allemandes qu'ils me fournissent l'état civil de toute la famille de Kruger. Et ça va prendre un temps fou.

— Tu n'y es pour rien.

— Je sais, mais va dire ça au Cow-boy ! Tu sais comme il est ? Si j'ai pas une réponse dans le quart d'heure, il va me lapider.

— Les Allemands t'ont dit combien de temps ça prendrait ?

— Non. Mais ils m'ont fait comprendre que ce n'était pas pour tout de suite. Va savoir combien il a de sœurs, de tantes, de cousines, de belles-sœurs, de belles-mères ! Va rechercher où tout ce beau monde habite !

— Et si je te donne un prénom ?

— Balance !

— Ophélie ou Ophelia.

L'enquêteur se tourna aussitôt vers son ordinateur et envoya un nouveau mail à la *Bundespolizei*, en précisant que c'était prioritaire.

— Tu viens peut-être de me sauver la vie. Je t'offre un café ? dit-il en se levant.

Sans répondre, elle le suivit jusqu'au distributeur de boissons où ils échangèrent quelques banalités avant de regagner leur poste de travail.

Un mail venait d'apparaître. Il comprenait une fiche d'état civil émanant des autorités allemandes d'une certaine Ophelia Kruger. C'était la sœur de Matthias, « l'Embaumeur », l'homme le plus recherché du pays.

Menthe-à-l'eau se rapprocha de l'écran. Son rythme cardiaque s'accéléra. Elle savait qu'elle tenait la pièce maîtresse de cette affaire. Son domicile se trouvait en Allemagne ! Elle aurait tellement espéré découvrir une résidence dans le sud de la France. Si elle habitait outre-Rhin, au moins était-elle en sécurité.

— Quand quelqu'un déménage, combien de temps il vous faut pour le savoir ? demanda-t-elle au policier.

— Ça dépend. Si elle fait les démarches normales, on est informés rapidement. Si elle se contente de payer son loyer sans rien signaler à personne, on peut très bien ne jamais être au courant.

— Jamais ?

— Enfin, disons, très tard.

— Donc, elle est peut-être en France sans que personne le sache…

Le policier approuva d'un signe de tête.

— Quelle profession exerce-t-elle ?

— Ce n'est pas précisé.

— Il y a autre chose ?

— Oui, il y a un document joint. Tu parles allemand, Menthe-à-l'eau ?

— Deuxième langue au lycée. J'ai eu 12 au bac.

— Ça veut dire « non » ?

— Voilà.

— Bon, on va passer par Google.

L'enquêteur colla le texte dans le traducteur automatique. En un instant, une réponse maladroite et déstructurée apparut. Ils se penchèrent tous deux pour en prendre connaissance.

Il s'agissait d'une plainte fédérale.

Ophelia Kruger avait été victime de harcèlement. Les faits remontaient à plusieurs années. Elle avait porté plainte contre X.

À ce jour, son agresseur demeurait inconnu.

69

La frénésie générale qui animait habituellement l'open space du commissariat s'était tue. Les enquêteurs avaient déserté les lieux quelques minutes auparavant pour tenter d'identifier l'agence bancaire de Kruger. L'ambiance avait des airs de calme avant la tempête. Dans le bureau du Cow-boy, la psy venait d'exposer sa théorie.

— Kruger a une sœur qui habiterait en Allemagne, annonça Olivia Montalvert, devinez comment elle se prénomme ?

— Ophélie ? Comme le poème.

— Ce n'est pas un hasard.

— On l'a contactée ?

— Oui, l'un de vos assistants a entamé la démarche auprès des autorités allemandes. Elle n'habite plus à l'adresse indiquée. Ils n'ont pas ses coordonnées. Elle a aussi changé de nom.

— Je vais faire une demande en haut lieu.

— Ce ne sera pas la peine, ils se sont montrés très coopératifs, et s'ils parviennent à la localiser, ils nous donneront l'information aussitôt.

— « Très coopératifs », ce n'est pas suffisant. Je veux qu'ils se remuent comme s'ils avaient une grenade dans le slip. C'est prioritaire !

Menthe-à-l'eau ne parut guère surprise par cette saillie. La « méthode Venturi » commençait à lui être familière.

— Qu'est-ce qui vous fait dire que cette Ophélie serait dans les parages ? relança le commissaire.

— Kruger habitait Paris. Pourquoi descendre dans le Sud ? Il y a forcément une raison.

— Quel rapport avec les poupées ?

— Je ne sais pas encore.

— Vous avez une théorie, mais vous hésitez à me la présenter, c'est ça ?

Menthe-à-l'eau dodelina de la tête.

— Pas vraiment. J'ai oublié un détail. Souvenez-vous des fibres de vêtements retrouvées sur les corps : elles étaient différentes. De même, les perruques étaient de plusieurs couleurs. Les personnages avec lesquels il joue sont bien distincts. Et puis, l'une des victimes n'a pas été émasculée.

— Des poupées filles et une poupée garçon. Du coup, les poupées, ce n'est pas Ophélie…

— C'est ça.

— C'est sans doute une sorte de pièce de théâtre sordide où Ophélie jouerait un rôle, tenta Venturi.

— Peut-être quelque chose comme ça.

— Et ça aurait un lien avec ce poème ?

— Possible. Je ne sais pas.

— Est-ce qu'un lieu y est mentionné ?

— Pas distinctement. C'est plutôt onirique, déclara la psy qui avait toujours en tête les vers de Rimbaud.

— Écoutez, jusqu'à présent vous avez vu juste sur presque toute la ligne. Alors, si vous avez une hypothèse, même bancale, même fragile, je m'en contenterai, lancez-vous.

— Ça a forcément un rapport avec l'enfance ou l'adolescence. Il est possible que Kruger essaie d'exorciser une scène traumatisante en la reproduisant encore et encore. Sa sœur devait être impliquée.

— De quelle manière ?

— Impossible à dire. Si je devais tenter une hypothèse, je dirais qu'il est sur le point de reproduire une scène qui l'a marqué et d'en changer la fin. De cette manière, il s'affranchit du passé. Mais, là, c'est une pure conjecture de ma part…

— … et je peux me tromper, blablabla, je connais la musique.

À cet instant, on frappa à la porte.

— Oui ! gueula Venturi.

Un jeune policier entra timidement.

— C'est moi qui suis chargé de synthétiser tous les appels que nous recev…

— Oui, bon, et alors ?

— Eh bien, on a reçu beaucoup de témoignages de gens qui affirment que leur voisin est le tueur et…

— Venez-en au fait !

— Hier, il y a eu un appel, en particulier, qui est vraiment étrange. Il provient d'une voyante.

Le visage de Venturi ne pouvait pas davantage afficher son exaspération :

— Une voyante ! Parfait, ça ! Qu'elle nous dise directement où trouver Kruger, et en passant demandez-lui les numéros du Loto.

Le policier poursuivit néanmoins :

— Elle prétend être persécutée par un homme qui la menace. Il s'introduit chez elle…

— Qu'est-ce que vous voulez que ça me foute ?

— C'est que… D'après ce qu'elle raconte, le type en question, il a le visage couvert de cicatrices.

70

Je me sentais comme ces femmes du Far West, devant affronter seule l'adversité. Aucun cow-boy intrépide ne viendrait à mon secours. Qu'à cela ne tienne ! Je me débrouillerais. Je défendrais ma maison, mon intégrité, ma vie.

Je n'appréciais pas les armes. Je ne les avais jamais aimées. Pourtant, je devais admettre que la présence de mon .357 Magnum était réconfortante. J'ai toujours pensé que le considérer comme un symbole phallique était une connerie. Cependant, en le voyant, là, dégageant une puissance et une force illusoires, je comprenais que l'on puisse oser la comparaison.

En revanche, j'étais plus incertaine quant à l'utilisation que je pourrais en faire. Brandir une arme, ça, j'en étais capable. Mais ouvrir le feu, c'était une autre paire de manches. J'essayai de me convaincre qu'une balle tirée en l'air serait suffisamment dissuasive pour faire fuir tout intrus. Pourtant, une partie de moi savait que ce ne serait pas aussi simple. Mon adversaire n'était pas un rôdeur. Il ne détalerait pas si facilement. Il était terriblement malin et pugnace comme une hyène.

Aurais-je le courage de lui tirer dessus ? Pourrais-je supporter l'image des chairs qui s'ouvrent ? Du corps projeté au sol par la force de l'impact ? Du sang qui se répand ? Pourrais-je entendre les gémissements de douleur ? Le râle qui précède la mort. J'espérais de tout cœur ne pas être confrontée à ce choix. Sans compter que je n'avais aucune envie de finir aux assises. Je devrais donc juger – avec un sang-froid qui me ferait assurément défaut – si j'étais en état de légitime défense ou non.

Dans les films, il y a une chose qu'on ne nous dit pas : un revolver, c'est incroyablement lourd. Je l'avais rangé dans la poche d'une veste légère et elle penchait ridiculement du côté de l'arme. Je l'avais alors glissé dans mon jean, mais c'était inconfortable. Il me rentrait dans le dos quand j'étais assise et il glissait quand je marchais. Porter une arme était beaucoup moins simple qu'on le pensait.

Tentée par un verre de vin, j'avais ouvert puis refermé le réfrigérateur à plusieurs reprises. Avec ce pouvoir de donner la mort que je m'étais arrogé, j'avais besoin de discernement. Depuis quelque temps, je picolais un peu trop. J'avais de bonnes raisons, sans doute, mais je voulais à présent être en pleine possession de mes moyens. Coller une balle au facteur ou à je ne sais qui, ce n'était pas au programme. Je me contentai donc d'un verre d'eau fraîche. Que c'était fade, l'eau, bon sang !

Pour la troisième fois de la journée, je fis une ronde autour de la maison. Officiellement c'était pour surveiller les parages. En réalité, je brandissais le revolver en comptant sur cette ostentation de puissance pour dissuader mon agresseur, pour écarter le danger.

J'avais même envisagé de tirer quelques cartouches contre un arbre. Si j'étais observée, je passais un message limpide. Mais ça devait faire un boucan d'enfer et, je ne saurais dire pourquoi, ça m'aurait incommodée. Et puis surtout, je n'avais aucune idée de la façon dont on rechargeait ce genre d'engin. Je n'avais que six coups. Pas un de plus. C'était beaucoup si un agresseur se présentait face à moi. Et c'était bien peu si tout se compliquait. La nuit, avec la montée du stress, la main qui perdait en assurance, le poids de l'arme, la peur du recul et du vacarme de la déflagration… Six coups, c'était peu.

C'était une journée vierge. Aucune cliente.

Financièrement, ça commençait à devenir préoccupant.

Je consultai mon petit calepin pour dénombrer les rendez-vous des prochains jours.

Il y avait quelque chose d'étrange.

Un rendez-vous était noté pour aujourd'hui. J'étais pourtant absolument certaine de n'avoir reçu aucun appel.

Qui donc avait pris ce rendez-vous ? Puisque ce n'était pas moi.

71

Olivia Montalvert et le commissaire Venturi ne comptaient plus auprès d'eux que trois enquêteurs. Ils avaient été interrompus dans leur travail et une nouvelle tâche leur avait été assignée par le Cow-boy. Ils devaient retrouver coûte que coûte cette voyante.

Par quel miracle cette femme avait-elle deviné que le tueur était balafré alors que cette information avait été gardée rigoureusement secrète ? Lorsqu'elle avait appelé la police, son numéro avait été enregistré. Un policier s'escrimait à l'appeler depuis près de dix minutes. Il tombait systématiquement sur le répondeur.

— Le propriétaire de ce numéro n'est pas identifiable, avertit l'un des enquêteurs.

— Une carte prépayée ? tenta Venturi. Mouais, si elle ne veut pas être importunée, ça se tient. Elle peut changer de numéro librement. Mais ça n'arrange pas nos affaires. Vous pouvez quand même faire un bornage ?

— J'ai déjà fait la demande. Je me doutais que vous le voudriez. Je vais voir où ça en est.

L'air satisfait, Venturi regarda le policier rejoindre un ordinateur. Il se réjouissait de constater que ses hommes réagissaient positivement à la pression qu'il leur mettait sans cesse. Ils multipliaient les initiatives et cherchaient à anticiper chacun de ses caprices.

— Et si c'était une fausse piste ? interrogea Menthe-à-l'eau ?

— Vous croyez à la voyance ? demanda Venturi.

— Euh… eh bien, j'ai une position assez…

— Moi non plus. Mais il y a une chose à laquelle je crois encore moins : c'est ce type de coïncidences.

Venturi s'approcha d'un autre poste de travail où s'affairait un second policier. Il faisait défiler sur son écran le listing des Pages Jaunes.

— Alors ?

— C'est fou le nombre de voyants et voyantes dans la région !

— Il n'y a personne du nom d'Ophélie ou Ophelia ? s'enquit la psy.

Le policier consulta la liste et répondit par la négative.

— Appelez-les tous, ordonna Venturi. Tous les voyants extralucides, magnétiseurs, mages et marabouts de mes deux. Allez-y au bluff : dites-leur qu'on a bien reçu leur appel. Voyez ce que ça donne.

— Bien.

Tout en se rongeant l'ongle du pouce, Venturi marmonna pour lui-même :

— Pourquoi appeler la police et ne plus répondre ensuite ?

— Il lui est peut-être arrivé malheur ?

— Hélas, c'est l'explication la plus probable.

— Les appels sont tous enregistrés, n'est-ce pas ? demanda Menthe-à-l'eau.

— Oui.

— On peut l'écouter ?

— Bien sûr, c'est au standard. Au rez-de-chaussée. Venez avec moi.

Ils dévalèrent l'escalier pour déboucher dans le central téléphonique.

— Je peux vous aider ? s'enquit un agent en uniforme qui se leva en voyant Venturi.

— Oui, répondit ce dernier, il y a une voyante qui a été menacée de mort hier et qui a décrit son agresseur.

— Ah oui. On a mis l'enregistrement de côté. L'un de vos enquêteurs m'a dit que c'était peut-être lié à votre affaire.

— Vous pouvez me le faire écouter ?

En se rasseyant, le policier sélectionna un fichier sur son ordinateur, puis il attrapa une paire de casques audio et les tendit à Venturi et Menthe-à-l'eau.

— Je vous préviens, la communication est de très mauvaise qualité. On distingue mal sa voix.

D'un clic, il lança la lecture. Le son grésillait.

— Police-Secours.

— Oui, bonjour, je… Il faut m'aider… ger…

— Allô ? Je vous entends très mal.

— Allô ? Il y a quelqu'un que je vois en rêve, il existe en vrai et… il…

— Quelle est la raison de votre appel, monsieur ?

— Madame. Je m'app… Je suis voyante. Je vois des choses. Le tueur…

— Le tueur ? C'est bien ce que vous avez dit ?

— Celui… tué… chapelle…

— Madame ? Allô ?

— Son visage est… Il a des cicatrices. Il a le visage… ration…

— Allô ? Êtes-vous en danger ?

— Oui. Il veut me tuer. C'est l'Embaum…

— Nous allons envoyer une patrouille. Où vous trouvez-vous ?

— … pénètre chez moi… Allô ?…

— Oui. Je vous entends. J'ai besoin de votre nom et de votre adresse.

— Il va venir…

— Donnez-moi vos coordonnées !

— Il a fait tout ça pour moi ! Il a attendu si patiemment ! Maintenant… en finir.

— Quelle est votre adresse ?!… Allô ? Allô ? Allô, madame ?…

La communication avait été coupée.

Le son était très mauvais, les syllabes étaient hachées et la voix étouffée.

Les deux enquêteurs échangèrent un regard.

— C'est étrange… commença Menthe-à-l'eau.

— Quoi ?

— Ça ne ressemble pas à un appel à l'aide.

— Je ne sais pas ce qu'il vous faut !

— Non. C'est différent. On dirait plutôt qu'elle s'est résignée. Elle sait qu'elle est en danger et elle capitule.

La psy relança la lecture et ils écoutèrent la communication une seconde fois.

— Vous avez raison, concéda Venturi. Mais qu'est-ce que ça signifie ?

— Il est sur le point de la tuer !

Venturi s'élança dans l'escalier, suivi tant bien que mal par sa collaboratrice.

À peine arrivé dans l'open space, il lança :

— On en est où du bornage de l'appel ?

— On vient de recevoir le résultat, commissaire. Venez voir.

Le policier se pencha sur son écran où un cercle bleu clignotait sur une carte. Cela correspondait à l'emplacement du portable de la voyante. La zone était plus large qu'espérée.

— On n'a pas plus précis ?

— Non. C'est un coin mal desservi, en plus il y a des travaux à ce qu'on m'a raconté. Donc, la triangulation s'est faite de…

— Oui, bon. Imprimez-moi ça.

Venturi arracha la feuille de l'imprimante et se tourna vers l'open space pour rameuter ses troupes. Il sembla découvrir que les lieux étaient presque vides.

— Bah, où ils sont tous ?

— Commissaire, vous avez demandé que toutes les agences bancaires de la région soient interrogées. Ils sont partis sur place.

— Faut tout faire soi-même ! pesta Venturi avec la plus grande mauvaise foi.

Il attrapa son blouson, traversa la salle et sortit.

Il reparut dans l'embrasure de la porte et héla Menthe-à-l'eau :

— Bon, vous venez ?!

72

La plus grande ambition de Michaud était d'être promu brigadier. Il avait passé deux concours internes et avait échoué. Il avait terminé si loin dans le classement, que malgré sa nature optimiste, il savait son avenir plafonné. Un plafond plutôt bas. Il se contenterait finalement des deux galons blancs de gardien de la paix, en attendant d'avoir assez d'ancienneté pour être automatiquement promu sous-brigadier. « Sous-baloche ». Une carrière. Il ôta sa casquette le temps d'essuyer la sueur qui maculait anormalement son front. Il aurait pu se montrer opportuniste, s'illustrer sur le terrain faute de briller dans les salles d'examens. Mais ce n'était pas son genre. Non, Michaud c'était le bon copain, le collègue sympa. La plaisanterie facile, toujours une blague en réserve et des bières dans une glacière au vestiaire.

Mais, là, il ne rigolait pas, Michaud. Il était nerveux. Excessivement.

Il avait fait une connerie. Et une grosse.

Il rangeait les tampons encreurs consciencieusement, mais il avait la tête ailleurs.

Un collègue l'interpella, il lui répondit du bout des lèvres.

L'ombre menaçante de l'IGPN pesait désormais dans ce petit bureau étroit. Avertissement ? Blâme ? Mutation ? Ces mots résonnaient dans son esprit et lui déchiraient l'estomac encore plus douloureusement que son ulcère naissant.

Quelques instants auparavant, en entendant d'une oreille distraite les officiers discuter entre eux, il savait qu'il avait commis une bourde. Un mot avait suffi. Il s'était demandé s'il avait bien compris. Puis ce mot, ils l'avaient répété. Il n'y avait plus de doute. Il s'était traité de con. Plus souvent que d'habitude. En même temps, il n'était pas vraiment responsable, Michaud. Il avait juste été au mauvais endroit au mauvais moment. Bon, il avait aussi pris la mauvaise décision. Mais qui n'aurait pas commis la même boulette ? C'était facile de juger à froid. Mais, sur le coup, il était impossible d'imaginer les conséquences. Alors, il fermerait sa grande gueule, Michaud. Personne ne saurait rien et adieu les tracas ! Voilà. C'était ça la solution : faire comme si de rien n'était. On glissait la merde sous le tapis.

Après tout, qui serait au courant ? Il y avait le planton de l'accueil, forcément, mais il n'avait pas percuté. Et puis, qui lui demanderait son avis à celui-là ?

Et il y avait Foubert, bien sûr. C'était lui qui avait pris la décision, non ? Pourquoi ne pas tout mettre sur le dos de Foubert ? En plus, il était de repos, aujourd'hui !

— Ça va ? s'inquiéta une collègue qui avait remarqué sa nervosité.

— Oui.

— T'as l'air d'avoir un problème. Je peux t'aider ?

— Non, non. Tout va bien, répondit-il trop vite.

Elle n'insista pas, attrapa un registre administratif et quitta la pièce.

Mettre Foubert en première ligne, donc. Ce serait salaud, mais c'était la seule solution pour s'en sortir la tête haute. Pour s'en sortir, tout court. En prenant l'initiative, il s'innocentait. Et Foubert ne serait pas là pour donner une autre version. Les absents n'avaient-ils pas toujours tort ? Alors, Michaud prit son courage à deux mains, sortit du petit bureau, emprunta le grand escalier et déboucha dans le Saint des Saints : l'open space des gradés, des vrais. Celui qu'arpentait habituellement le Cow-boy en personne. Heureusement, il l'avait vu sortir. Au moins Michaud n'aurait-il pas affaire à lui. Il resta planté là un moment, pantois. N'osant interrompre les enquêteurs dans leur tâche.

L'un d'eux leva le nez vers le policier en uniforme dont le front s'était de nouveau couvert de sueur malgré la climatisation.

— Oui ? demanda l'officier.

Michaud approcha timidement.

— Voilà… hier… on a pris… enfin Foubert a pris… j'étais là aussi, hein, mais plus tard. Donc, je disais… Foubert a reçu un individu qui s'est présenté à nous… et la déposition a été jetée… par Foubert, hein…

— Je ne comprends pas un mot de ce que vous me racontez !

Michaud prit une grande inspiration.

Puis il déballa son histoire. Sans mentir, sans rien dissimuler, en assumant sa négligence. Il dévoila tout.

Lorsqu'il eut terminé, l'officier était sidéré.

— Nom de Dieu !

73

C'était la troisième fois qu'on frappait à la porte. Je ne pouvais plus l'ignorer. Mon rendez-vous était arrivé. Celui que je n'avais pas pris. La réponse à toutes mes questions, la raison de tous mes ennuis se tenait derrière cette porte.

Je me rendis jusqu'à l'entrée comme un automate, les jambes en coton, prête à défaillir.

Je ne saurais dire pourquoi, mais en ouvrant, je ne fus guère surprise.

L'homme qui se tenait devant moi à cet instant n'avait pas de visage. Ou plutôt, il avait un visage d'emprunt.

Je l'avais vu en rêve. Il était à présent face à moi. Sur le pas de ma porte.

Je l'avais vu inciser un corps, découper des parties génitales, remplacer des yeux par des billes de verre. Et il m'avait vue ! Il savait !

« L'Embaumeur. »

— Bonjour Ophélie. Ça faisait longtemps, n'est-ce pas ?

Je ne pus rien répondre. J'étais pétrifiée.

— Tu ne m'as pas oublié, j'espère ?

Il avait dit cela avec assurance. Il y avait même une pointe d'ironie.

J'allais m'évanouir.

— Tu ne m'invites pas à entrer ?

Je ne parvenais pas à faire le moindre mouvement.

Il avait fait un pas, était passé devant moi et il pénétrait dans mon salon.

Il se tenait de dos. Considérant la pièce.

— J'aime cette maison. Mais on dira ce qu'on voudra, ce n'est pas la même chose quand tu n'es pas là.

Le revolver était glissé dans mon pantalon, entre mes reins. D'un geste, je pouvais dégainer.

Il se tourna vers moi.

— Nous voici enfin réunis. Face à face. Ça fait bizarre, non ? Nous qui avons toujours été séparés. Avoue que j'ai du mérite !

Ma bouche était sèche, ma démarche fébrile et mes mains tremblantes.

Il me souriait.

— Tu m'offres un verre ? Autre chose que du rosé, de préférence…

Je m'attardais sur ce visage. Je tentais de déchiffrer chaque cicatrice, de lire chaque cerne profond. Ces traits cabossés ne l'avaient pas toujours été. Ils formaient une sorte de masque derrière lequel se trouvait sa véritable apparence.

Et je compris.

Le médaillon…

— Qu'est-ce que tu fais là ? parvins-je à demander.

— Tu le sais très bien, Ophélie, voyons !

Je fis non de la tête. Mais il avait raison. Je savais. Je l'avais toujours su, au fond.

— Je suis venu en finir.

Comme je demeurais immobile et hébétée, il crut bon de préciser :

— Je vais te tuer, ma chérie.

Il avait dit ça avec une douceur malsaine.

— Et me tuer aussi, par la même occasion. Mais ça, tu t'en doutais.

D'un geste lent et gauche, j'attrapai le revolver.

Il était plus lourd que jamais.

Je le braquai dans sa direction.

Mon doigt se posa sur la détente.

Il eut un petit rictus. Qu'est-ce qu'il y avait d'amusant ?

Il vint vers moi.

— Ne bouge pas ! criai-je.

— Allons. Tout est fini. J'ai gagné.

Il fit un nouveau pas.

— Reste où tu es !

Encore un pas. Toujours ce sourire.

Je ne trouvai pas la force d'ouvrir le feu. Mon doigt était paralysé.

J'aurais dû tirer à cet instant. Je le savais.

Mais ce n'était pas facile de tuer son propre frère.

74

La Volkswagen banalisée quitta l'*Autobahn* pour emprunter une voie privée menant à une maison typiquement bavaroise. Carrée et massive, elle n'en demeurait pas moins pleine d'un charme désuet avec ses fenêtres fleuries et ses lambris peints. Les pneus crissèrent en roulant sur les graviers avant que la voiture s'immobilise près d'un jardin soigneusement entretenu.

Les deux officiers de la *Bundespolizei* sortirent et se dirigèrent vers la porte d'entrée. Ils n'eurent pas à sonner ; une femme ouvrit et les dévisagea depuis le pas de la porte. Alertée par le bruit du véhicule dans ce coin reculé et tranquille, elle avait pris les devants. Elle devait avoir une petite quarantaine d'années, avait les cheveux en bataille et son peignoir laissait deviner qu'elle n'attendait pas de visiteur.

— Madame Ilhenfeld ? demanda le plus gradé des deux avec un accent de la Sarre assez marqué.

— Oui, répondit-elle, méfiante.

— Nous sommes de la *Bundespolizei.*

Ils présentèrent ensemble leur plaque en acier flanquée d'un aigle.

— La *BPol* ? Il y a un problème ? s'inquiéta-t-elle.
— Votre nom de jeune fille est bien Kruger ?
— Oui.
— Ophelia Kruger ?
— Oui.
— C'est bien vous qui avez déposé une plainte pour harcèlement, n'est-ce pas ?
— C'était il y a sept ans !
— Pouvez-vous nous parler des faits qui vous ont conduite à recourir à la justice ?
— Eh bien… C'est une histoire ancienne. Voulez-vous entrer ? demanda-t-elle en s'écartant de la porte pour les laisser passer.
— Non, merci. Nous n'en avons pas pour longtemps.

Les policiers avaient naturellement envisagé de se contenter d'un simple coup de fil. Mais les autorités françaises avaient clairement précisé que l'affaire était prioritaire. D'ailleurs, le *Polizeikommissaranwärter* avait inscrit « *Wichtig* » – important – au feutre sur l'ordre de mission. Les relations entre les polices des deux pays étaient excellentes et il s'agissait de les soigner. La requête des Français concernait cette sombre histoire de charnier découvert dans le Sud qui défrayait la chronique jusque outre-Rhin. Un dossier de cette gravité ne se réglait pas au téléphone.

— J'ai effectivement déposé plainte il y a plusieurs années, car j'étais victime de harcèlement.
— De quelle nature ?
— J'étais suivie, épiée. Mon appartement a été cambriolé.
— Cambriolé ? Si je ne me trompe pas, il n'y a jamais eu de plainte pour cambriolage ?

— En effet. On ne m'a rien volé, donc je me suis contentée de le signaler à vos collègues. Cependant quelqu'un avait bien pénétré chez moi et…

— Et ?

— J'ai découvert du sperme dans mon tiroir à sous-vêtements et dans mon lit.

— Et ça ne vous a pas incité à requalifier votre plainte en agression sexuelle ? s'étonna-t-il.

— Je n'avais aucune preuve. Et puis, ce n'était pas si grave.

Le policier fronça les sourcils et prit un moment pour la considérer. Cela ne collait pas. Se montrer aussi désinvolte après une intrusion de cette nature dans son domicile était pour le moins surprenant. Et si, comme elle le prétendait, cela n'était « pas si grave », pourquoi sa voix était-elle encore chargée d'émotion, sept ans plus tard ?

— Je pense qu'il est temps de nous dire la vérité, madame Ilhenfeld. Que s'est-il réellement passé ? Pourquoi avoir négligé le recours aux forces de l'ordre ?

Elle détourna le regard comme pour échapper à cette conversation manifestement douloureuse.

— C'est une vieille histoire… C'est du passé…

— Je me vois contraint de réitérer ma question, madame Ilhenfeld.

Elle poussa un soupir et se résigna.

— Je sais qui a fait ça.

— Qui ?

— Mon frère.

— Vous semblez catégorique.

— Je le suis.

— Vous êtes certaine qu'il s'agissait de lui ?

— Absolument. Je le connais. D'ailleurs, il n'a jamais nié.

— Comment s'appelle-t-il ?

— Matthias. Matthias Kruger.

— Pourquoi avoir déposé plainte contre X plutôt que de l'accuser directement ?

— Il est malade. Je ne voulais pas qu'il croupisse en prison. Nos relations étaient compliquées, mais c'était mon frère ! Je souhaitais juste que tout ça prenne fin.

— Je comprends. Savez-vous où il se trouve à présent ?

— Non, je n'en ai pas la moindre idée.

— Vous n'avez plus de contact avec lui ?

— Ça vous surprend ? rétorqua-t-elle avec agressivité.

La frustration d'années de silence et de secrets de famille sagement contenus resurgissait par salves.

— Malgré tout, sauriez-vous où nous pouvons le trouver ?

— Eh bien… J'ai entendu dire qu'il vivait en France. Avec… un homme. Il est homosexuel.

— Qui vous a donné ces informations ?

— « Informations », c'est un bien grand mot. Ce sont des rumeurs que m'a rapportées ma mère.

— Sait-elle où il est ?

— Ça m'étonnerait. Il la détestait autant que moi, cette vipère !

De nouveau, le ton s'était fait acéré. Ce n'était pas la famille modèle.

— Pourquoi me posez-vous toutes ces questions ? Il a fait quelque chose de mal ?

— Quand a-t-il cessé de vous harceler ?

— Il y a environ quatre ans.

— Quatre ans seulement ? Mais votre plainte remonte à sept ans !

— Et alors ?

— Ça signifie que l'intervention de la police n'a pas suffi à le dissuader de vous importuner ?

— Faut croire.

— Il a poursuivi ses agissements pendant trois ans !

— Oui. Enfin, c'était moins grave qu'avant quand même.

Elle avait répondu d'un air embarrassé. Quelque chose clochait. Et elle aurait souhaité que cela reste enfoui bien profondément.

— Pourquoi a-t-il cessé son harcèlement ? Que s'est-il passé il y a quatre ans ?

— Je ne sais pas trop…

Le policier demeura impassible, lui faisant bien comprendre qu'il ne se satisfaisait pas de cette réponse.

— Il a été victime d'une agression.

— Qui l'a agressé ?

— Je n'en sais rien. La police française n'a jamais retrouvé les responsables.

Le policier la jaugea. Aurait-elle été capable de commanditer une agression pour qu'il la laisse en paix ? Cela expliquerait l'absence de nouvelle plainte : elle aurait réglé le problème par ses propres moyens. Mais… son propre frère !

— Comment l'avez-vous appris ? Je croyais que vous n'étiez pas en contact.

— C'était très sérieux. Il a été grièvement blessé. Il est tombé dans le coma quelques jours. Les autorités françaises ont transmis l'information à vos collègues qui ont joint mes parents.

— Vous vous êtes rendue à son chevet ?
— Non.
— Vous avez eu de ces nouvelles ?
En guise de réponse, elle leva les yeux au ciel.
— Et depuis ce jour, plus rien ?
— Non.
— D'une certaine manière, cette agression a mis un terme à vos tracas.

Le piège était certes grossier, mais il permettait de voir comment elle s'en sortait.

Elle se contenta de serrer les mâchoires en le fusillant du regard. Il émanait d'elle quelque chose d'indéfinissable, mais de résolument dérangeant. Confusément, il sentait que cette femme avait en elle une part obscure. Cela ne faisait pas l'ombre d'un doute. C'était le genre de chose que l'on devinait à force de côtoyer délinquants et criminels au fil des années. En outre, elle avait eu maille à partir avec la justice : condamnée à deux reprises pour tenue illégale de maison de jeu. Elle avait organisé des parties de poker clandestines pour des notables frustrés de la pauvreté de l'offre de jeu dans le pays. Le jeu… Un milieu pas toujours très recommandable où elle n'avait pas manqué de croiser des types capables de faire un sale boulot pour une poignée de billets. Oui, il y avait de grandes probabilités pour qu'elle ait commandité l'agression sauvage de son frère.

Mais de là à pouvoir le prouver…

— Personne n'est venu vous importuner ces derniers temps ?
— Non. Ici, tout est très calme.
— Pas l'impression d'être suivie ? Que quelqu'un s'est introduit chez vous ?

Elle blêmit instantanément.

— Vous pensez qu'il va recommencer ? Il est dans les parages ?

— En principe, vous ne risquez rien. Je vais quand même vous proposer de laisser l'un de mes hommes avec vous. Jour et nuit, nous ferons des roulements.

— Je vis avec mon mari. Je me sens en sécurité.

— Est-il ici en ce moment ?

— Non, pas là… mais…

Le regard plein d'ironie que lui lança le policier lui fit comprendre que la sérénité qu'elle éprouvait était bien fragile.

— Un seul homme. Il saura se montrer discret. Vous ne remarquerez pas sa présence.

Son collègue hocha la tête d'un air rassurant.

— Bon. Si vous jugez que c'est utile.

— Une dernière question, madame Ilhenfeld. Vous rendez-vous souvent en France ?

— Oui, chaque année. Mes parents et moi-même avons une petite maison de famille. Nous comptions d'ailleurs y séjourner d'ici une quinzaine de jours.

— Dans le Sud ?

— Oui, en Provence. Comment le savez-vous ?

— Simple supposition. Vous avez dit qu'il s'agissait d'une maison de famille ?

— C'est ça.

— Votre frère pourrait donc s'y rendre également ? Il a une clé ?

Son visage fut recouvert d'un voile d'inquiétude qui s'envola aussitôt.

— Oui, il doit toujours avoir un jeu de clés. Lui, comme tous les membres de la famille. Mais il n'y a jamais mis les pieds. Je vous le répète, je n'ai plus aucune nouvelle de lui depuis des années, donc je ne crains pas de le voir s'installer là-bas. Je suis même convaincue qu'il a oublié jusqu'à l'existence de cette maison.

— Pouvez-vous me donner l'adresse s'il vous plaît ?

Elle inscrivit les coordonnées sur un carnet qui traînait sur un guéridon du couloir, arracha la feuille et la tendit au policier.

— Bon, je ne vous ennuie pas plus longtemps. Mon collègue va veiller sur vous, mais je suis sûr que le danger est écarté. Merci de votre aide. Au revoir, madame Ilhenfeld.

Elle le regarda partir. Chaque pas était accompagné du bruissement des graviers. Alors qu'il s'apprêtait à entrer dans son véhicule, il l'interpella de nouveau :

— Oh ! Pardonnez-moi. Une dernière chose. Sur ma fiche, votre profession n'est pas indiquée. Pouvez-vous me dire quel métier vous exercez ?

— Eh bien… Ce n'est pas vraiment ma profession, c'est plutôt une marotte. Je lis l'avenir. Voyante, si vous préférez.

75

Insoucieux de la vitesse à laquelle il avait lancé sa voiture sur la petite route sinueuse, Venturi s'agitait dans l'habitacle.

— Bon, vous avez compris : vous me laissez parler, hein ?

— Oui, j'ai compris, confirma Menthe-à-l'eau.

— Et, surtout, vous ne mentionnez jamais le nom de « Kruger ». Personne n'est au courant !

— Je ne mentionnerai rien du tout puisque vous m'avez dit de ne pas parler.

— Très bien.

— Pourquoi m'avez-vous fait venir, si c'est pour jouer la potiche ?

— Vous avez déjà consulté une voyante ?

— Non. Et vous ?

— Vous me posez vraiment la question ?

— J'imagine que ça veut dire non.

— Vos capacités de déduction se développent de jour en jour, ironisa le policier.

— Vous n'avez pas répondu à ma question : qu'est-ce que je fous là ?

— Si on parvient à localiser cette voyante, j'aurai besoin de votre analyse. Vous êtes plus attentive à certains détails du comportement humain, plus empathique, plus… je ne sais pas… plus…

— Plus subtile.

Il tourna la tête vers elle.

— Hein ? Non, ce n'est pas ce que j'allais dire ! Vous trouvez que je ne suis pas subtil ?

— Si, si. Regardez la route.

— Non, je vois bien que vous pensez que je ne suis pas subtil !

— Je crois que vous êtes beaucoup plus subtil et fin que vous ne voulez le montrer. Vous gagneriez à laisser tomber votre costume de cow-boy et à être vous-même.

— C'est un compliment ?

— Prenez-le comme vous voulez.

— Je me serais contenté d'un « Vous êtes un homme extraordinaire ».

Elle pouffa.

— Un excellent flic, sans doute. Mais extraordinaire…

— Quoi ?

— Un homme extraordinaire est un homme ordinaire qui réalise des choses extraordinaires.

— Vous êtes psy ou philosophe ?

— On vient d'entrer dans le cercle bleu, indiqua-t-elle, le plan du bornage téléphonique sur les genoux.

À ces mots, Venturi réduisit l'allure et scruta attentivement autour de lui.

Comme ils traversaient un hameau, Venturi interpella des passants. Aucun d'eux n'avait entendu parler d'une voyante dans les parages. Le nom d'Ophélie ne disait rien à personne.

Il s'arrêta chez un garagiste, puis chez un boulanger et récolta la même réponse. Au loin, il aperçut la carotte de l'enseigne d'un bureau de tabac. Il engagea sa voiture dans cette direction, pila juste devant et pénétra dans un petit bar. Au comptoir, les poivrots du coin sursautèrent en le voyant surgir. L'un d'eux laissa tomber la pièce qui lui servait à gratter un jeu de hasard. Même le patron, le torchon sur l'épaule, s'immobilisa face à la carcasse du commissaire.

— Bonjour, je cherche une voyante !

Les péquins le dévisagèrent comme s'il venait d'un autre monde. N'était-ce pas un peu le cas ?

— Quelqu'un qui lit l'avenir, insista-t-il.

Il n'obtint aucune réponse.

Il sortit sa carte tricolore.

— C'est une question de vie ou de mort.

Le patron et ses clients répondirent par une moue d'incompréhension qui valait tous les discours.

Venturi sortit aussi précipitamment qu'il était entré, laissant derrière lui de quoi alimenter des semaines de ragots.

À peine assis dans la voiture, il prit le plan des mains d'Olivia Montalvert.

— Faites voir.

Ils examinèrent ensemble les endroits qu'il restait à parcourir.

— Autant chercher une aiguille dans une botte de foin, se résigna-t-il.

— Ce qui m'étonne, c'est que dans ces petits patelins, tout le monde sait tout sur tout le monde. Une voyante, ça fait parler ! Ils devraient la connaître.

— Vous captez bien, vous ?

— Oui, j'ai du réseau.

— Donc, c'est pas là. La conversation enregistrée était dégueulasse. Elle habite dans un endroit isolé.

— Là, indiqua Menthe-à-l'eau en désignant un point sur la carte, il y a une… ah non, deux maisons, complètement retirées au milieu des bois.

— Allons voir.

Venturi quitta la nationale et s'engagea sur un chemin étroit et ombragé par les frondaisons.

Après plusieurs centaines de mètres, il se gara devant un corps de ferme.

Il ne fallut que quelques secondes pour voir surgir un jeune adulte, hagard et le regard perdu, claudiquant tel un zombie.

— On a touché le gros lot ! lâcha Venturi en armant son pistolet. Restez ici.

Un homme plus âgé sortit de la ferme et intercepta le jeune avant qu'il puisse aller à la rencontre de Venturi. Ce dernier s'apprêtait à dégainer au premier geste suspect.

Mais l'homme ne semblait pas menaçant, il se contentait de maintenir son gamin contre lui. Il s'agissait de toute évidence d'un handicapé mental. Il n'avait pas la corpulence pour trimbaler seul des cadavres. Son handicap l'empêchait de séduire et de manipuler de jeunes victimes. Ni le père ni le fils n'avaient de cicatrices sur le visage.

Venturi se détendit.

— Bonjour, ça va vous paraître curieux, mais je cherche une voyante.

— Hein ?

— Quelqu'un qui lit l'avenir, enfin, ce genre de trucs. Je sais qu'il y en a une dans le coin.

— Je le saurais.

L'homme avait l'air d'habiter cette maison depuis des lustres. S'il n'était pas au courant qu'une voyante s'était installée là, c'était mauvais signe.

— « Ophélie », ça vous dit quelque chose ?

— Jamais entendu parler.

— Bon. Si je continue tout droit, dit Venturi en indiquant le chemin qui serpentait, j'arrive à une autre maison ?

— Oui. Mais y a pas de voyante.

— Merci.

Venturi tourna les talons et remonta en voiture.

— Pas de voyante ? devina Menthe-à-l'eau.

— Non.

— Pourtant on capte mal, ici.

— Il doit y avoir d'autres endroits où le réseau n'est pas bon. Mais ce n'est pas ici.

Il démarra, fit un signe de tête au fermier et, au moment où il s'engagea sur le chemin, son téléphone se mit à sonner.

— Venturi, j'écoute. Allô ? Attendez un instant.

Il actionna le mode haut-parleur afin que sa collaboratrice puisse participer à la conversation.

— Qu'est-ce que vous disiez ?

— Commissaire, on a reçu une déposition au poste hier après-midi. Une soi-disant voyante qui est venue pour dénoncer l'assassin.

— Quoi ! s'étrangla Venturi. Et pourquoi personne ne m'en a parlé ?!

— C'est que… l'agent qui a pris la déposition ne l'a pas prise au sérieux. Il a eu peur de vous faire perdre votre temps. Il vient de me l'avouer.

— Putain ! C'est à moi de décider ce qui est sérieux et ce qui ne l'est pas ! On est passé à côté d'une piste énorme à cause de ce con.

— Je sais. Je vous ai appelé aussitôt après l'avoir appris.

— Elle a dit où elle habitait ? Elle a donné des infos ?

— Eh bien… la déposition a fini à la poubelle.

— Hein ?! Qu'est-ce que c'est que ces conneries ?! hurla-t-il.

— Ben… Faut dire, ce n'était pas un témoin ordinaire… Franchement, c'était impossible de le prendre au sérieux.

— Pourquoi ?

— Bah, cette voyante… c'était un bonhomme.

— Hein ?!

Venturi pila et rangea sa voiture sur le bas-côté.

— Un homme.

— Attendez, attendez. Qu'est-ce que vous me racontez ?

— Il s'est présenté comme voyante, il parlait de lui au féminin, mais c'était pas une femme.

— Et ça n'a étonné personne, bordel ?

— Bien sûr que si. Seulement vous savez, de nos jours les hommes déguisés en femme… enfin tout ça, c'est hypersensible. Ils ont eu peur de se prendre une plainte et ils l'ont laissé partir en le prenant juste pour un excentrique. Mais c'était bien un homme.

Venturi demeura sonné pendant un long instant.

— Commissaire ?… Vous m'entendez ?

Il raccrocha et regarda sa partenaire, tout aussi interloquée que lui.

— Qu'est-ce que ça signifie ?

76

Venturi écrasa le frein. Les pneus avaient soulevé un nuage de terre lorsque la voiture s'était immobilisée. Ils scrutèrent la façade de la maison. C'était la dernière habitation avant de revenir sur l'axe principal.

Venturi se jeta sur son téléphone et parcourut les fichiers. Il fit défiler plusieurs photos avant de trouver celle qu'il cherchait. Il l'avait prise au domicile de Lundström. Elle contenait une vingtaine de clichés encadrés et fixés au mur.

Venturi agrandit la photo.

Sur l'une d'elles, on distinguait clairement la maison devant laquelle ils étaient arrêtés.

Ses yeux brillèrent d'excitation.

— Ne bougez pas.

— Fallait pas me dire de venir si c'est pour me laisser dans la voiture, protesta Menthe-à-l'eau.

— Ne bougez pas, répéta Venturi avec un regard si intense qu'elle obtempéra sans discuter.

Après quelques pas, il aperçut une voiture à demi dissimulée derrière un bosquet. C'était une sorte de petit utilitaire. Sur la carrosserie, il distingua un autocollant représentant un fauteuil roulant. Venturi porta la main sur la crosse de son arme.

Menthe-à-l'eau le suivit des yeux alors qu'il atteignait la maison.

Il progressait aussi discrètement que possible.

Sa main tremblait.

Plus que d'habitude.

Il gravit les quelques marches qui menaient à la porte d'entrée et tendit l'oreille. Il perçut des gémissements qui tenaient à la fois des pleurs, des suppliques et de la colère. Les propos étaient inaudibles.

Il y avait deux voix.

Il s'approcha du volet et jeta un coup d'œil furtif par une latte manquante.

Une silhouette. Grande et massive.

La carrure d'un homme.

Malgré l'expérience, son cœur se mit à battre la chamade.

Avait-on pu entendre la voiture depuis l'intérieur ?

Probable.

La porte était entrouverte. La serrure semblait toute neuve.

Du bout des doigts, il poussa tout doucement la porte.

Les voix se firent plus vives. Une dispute. Poignante, déchirante, intime. Violente !

Mais il fut surtout assailli par une puanteur inimaginable.

Cette odeur reconnaissable entre mille : celle d'un cadavre.

Il dégaina son pistolet. Arma la culasse. Une balle était engagée dans le canon. Prête à donner la mort. Encore.

Il retint son souffle, puis déboula dans la maison.

Il braqua son arme sur la silhouette. Puis, d'un regard rapide, chercha la femme. Personne d'autre. La femme ? Celle qui gémissait ? Où était-elle ?

Face à lui, un homme au visage couvert de profondes cicatrices le tenait en joue, un revolver à la main.

— Qui êtes-vous ?!

— Police ! hurla-t-il. Jette ton arme !

— Ne vous mêlez pas de ça !

— Lâche ton flingue !

— Au secours ! Ferme ta gueule ! Il veut me tuer ! Aidez-moi. Ta gueule, j'ai dit.

Il avait changé le ton de sa voix au cours de la même phrase !

— C'est fini, Kruger.

La main de Venturi tremblait.

— Oui, tout va enfin se terminer ! Ne le laissez pas faire ! Je vous en supplie !

Kruger se répondait à lui-même dans un dialogue irréel.

Venturi fixa Kruger, incrédule.

Il comprit alors l'impossible : il n'y avait jamais eu qu'une seule personne.

— On va s'occuper de toi, Kruger. Promis. On va te soigner.

— Vous ne comprenez rien ! Je ne suis pas malade ! Au secours ! Elle les a tous tués. Je n'ai tué personne ! C'est un dingue !

Dans la pièce, installé à ce qui ressemblait à une table de diseuse de bonne aventure, un cadavre. Il avait été affublé d'une perruque, portait des bijoux et une paire de lunettes. Il s'en échappait une puanteur insoutenable.

— On va parler de tout ça au calme.

Kruger se tortillait nerveusement, possédé par ses propres démons.

Le canon de Venturi dansait dangereusement. Sa main ne parvenait pas à s'immobiliser.

— Je n'en peux plus ! Je n'en peux plus de me battre. Vous ne savez pas à quel point elle est forte, gémit la voix d'homme de Kruger. Libérez-moi de ce dingue ! implora la voix d'Ophélie.

La situation était sur le point de déraper.

Venturi devait tirer, il le savait.

Les doigts de Kruger s'agitaient sur le revolver. Le coup pouvait partir à tout moment.

Venturi approcha son index de la détente.

C'était le moment !

— Tirez ! Tirez ou elle va vous tuer. Je ne pourrai pas la retenir longtemps.

La main de Venturi tremblait de plus belle.

Le coup partit.

La détonation fut d'une violence inouïe.

Venturi s'effondra sur le carrelage.

77

Dans la voiture, Olivia Montalvert sursauta lorsque survint le premier coup de feu.

La détonation suivante lui fit perdre la tête et, au mépris du danger, elle s'élança vers la maison.

À peine entrée, elle vit Venturi gisant à terre, une main compressant son ventre. Du sang s'insinuait entre ses doigts, maculant sa chemise.

Elle se précipita vers lui.

— Ça va aller, gémit-il, le visage déformé par la douleur. Allez le voir.

La psy s'avança vers Kruger. Il s'était tiré une balle dans la bouche. Une gigantesque gerbe écarlate avait éclaboussé le mur et commençait à suinter lentement en longues coulures verticales. Son visage avait explosé. Pourtant, il respirait encore.

Du seul œil qui lui restait, il la fixait.

Et il balbutia quelques paroles en éructant du sang.

Puisant dans ses dernières forces, il lui fit signe de s'approcher.

Elle déglutit puis s'accroupit face à lui.

Sa mâchoire désarticulée se mouvait dans un bruit de cartilages brisés et de chairs à vif. De ce borborygme, elle parvint à discerner quelques mots :

— … ai gagné. C'est fini… Elle… morte… Tuera plus jamais…

— Oui, Matthias, c'est fini. Vous pouvez partir en paix.

Elle n'aurait su dire pourquoi, mais malgré l'horreur de ce visage doublement disgracié, il exprimait une troublante sérénité.

Il fit un signe de la main.

Elle crut d'abord à un mouvement incontrôlé. Un dernier spasme avant la mort. Mais ce n'était pas ça.

De son index, il désignait quelque chose.

78

Les forces de police et les secours investirent la maison dans le vacarme des sirènes et des ordres hurlés. En quelques instants, ils s'approprièrent les lieux.

Venturi baignait dans une mare de sang. Le médecin s'était précipité vers lui pour exécuter un premier bilan traumatique. Lorsqu'il saisit la main du policier qui compressait la plaie, le ventre éructa une nouvelle gerbe de liquide noirâtre. En constatant la gravité de la blessure, le médecin fit une grimace. Ce fut furtif, rapide, imperceptible par n'importe qui à l'exception notable du principal intéressé. Venturi avait compris.

Le médecin se redressa brutalement et hurla des instructions.

Venturi avait la vue brouillée. Les sons devinrent confus. Ses sens se jouaient de lui. Ses paupières se rouvraient chaque fois plus péniblement. Il ne devait pas s'endormir. Il le savait. Il fallait tenir. La douleur s'exprimait d'une autre façon : au lieu d'un hurlement intérieur, elle s'était mise à fredonner une sorte de comptine lugubre. Sa propre souffrance l'accompagnait.

Il n'osait imaginer où. Il perdait prise. Son corps se fit léger. Il eut l'impression de s'élever.

Ce n'était pas une impression. Il lévitait au-dessus du sol.

C'était donc ça, la mort ? Se sentir flotter dans les airs ?

Lorsqu'il comprit que les soignants le soulevaient pour le placer sur un brancard, il eut envie de rire.

Il songea à ses filles.

Il repensa aussi à ceux à qui il avait ôté la vie. Quatre, également. Curieux hasard. C'était la première fois qu'il faisait le rapprochement. Y avait-il, Là-Haut, une étrange comptabilité des âmes ?

Ses yeux se fermèrent doucement.

Il ne souffrait plus.

Olivia Montalvert avait perdu son sang-froid. En larmes, elle avait supplié qu'on la laisse monter dans l'ambulance. Le médecin s'était interposé et, avec une économie de mots révélatrice de la gravité de la situation, il l'avait convaincue de se tenir à l'écart.

— Il peut mourir à tout moment. Laissez-nous faire notre travail.

Elle s'était pétrifiée. L'ambulance avait avalé le brancard, avant de détaler toutes sirènes hurlantes.

Le son disparaissait progressivement, jusqu'à n'être plus perceptible. Hagarde, sur le perron, elle fixait le vide en imaginant le pire.

Après l'évacuation en urgence du commissaire et le constat de décès de Kruger, l'agitation laissa place à un calme pesant, insupportable. Un silence qui valait un cri.

Il fallut à Olivia Montalvert un long moment pour trouver la force de revenir à l'intérieur.

Là, elle scruta la pièce. Non plus comme une enquêtrice à la recherche d'un indice, mais comme quelqu'un qui souhaitait tourner une page. Cette maison, cette scène de crime, c'était l'épilogue d'une histoire sordide. C'était à la fois un soulagement et la naissance de nouvelles souffrances.

Pourtant, alors qu'elle désirait de tout son être que ce fût terminé, elle considéra de nouveau la main qu'avait tendue Kruger. Et ce doigt pointé.

Il avait désigné quelque chose.

Elle tira un trait imaginaire. Le mur.

Un tableau y était accroché. Un paysage provençal, sans valeur. Elle l'inspecta minutieusement sans rien y trouver.

Dans cette direction, il n'y avait rien.

Sauf…

Une dalle de carrelage dont les joints semblaient plus foncés. Elle s'en approcha pour constater qu'elle était descellée. Elle enfonça ses ongles dans la jointure et leva la dalle. Elle révéla une petite cavité dans laquelle se trouvait un carnet Moleskine noir.

79

Voilà je suis mort

La vache ! Ça fait quand même une drôle d'impression d'écrire ça mais bon personne ne me regrettera

Je comprends

Ma vie n'a aucun sens je suis probablement déjà mort quatre ans plus tôt alors…

Elle aussi elle est morte bien fait

Ô pâle Ophélia ! belle comme la neige !
Oui tu mourus

La seule chose qui me terrorise encore c'est ce que je vais devenir « après » moi qui suis croyant où sera ma place ? En enfer probablement mais lequel de nous deux ira ? Ophélie ou moi ? n'ai-je pas droit à un peu plus de compassion ~~que cette salope~~ qu'elle ?

... sa douce folie
Murmure sa romance à la brise du soir

Je ne sais pas exactement comment tout ceci ~~finira~~ a fini est-ce que tout ~~sera~~ a été conforme à mes attentes ?

Je suis au maximum de mes forces je crois que je ne pourrai pas faire mieux

Je parviens maintenant à m'imposer elle est obligée de céder du terrain ~~cette sale pute~~

Elle m'a vue « en rêve » elle va me voir en vrai

Elle ne peut plus m'écraser comme avant non

Elle n'a plus le pouvoir de me forcer à tuer ces gens elle a perdu son emprise j'ai fini par être plus fort qu'elle si vous saviez comme ça a été difficile comme j'ai eu du mal mais ça en valait la peine

Fini ma fascination aveugle pour ~~cette salope~~ elle je suis libre

Alors je vais en profiter tant que je me sens ~~invulnérable~~ suffisamment fort

Je vais aller la voir je vais lui parler je vais lui faire comprendre je vais tout déballer

Mme Martillac et son mari adultère Mme Lusieux « Liliane » et son défunt mari avec qui elle souhaitait communiquer même sa meilleure amie la savoureuse Marie-Amélie

Elles n'ont jamais existé

À la place il y avait un pauvre gamin de 23 ans affublé de perruques et de vêtements qu'elle changeait au gré de ses délires

Quel rêve, ô pauvre Folle !

Moi j'ai fait comme j'ai pu j'ai dragué sur un site que je connaissais et c'était difficile mais pas autant que de les tuer et si j'étais pas gay j'aurais tué des filles c'est tout

Et sa manie de préserver leur regard on en parle ? C'était fondamental elle disait

Les yeux les yeux les yeux ~~salope~~

Tu m'as demandé de les embaumer comme si je savais faire ça moi j'ai fait comme j'ai pu et c'est tout

Quand ils ont commencé à trop puer tu m'as ordonné de m'en débarrasser tout ce que j'ai pu obtenir c'était un lieu décent

Là elle était d'accord c'était le minimum que je pouvais faire pour eux

Seigneur puisses-tu accueillir chacune de ces pauvres âmes à ta droite

Elle a même fait de l'ironie, vous savez ? Il y a quelques jours elle « recevait en consultation » une jeune femme enceinte qui s'apprêtait à déménager vous savez ce qu'elle a eu le toupet de lui dire ? « C'est ça mon vrai pouvoir : parler aux morts ! » Ça pour parler aux morts… Avouez qu'en matière d'humour noir elle place la barre haut

Et « Mme Koscniecky » ? Tu te souviens ? Elle voulait prendre « un raccourci » ça t'a évité de te faire arrêter bien joué il faut l'avouer quand je pense que tu venais tout juste de ~~la~~ le kidnapper au nez et à la barbe des flics ! La clim en panne la petite bouteille d'eau… Une gorgée et hop ! Ton numéro est bien rodé

Pourquoi est-ce qu'elle picole tant ? Parce qu'elle veut rester dans un état second la réalité n'est pas jolie-jolie

Et pourquoi fuit-elle avec autant de soin son reflet dans le miroir ? Parce qu'elle sait qu'au lieu d'y voir

Ophélie la petite bourgeoise Parisienne venue se mettre au vert elle tombera sur ma sale gueule cassée

Vous voulez la meilleure ? Là il y a de quoi se fendre

Je vous laisse visualiser la scène : toute fière elle leur tend un portrait-robot qui permet assure-t-elle d'identifier le tueur et sur le papier qu'a-t-elle dessiné ? Sa tête ! Sa propre tête !

C'est la meilleure, non ?

Enfin ma tête, mais vous avez compris

~~Pauvre conne~~

Maintenant c'est fini

Tu ne me forceras plus jamais à tuer

Je vais aller te trouver je vais tout te balancer

Et je vais te tuer Ophélie

On va crever tous les deux

Priez pour moi !

PRIEZ POUR MOI !

Je vous en supplie

80

Olivia Montalvert se tenait debout, immobile, droite comme un I. Ses petites rides de malice qui lui donnaient habituellement un air rieur s'étaient évanouies. Elle fixait avec une étrange insistance la surface lisse et brillante du granit sur lequel était gravé un nom.

Une lourde averse d'été avait trempé ses vêtements sombres et plaqué ses mèches contre ses joues. En ces circonstances, elle n'y avait pas prêté attention.

Allée C, travée 135.

Malgré les indications du gardien, elle s'était un peu perdue à travers le dédale. Elle s'était laissé distraire par tous ces noms, toutes ces dates. Une sorte de tournis. Ce n'était pas un lieu comme les autres, un cimetière. Un pays clos de hauts murs où la tristesse côtoyait l'espérance, dans un paradoxe intime.

Elle n'avait pas assisté à l'enterrement. Elle ne l'avait pas souhaité. Après tout, elle ne faisait pas partie de la famille. Il lui avait d'ailleurs fallu du temps avant de se décider à venir se recueillir. Pourtant, à cet instant, elle éprouvait une forme de soulagement. C'était aussi une façon pour elle de faire son deuil.

Elle avait mis du temps à s'y résoudre, mais à présent, elle était là.

L'homme qui reposait ici, elle ne le connaissait pas. Ou si mal. Comment prétendre connaître quelqu'un en si peu de temps ? Ce n'était pas non plus un étranger. Elle avait tenté de le cerner, de le comprendre. Et ce n'était pas rien. Elle l'avait vu s'éteindre.

Et puis elle repensa aux victimes, bien sûr. Comment les oublier ?

Il était la dernière d'entre elles. Martyr du paroxysme de la folie, victime collatérale d'une sordide affaire aux confins de la démence. En d'autres circonstances, elle aurait pu verser une larme.

Elle se baissa, ramassa une pierre un peu plus grosse que les autres – un peu plus blanche, aussi – et la déposa sur le granit. C'était une tradition qu'elle avait vu faire lors d'un enterrement juif. Elle en ignorait la signification, de même qu'elle aurait été incapable d'expliquer son geste.

Derrière elle, des pas crissaient dans les graviers humides. Elle n'y prêta pas attention.

Elle lisait et relisait ce nom gravé en lettres capitales : « Matthias Kruger ».

Un seul et unique nom, enfin. Pour toujours.

Le bruit de pas se fit plus proche et elle entendit une voix grave et familière l'interpeller :

— Bon, vous venez ?!

Qu’est-ce qu’on dit ?

Au risque de passer pour un monstre d’ingratitude, je n’avais fait figurer aucun remerciement dans *Le Mangeur d’âmes*. Mon but était que le lecteur reste choqué par la fin. Je ne voulais pas lui gâcher son plaisir. Enfin, le vôtre. Bref, vous m’avez compris.

L’écriture est, dit-on, une activité solitaire. Pourtant, à chaque roman, je me rends compte du nombre de gens à qui je dois d’être lu.

Merci à…

Mes poupées qui lisent

Merci à vous, cher lecteur. Chaque mot, chaque ligne sont tracés en pensant à vous, à votre réaction, à vos émotions. Quel bonheur de faire vivre tout cela en chacun de vous.

Mes poupées proches

Ma femme (qui supportait déjà le poker et qui doit maintenant vivre avec un écrivain), mon père pour l'ensemble de son œuvre, le « patriarche » Richard Laipsker, le clan Tessiot.

Mes poupées déglingo

Nathalie Prussia-Colin, papesse des dingos, grande prêtresse des tarés, psychologue et future autrice, qui relit mes passages sur la psychologie et la psychiatrie.

Maïté Ferracci : directrice littéraire le jour et psychologue la nuit.

Nelly Baran pour son œil de pro et sa lecture bienveillante.

Chantal Nicolas et Béatrice Argentier, mes correctrices.

Mes poupées qui font des livres

Il était une fois un joueur de poker qui présenta un manuscrit à une éditrice qui s'exclama : « Je suis conquise. » Depuis, on en est là.

Merci, donc, à « Marvellous » Margaux. Et à toutes les merveilleuses matriochkas de Michel Lafon : Maïté, Nathalie, Julie, Anaïs, Marion, Sylvie, Emma, Elsa. Sans oublier « Magic » Émilien, Frédéric, Laurent et Clément. Du bonheur, tout simplement.

Un merci très retentissant pour l'équipe extrêmement efficace de Pocket, emmenée par Perrine. Longue vie au Gang !

Je sais que ça fait un peu fayot, mais je souhaite remercier les représentants qui proposent les livres à leur sortie. Après tout, ne suis-je pas heureux que mes livres se vendent ?

Mes poupées qui conseillent des livres

Je peux témoigner qu'aucun client n'a été maltraité en ma présence dans les librairies où j'ai fait des dédicaces. Espace culturel Leclerc de Vernon, Céline Viel-Amorim, la Librairie du Port à La Flotte ainsi que sa bibliothèque municipale, Guillaume et l'équipe de la librairie Grand Largue à Saint-Martin-de-Ré, la librairie Doucet au Mans (et en particulier Nathalie), Olivier de la Librairie Idéale à Paris, Virginie de la bibliothèque de Béthisy-Saint-Pierre, Thierry Bedo à l'Espace culturel Leclerc de Pont-Sainte-Maxence, toute l'équipe de la Librairie des Signes à Compiègne, Olivier de la librairie Colbert à Mont-Saint-Aignan, la *dream team* de la Fnac Cergy emmenée par Julien, Yves au Grand Cercle de Saint-Gratien et Charlotte à Éragny, Mathilde, Loelia et leur responsable au Furet du Nord d'Aéroville, Stéphanie Mazé de l'Espace culturel Leclerc d'Angers, Léa du Cultura de Franconville, Cécilia au Cultura du Plessis-Belleville, Jeanne de Studio Livres à Abbeville, Florence à Auvers-sur-Oise, Aude Tichant et sa clique à Gallardon, Thomas et Stéphanie « N° 1 fan » Bruneteaux, Jérôme Toledano, la librairie La Joie de Lire, librairie Périples 2, Sophie de l'Espace Pierre Lecut, Camilla de la librairie Maipiu à Tonnerre, Julien Paulet, Cristelle Bastien, Christophe Gauthier, Clémence Rochard, Lucie Douard, Yves Bogé, les équipes de l'Iris Noir et de Quais du Polar.

Merci aux libraires qui ont bien voulu me donner ma chance.

Mes poupées qui font un peu peur

Le Writers' Cthulhu avec ses sensations fortes, ses fous rires… et ses précieux conseils. Olivier Bal, Niko Tackian, Nicolas Lebel, Fabrice Mazza et Maxime Chattam en *guest*. Sans oublier notre Gardien Henri Lœvenbruck par qui tout arrive toujours.

Bien qu'il ne fasse pas partie à proprement parler du Writers' Cthulhu, je remercie Olivier Norek pour sa bienveillance à mon égard et son humour.

Mes poupées qui adaptent mes romans

Jean-Philippe Blime et Fabrice Lambot, j'achète les pop-corn.

Mes poupées qui parlent

S'il y a eu un « bouche-à-oreille », c'est en grande partie grâce aux blogueurs et blogueuses, lecteurs passionnés et passionnants, avides de partager leurs émotions. Attention, je bois chacun de vos mots.

Mes poupées qui font du bruit

Jérôme Goulon, Guillaume Filleul, Arno Bitan, Sylvie Virginie Josse, Daniel Riolo et Moundir.

Mes poupées d'enfance

Sébastien, Olivier, Thomas, Alain, Valérie, Bruno, Aurélie, Cyril, Fabrice et Henri (encore eux), et leurs familles. Trente-cinq ans d'amitié, putain !

Mes poupées du poker

Jérôme Schmidt, Guillaume Darcourt, Jérémy Sirven, Matthieu Sustrac, Comanche et Chichi, Laurent Dumont, Supercaddy, Veunstyle, Aéna Allemoz, Bernard de Breyne, Fabien Richard, Will Payen, Romain Nussmann, Roger Hairabedian.

Et un merci très spécial à Loïc Xans (on s'appelle ce soir).

À bientôt pour de nouveaux coups de bluff.

La photocomposition de cet ouvrage
a été réalisée par
GRAPHIC HAINAUT
76, rue de Nancy
59100 Roubaix

Imprimé en France par

MAURY IMPRIMEUR
à Malesherbes (Loiret)
en avril 2024

Pour plus d'information :

#lisez! engagé
www.lisez.com

Imprimé sur du papier issu de forêts gérées durablement.

POCKET - 92 avenue de France, 75013 PARIS

N° d'impression : 277712
S33131/08